KB059036

"……그냥 오늘은
여기서 자고 갈까?"

그동안 서로의 방에서
자고 가는 것은 일상다반사였다.
하지만 지금 이 대사는,
우리 사이에서는
또 다른 의미를 지니고 있었다.

—우리는 사귀는
사이니까. 안 그래?"

있잖아 우리
차라리 사귈까 2
소꿉친구인 미소녀의 부탁을 받고 위장 남친이 되었습니다

—큰일 났다

엄청나거

쿠루미 토이로

현실에 충실한 인싸 톱클래스 소녀. 실은
오타쿠라서 마사이치와 같이 노는 것을
무척 좋아한다. 그래서 마사이치에게
위장 남친이 되어줄 수 없겠냐고
물어본다.

긴장
대……."

마조노 마사이치

현실에서는 충전 모드로 지내는 오타쿠
소년. 자기 방에 놀러 와서 같이 오타쿠
생활을 하는 토이로는 가족이나
마찬가지인 존재. 어느 날 갑자기
토이로한테서 '위장 남친이 되어 달라'
는 부탁을 받고 승낙한다.

이 길도 초등학교 시절엔 둘이서 손잡고 걸었었다.
그 시절에는 그게 평범한 일이었다.
그렇다면 지금 이렇게 크기가 달라진 상대의
손의 감촉을 느끼면서 가슴이 두근거리는 것은,
나 혼자만 그런 걸까.
어느새 나는 홀로 그런 생각을 하고 있었다.

"마사이치,
진짜 커플이라면
다음 단계도 있지 않을까?"

거리는 약 10cm.
토이로의 흔들리는 숨결이
내 입술에 닿았다.
상대의 몸에 닿을 것만 같아서
꼼짝도 할 수 없었다.

커버 그림, 본문 일러스트 | **시오 카즈노코**

contents

ne,mouisso tsukiattyau?
osananajimi no bisyoujo ni
tanomarete,kamohurakareshi
hajimemashita

"아앗, 안 돼, 쏘지 마, 쏘지 마. 아— 그만해애!"

방과 후, 내 방의 침대 위.

옆에 앉아 있는 같은 고등학교 교복 차림의 여자애가 컨트롤러를 손에 쥔 채 폴짝폴짝 뛰고 있었다.

둘이서 TV를 보면서 플레이하고 있는 것은 레이싱 게임의 대표 주자인 마루오 레이스. 1등으로 달리고 있는 그녀의 캐릭터한테 내가 아이템을 사용하면서 추격을 개시하려고 하는 중이었다.

"용서해라. 이것이 바로 성자필쇠*의 진리다!"

나는 그렇게 말하고 파란색과 검은색으로 된 미사일을 발사했다. 미사일은 즉시 그녀가 조종하는 공주님 캐릭터의 머리 위에서 빙글빙글 돌더니 폭격을 가했다. 그리고 내가 조종하는 고릴라 캐릭터가 파란 연기를 헤치고 튀어나가 1등을 차지했다.

"아앗—! 마사이치, 비겁하다! 너무 과격해! 못됐어! 음습해! 구석에만 처박혀 있는 음침한 인간!"

"지금 이게 음침한 거랑 무슨 상관이야?! 아, 혹시 정신

_____
*융성하는 것은 반드시 쇠퇴한다.

공격이야? 장외전인가?!"

그런 대화를 나누는 사이에 나는 내 뒤에서 날아오는 빨간 미사일을 방어막 아이템으로 막아냈고, 또 하나 연속으로 날아온 빨간 미사일을 유도해서 벽에 충돌시킴으로써 잘 처리했다. 빨간 미사일에는 호밍* 성능이 있는 것이다.

그대로 결승점까지 이어지는 길에는 커브가 두 군데 있었다. 우선 완벽하게 드리프트해서 인코스로 커브를 돌았고, 두 번째 커브에서는 갓길의 화단을 뛰어넘어 지름길로 지나갔다.

그리하여 나——마조노 마사이치가 조종하는 고릴라는 멋지게 이 경주에서 1등으로 골인했다.

휴 하고 한숨 돌리고, 눈을 가릴 정도로 길어진 앞머리를 왼쪽으로 쓸어 넘겼다.

"꺄악— 아, 안 돼—! 앗, 괜찮아, 할 수 있어! 자, 잠깐, 아앗—!"

잠시 후 CPU에게도 추월당한 그녀——쿠루미 토이로의 공주님이 5등으로 골인했다.

그런데 비명을 너무 심하게 지르는 거 아냐? 커브를 돌 때마다 몸도 기울이면서 나한테 어깨를 마구 부딪치기도 하고. 물론 이것은 평소에도 늘 하는 짓이지만…….

"아아— 졌다. 초반부터 파란 미사일을 온존하다니, 너무

---

*목표물 자동 추적.

비겁하잖아. 아, 맞다. 마사이치는 이 코스가 특기인가 봐? 위험할 정도로 완벽한 드리프트를 하던데."

토이로는 기운이 빠진 것처럼 침대 위에 컨트롤러를 툭 내려놓으면서 그렇게 물어봤다. 사실 나는 의도적으로 일단 꼴찌가 되었다가 거기서부터 1등으로 올라가는 기술을 구사했었다. 이것은 굉장해 보일지도 모르지만, 실은 1등과 거리가 멀리 떨어져 있을수록 좋은 아이템을 입수할 수 있으므로 역전하는 것 자체는 쉬웠다. 그런데 나는 일부러 거기서 입수한 아이템은 아껴두면서 나 자신의 플레이어 기술을 마음껏 발휘하여 상위권으로 올라갔다. 그리고 그때 남겨뒀던 아이템을 이용함으로써, 유유히 1등으로 달리고 있던 토이로를 함락시키는 데 성공한 것이었다.

"이미 다 마스터해서 그냥 우리 집 앞마당을 달리는 기분이야. 그런데 토이로. 너 너무 시끄럽다."

"그래, 아까 그 화단 지름길을 이용하는 거. 그거 완전히 앞마당에서 달리는 듯한 기술이더라. 그리고 목소리는 저절로 튀어나오는 걸 어떡해. 아무튼── 아깝다. 방금 과자를 먹었는데, 너무 소리를 질러서 벌써 칼로리 적자가 났어."

"칼로리 적자는 또 뭐야……. 하여간 넌 벌칙이야. 아래층에 가서 주스 가져와줘. 아, 내려간 김에 과자도 가져오지 그래?"

"아— 네네, 알았어요. 다녀올게요. 과자는 살찌니까 이제 그만 먹을래."

토이로는 얍 하고 침대 시트를 맨발로 꾹 밟으면서 일어났다. 침대에서 미련 없이 내려가자, 전체적으로 진갈색인데 끄트머리 안쪽만 붉게 물들인 (이너 컬러라고 하는 것 같았다) 매끄러운 머리카락이 가볍게 찰랑거렸다.

"냉장고 안에 탄산 주스가 있었지? 그거면 돼?"

"응, 부탁해."

곧바로 그녀는 이 집을 잘 아는 것처럼 능숙하게 혼자 문을 열고 1층의 거실로 내려갔다.

나와 토이로는 소꿉친구였다. 그것도 오래오래 질긴 인연으로 맺어진 소꿉친구.

같이 있으면 마음이 편안했다. 어린 시절부터 둘이서 놀았고, 같은 게임을 플레이했고, 좋아하는 만화나 애니메이션 취향도 비슷했다. 그래서 방과 후에는 이렇게 방 안에 둘이 모여서 항상 적당히 빈둥빈둥 놀았다.

남녀가 한 지붕 밑에서 한방에 모여 있다. 이 말만 들으면 남자들은 은근히 가슴 설레는 상상을 할지도 모르지만, 우리 사이에는 그런 관계는 전혀 존재하지 않았다.

솔직히 말해 나는 토이로를 형제처럼 여겼다. 아마 토이로도 비슷한 감각일 것이다.

그 녀석은 내내 침대에서 과자를 먹고 바다사자처럼 데굴데굴 굴러다니면서 게임만 하니까. 가끔은 애니메이션을 보다가 중간에 잠들어 코를 골기도 하고……. 아무래도 그 녀석을 여자로 의식하기는 힘들었다.

고로 우리 사이에는 문제가 생길 리도 없었고, 그런 분위기조차 형성되어본 역사가 없었다. 틀림없이 토이로도 나에 대해서는 똑같은 생각을 하고 있을 것이다.

그러니까 나는 이렇게 미적지근하게 질질 끌어온 관계가, 생각도 못 한 방향으로 진전되게 될 줄은 전혀 예상하지 못했었다.

토이로가 탄산 주스 페트병을 손에 들고 방으로 돌아왔다.

"저기, 내가 놀라운 사실을 알려줄까?"

"응? 뭔데? 뜬금없이."

갑작스러운 토이로의 말에 나는 의심하는 목소리로 되물었다.

"그거 알아? 벌써 8시가 다 되어가."

"에이, 그게 뭐 별거라고. ……어, 잠깐만, 진짜네?! 벌써 시간이 이렇게 됐어?!"

시계를 보고 진짜로 나도 놀랐다.

방과 후 어디에 들르지도 않고 집에 돌아와 즉시 게임을 시작했는데. 정신을 차려 보니 어느새 밤이 되어 있었다.

정말로 눈 깜짝할 사이라서, 둘 다 정신없이 몰두했다는 것을 알 수 있었다.

"이 방은 커튼도 다 쳐놨으니까. 좀 건전하지 못한 거 아냐?"

"저녁 햇빛이 들어와서 게임 플레이를 방해하면 어떡해? 그 실수 하나가 치명적일 수도 있어. 가벼운 마음으로 노는 게 아니거든?"

"노는 게 아니었어?!"

그런 농담 같은 대화를 나누면서 나는 다시 한번 시계를 힐끔 봤다.

"그럼 오늘은 슬슬 집에 갈래?"

그러자 토이로는 히죽 미소를 지으며 고개를 옆으로 설레설레 흔들었다.

"뭐 어때? 집에는 안 가도 되잖아."

"뭔 소리야. 늦게 가면 밤길이 위험해지는데."

"아니, 저기요. 집이 바로 옆집이거든요. ……아, 그냥 오늘은 여기서 자고 갈까?"

우리 집과 토이로의 집은 서로 붙어 있는 단독주택이었다. 부모님들끼리도 사이가 좋았다. 서로의 방에서 자고 가는 것은 일상다반사였다. 하지만 지금 이 대사는, 우리 사이에서는 또 다른 의미를 지니고 있었다.

토이로의 히죽히죽 웃는 얼굴을 보면 그것이 농담이라

는 것은 알 수 있었다. 그러나 어렴풋이 예상했던 그 뒷말
이 이어지자, 나는 저도 모르게 한숨을 쉴 뻔했다.

"——우리는 사귀는 사이니까. 안 그래?"

사귀는 사이. 나와 토이로는 현재 사귀고 있다.

"아니, 그런 척, 그런 척하는 거지."

나는 황급히 말을 덧붙였다.

질긴 인연을 자랑하던 나와 토이로는 최근에 어떤 이유
로 사귀는 척하게 되었다.

커플(임시)이 된 지금도 이전과 다름없이 빈둥빈둥 놀고
있지만.

그러나 이런 관계가 앞으로도 계속 이어질 수 있을까——.

이것은 질긴 인연이 이상하게 꼬여버린 나와 그녀, 두
사람의 이야기이다.

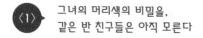

계절은 약간 과거로 거슬러 올라가, 우리가 중학교를 졸업하고 고등학교에 들어가기 전의 봄방학.

그 어느 날, 내 방에는 평소처럼 토이로가 와 있었다.

＊

『옛날부터 너한테는 내가 제일 중요한 사람이었잖아! 난 절대로 딴 사람한테는 안 질 거야!』

TV에 나오는 애니메이션 속에서 금발 양 갈래머리 미소녀가, 주인공인 검은 머리 안경잡이 평범한 남자 캐릭터를 향해 그렇게 소리를 지르고 있었다.

"오— 잘한다— 더 해라, 더 해—. 어차피 저 사랑은 절대로 이루어지지 못할 테지만—."

침대에 한쪽 팔꿈치를 대고 아저씨처럼 누워 있는 토이로가 그런 식으로 야유했다.

"왜? 사라라도 제법 괜찮지 않아? 주인공을 잘 따르고 귀여운데. 이 장면도 그래. 그동안 다른 여자에 대한 질투심을 쭉 억누르고 있었던 저 소녀가 마침내 참지 못하게 되어서 진정한 감정을 폭발시켜버리는 느낌이잖아. 흥분 되지 않아?"

책상 앞에 앉아서 내가 수집한 트레이딩 카드를 정리하면서 애니메이션을 보고 있었던 나는 일단 손을 멈추고 보이로에게 그렇게 대꾸했다.

"아, 물론 귀엽긴 한데ㅡ. 어차피 쟤는 소꿉친구 캐릭터 잖아ㅡ?"

"'소꿉친구는 무조건 패배하는 히로인이다!'라는 그 풍조는 버리면 안 돼?"

요즘에 나오는 라이트노벨 중에는 소꿉친구가 패배하지 않는 작품도 있어. 내가 그렇게 옹호하려고 했는데, 바로 그때.

『미안해. 사라라. 그래도 나는, 그 녀석이ㅡ.』

화면 속에서 사라라가 뻥 차이고 있었다.

"사라라ㅡ! 뭐야, 왜 저래?! 이봐, 거기 멍청한 남자!"

"역시 그럴 줄 알았어ㅡ. 그런데 너도 너무하다. 주인공 이름 정도는 기억해줘."

토이로가 태평한 말투로 그런 말을 했지만, 그 내용은 지금 내 귀에는 들어오지 않았다.

"사라라, 괴롭지……? 내가 그놈 대신에 너를 행복하게 해줄게……."

틈틈이 대충대충 보던 애니메이션이었는데, 나도 모르게

꽤 감정 이입을 해버렸나 보다. 그것도 히로인의 감정에.

소꿉친구 히로인. 좋잖아. 옛날부터 사이가 좋았고, 그 누구보다도 서로를 잘 알고 있는 관계인데.

『그 녀석하고는 별로 특별한 사이는 아니거든?! 그냥 집이 가까이 있었던 거야.』

그렇게 말하면서도 실은 다른 여자가 주인공에게 접근하면 질투하는 것이다.

한편 주인공은 동성 친구한테.

『넌 좋겠다. 저렇게 예쁜 애가 오래된 친구라서.』

그런 말을 듣고.

『예쁘다고? 저 녀석이?』

『응, 당연하지. 영광의 교내 인기 투표 1등이잖아? 성격도 착하고. 저런 애는 정말로 흔치 않거든?』

『그래……? 늘 같이 있으니까 그런 건 잘 모르겠는데.』

뻔뻔하게 그런 이야기를 하는 것이다.

나 참, 아주 좋잖아, 좋다고! 소꿉친구 히로인이 존재하기만 해도 인생이 무척 풍요로워질 것 같았다.

나는 그런 망상을 하다가 즉시 고개를 옆으로 세차게 흔들었다.

아, 중요한 사실을 깜빡했다. 조심해야 할 사항이다.

'소꿉친구 여자애'는 두 가지 타입이 있다.

하나는 좀 전에 설명했듯이 이성 소꿉친구를 좋아하면

서 다른 여자를 귀엽게 질투하기도 하는 애니메이션 히로 인 타입이다. 어린 시절부터 같이 있었기 때문에 주인공의 마음을 민감하게 알아차리고 센스 있게 배려해주는 사라 라 같은 여자아이 말이다.

그리고 또 하나는——. 나는 생각을 하면서 힐끔 대각선 뒤쪽에 있는 토이로를 봤다.

회색 트레이닝복을 입고 침대에 게으르게 누워 있는 토 이로. 한쪽 손으로 머리를 받친 자세로 TV를 보면서 나머 지 한 손으로는 가슴팍 근처에 놔둔 과자를 입에 집어넣고 있었다.

앗, 야, 그러면 과자 부스러기가 떨어지잖아!

내가 그렇게 비난하는 눈초리로 쳐다봐도 토이로는 개 의치 않고 과자 먹은 손으로 느긋하게 허리를 벅벅 긁기 시작했다. 트레이닝복 가장자리가 젖혀져서 그 밑의 푸른 색 새틴 속옷이 언뜻언뜻 보였다.

……나무늘보의 화신이라고 표현할 수밖에 없는 저 녀 석이 또 다른 타입의 소꿉친구였다.

두 사람 사이에는 연애의 '연' 자도 존재하지 않고, 그저 어 중간한 거리감을 계속 유지하고 있는 아주 현실적인 타입.

애니메이션이나 만화에 나오는 소꿉친구 캐릭터가 당연 히 기본적인 소꿉친구라고 생각하면 안 된다. 직접 현실을 경험해온 내가 하는 말이니까 이건 확실하다.

TV에서는 애니메이션 엔딩이 나오고 있었다. 토이로는 꾸물꾸물 몸을 일으키더니 흐아암 하고 큰 소리를 내면서 기지개를 켰다. 그리고 어느새 안이 텅 비어버린 과자 봉지를 들어 올리더니, 쩍 벌린 입에 대고 탈탈 털었다. 이어서 옷 위에 떨어진 과자 부스러기를.

"앗, 어이쿠."

그렇게 중얼거리면서 손가락으로 집어 입으로 가져갔다. 야, 거긴 내 침대인데…….

"……너 인기 없지?"

나는 무의식중에 그런 말을 했다.

"응? 잠깐만, 너 방금 나 욕했어?"

토이로가 움찔 하고 반응하더니 이쪽을 돌아봤다.

"내가 인기 없다고? 그건 아니지. 인기가 많아서 문제인걸. 오히려 부담스러울 정도로 모두에게 인기 있어서, **인기척 없이** 숨어 다니고 싶을 정도야."

"센스 있게 대답하려고 노력할 필요 없어. 아니, 네가 인기 있다고? 상상이 안 되는데."

"마사이치. 네가 몰라서 그래. 서로 다른 중학교에 다녔잖아? 이번에 같은 고등학교에 들어가면 틀림없이 깜짝 놀랄걸? 내가 너무 인기 있어서."

토이로가 히죽 웃으며 그렇게 이야기했다. 진짜로 무슨 계획이 있는 듯한 자신만만한 표정처럼 보이기도 했다.

나와 토이로는 집은 딱 붙어 있었지만, 중학교는 각자 달랐다. 왜냐하면 내가 좀 똑똑한 학생들이 다니는 사립 남학교에 입학했었기 때문이다.

부모님이 원하시는 대로 중학교 입학시험을 봤는데, 결국 내가 합격한 것은 세 개 건너의 도시에 있는 학교였다. 전철로 편도 한 시간 반이나 걸리는 곳. 귀가 시간이 늦어진다는 이유로 동아리 활동도 할 수 없었고, 방과 후 놀지도 못했기에 학교에서 친구도 제대로 사귀지 못했다. 게다가 아이템 뽑을 돈을 벌기 위한 아르바이트도 할 수 없었고……. 매일매일 통학만 하는 데 세 시간씩이나 허비해야 하는 나날을 보냈었다.

하기야 나는 전철 안에서 스마트폰으로 애니메이션을 보거나 게임을 하면서 비교적 충실한 시간을 보냈지만, 부모님은 그런 내가 안타까웠는지 고등학교는 이 동네에 있는 공립으로 들어가라고 권해주셨다.

전철 타는 시간은 충실했어도, 중학교 3학년 때부터는 오타쿠 활동을 본격적으로 하게 되어서 밤을 새우는 경우도 많아진 나로서는 슬슬 아침에 일찍 일어나는 것이 힘들어졌었다. 그래서 나는 부모님의 권유를 받아들여 그 에스컬레이터식* 학력은 포기하기로 했다.

중학생 시절에는 다른 학교에 다녔어도 주말이나 장기

---

*동일한 재단의 대학교까지 자동적으로 진학할 수 있는 시스템.

휴가 기간에는 토이로와 같이 놀았었다. 그런데 집에서는 항상 이런 식이었다. 게으른 오타쿠였고, 언제나 바다사자나 바다코끼리처럼 침대에서 굴러다니고 있었다. 때로는 고양이같이 늘어지게 지내다가 잠드는 경우도 있었다.

"아니, 저기요. 그걸 어떻게 믿어……?"

이런 녀석이 학교에서는 인기가 많다고?

"야, 마사이치. 너한테 그런 말 듣고 싶지 않거든? 중학교에서도 친구를 못 사귀었다면서? 당연히 여자 친구도 못 사귀었지?"

"아냐. 못 사귄 게 아니라, 안 사귄 거야. 집에서 애니메이션 보거나 게임을 하느라 바빴으니까. 나는 현실에서는 충전 모드인 인간이거든."

"아— 네네, 알았어요. 실은 나도 집에서는 빈둥거리고 싶어 하는 타입이니까. 네 생활 방식에는 찬성하는 편이지만."

토이로는 자기가 앉아 있는 침대를 탁탁 두드리면서 말했다. 요새 내 침대는 완전히 토이로의 영역으로 변하고 있는 듯한 느낌이 들었다…….

"뭐, 어쨌든 조만간 알게 될 거 아냐? 학교에서의 생활이 어떤지. 다음 주부터는 같은 학교에 다닐 테니까."

나와 토이로는 둘 다 도보로 통학할 수 있는 공립 메이호쿠 고등학교에 합격했다. 더구나 사전 안내를 통해 같은 반이라는 사실까지 알게 되었다. 토이로의 말에 의하면 벌써 같은 반 학생들끼리 단톡방 그룹이 형성되기 시작했다는데, 나는 참가하지 않았다.

"……휴. 다음 주부터는 학교에 가는구나."

방금 그 대화 때문에 불편한 진실을 떠올리고 말았나.

"아— 그거 생각하면 만사 귀찮아지잖아. 저기, 그냥 지금은 게임이나 하자, 응? 뭐로 할래? 난투? 파티? 아니면 레·이·싱?"

"왜 그렇게 '밥? 목욕? 아니면 침·대?' 하고 물어보는 듯한 말투야?! 아무튼 현실 도피를 하고 싶으니까 파티 게임을 하자."

내가 그렇게 대답하자 토이로는 웃었다. 웬일로 자기가 직접 움직여 게임을 준비하기 시작했다. 불편한 분위기를 만들어낸 것이 미안해서 그러는 걸까.

그런 토이로의 모습을 보면서 나는 새삼스레 이 봄방학이 계속 이어지면 좋겠다고 생각했다.

오로지 이 방 안에서 완결되는 두 사람의 세계는 적당히 기분 좋게 느껴졌다.

*

그로부터 열흘이 지났다.

고등학교에 입학해 같은 반으로 배정된 나와 토이로. 그런데 우리의 위치는 전혀 달랐다.

　교실 한구석에 있는 이 자리에서 쉬는 시간에도 스마트폰을 보거나 라이트노벨을 읽거나 잠을 자면서 체력을 온존하는 나와는 달리, 토이로는 어떤가 하면.

　"있잖아― 토이로! 방과 후에 시간 있어? 역 앞에 옷 구경하러 가자, 응―?"

　"오늘? 어― 그래, 좋아. 갈까?!"

　"앗― 그럼 나도 같이 갈래! 토이로, 넌 평소에 화장품은 어디서 사?"

　"아마 너희들이랑 똑같은 데서 살걸? 그런데 이왕 외출하는 거니까, 오늘 화장품도 같이 볼까?"

　"저기 있잖아, 토이로. 어제 3학년 아사히 선배가 너를 불러냈다는 거, 진짜야? 그런 소문이 났는데. 혹시 고백이라도 받았어?"

　"아사히 선배? ……아― 어제 방과 후에? 아냐, 그런 거 아니었어. 축구부 시합이 있는데 구경하러 오지 않겠냐는 이야기였어. 하지만 난 축구는 잘 몰라서―."

　이런 식으로 항상 동성 친구들에게 둘러싸여 있었다. 본인은 그냥 중학교 때부터 알고 지낸 아이들이 많다고 했는데, 아무리 봐도 토이로는 그 그룹의 중심인물인 것 같았다.

　그리고 내가 드물게도 자리에서 일어나 화장실에 가기라도 하면.

"야, 야. 2반의 쿠루미라는 애, 예쁘지 않아? 그 정도면 1학년 중에 최고라고 해도 될 것 같은데. 잡지 모델한테도 안 꿀리지 않아?"

"아— 맞아, 맞아. 나도 2반 앞을 지나갈 때는 쿠루미가 있나? 하고 안을 확인하게 된다니까. 뭔가 반짝반짝하다 고나 할까. 특별한 오라가 있어."

"누구나 허물없이 밝게 대하는 그 태도가 좋지 않아? 초 면에 말을 걸어도 걔는 경계하는 기색 하나 없이 웃으면서 인사를 해주더라?"

"와, 너 치사하다! 걔랑 이야기해본 적 있어?!"

소변기 앞에 나란히 서 있는 남자들의 그런 이야기가 귀 에 들어왔다.

2반은 우리 반이었다. 그렇게 예쁜 여자애가 있었나? 음, 쿠루미……? 그러고 보니 토이로의 성도 그거랑 비슷 한 거였을지도…… 딴 사람이랑 헷갈린 거 아냐?

하기야 듣고 보니 얼굴은 예쁜 편일지도 모른다. 이목구 비가 뚜렷하고, 속눈썹은 아무것도 안 해도 성냥개비를 세 개는 얹을 수 있을 정도로 길었다. 얼굴형은 약간 동그란 편인데 호감 가는 타입인 것 같았다. 키는 여자 평균 키라 고 분명히 말했었다. 그런데도 키가 좀 커 보이는 것은 어 쩌면 늘씬하게 쭉 뻗은 다리 때문일지도 모른다. 그 조그만 등에는 살짝 컬이 들어간 머리카락이 닿아 있어서, 그녀가

웃거나 할 때마다 가볍게 살랑거렸다.

하지만 그런 토이로는 환상에 불과했다.

나에게는 그저 방 안에서 '빈둥빈둥'이란 의태어를 몸에 두르고 침대 위에서 굴러다니는 토이로가 현실이었다. 아니, 그것이야말로 본모습이란 사실을 알고 있었다. 지금은 밝고 사교적인 캐릭터를 연기하고 있을 뿐이다.

화장실에서 교실로 돌아가자, 여전히 교실 뒤편에서는 토이로를 비롯한 여자애들이 시끄럽게 떠들고 있었다.

"아니 그런데 토이로, 너 머리색 정말 예쁘다―. 혹시 참고하는 사람이 있어? 모델이라든가. 나도 그런 식으로 염색해보고 싶어―."

"칭찬해줘서 고마워―. 이 머리는 나도 좋아하니까 기뻐. 우라라, 너도 해보지 그래?"

"뭐―? 하지만 그게 나한테 어울릴까―?"

우라라라고 불린 소녀――나카소네 우라라는 진짜 튀는 날라리 스타일의 에너지 넘치는 여자였다. 견갑골을 덮는 구불구불한 금빛 머리카락과 무릎 위 30cm까지 올라올 정도로 짧게 만든 미니스커트. 토이로는 그런 타입의 친구도 많은 것 같았다. 교내의 계급 피라미드에서는 틀림없이 최상층에 속할 것이다.

너무 길게 기른 까만 머리카락, 운동도 안 해서 평범한 체격, 수수한 남자 대표라고 자부해도 될 것 같은 외모. 그런 나로서는 평생 얽힐 기회도 없어 보이는 존재였다.

내가 제자리로 돌아가려고 했을 때 토이로가 힐끗 나를 봤다. 눈이 마주친 순간 그녀는 히죽 하고 의기양양하게 웃더니 옆머리를 가볍게 팔락 휘날렸다. 칭찬받아서 신이 난 걸까.

그 짜증 나는 행동에 나는 얼굴을 찌푸리면서 자리에 앉았다.

그러자 당장 내 앞자리에 한 남자가 털썩 앉더니 이쪽을 돌아봤다. 그는 긴 앞머리를 한 손으로 쓸어 올리면서 나에게 말을 걸었다.

"이야~ 안녕? 나의 동지 마사이치. 어때, 잘 지내?"

"누가 동지냐."

"왜 이렇게 무뚝뚝해. 우리는 같이 이 남녀 공학에서 싱그러운 청춘의 바람을 맛보기로 마음먹은 동지잖아?"

그의 이름은 사루가야 산타. 1학년 중에 유일하게 나와 같은 남자 중학교에서 이곳으로 진학한 학생이었다. 그런데 그 진학 이유의 방향성은 전혀 달랐다. 사루가야는 남학교가 너무너무 싫어서 여자를 찾아 이 메이호쿠 고등학교에 왔다.

같은 또래의 남자들에 비해 유난히 성욕이 왕성한 이 친구는 비가 오나 바람이 부나 언제나 야한 것을 찾아 밖으로 나간다. 그러다가 빗물에 젖은 야한 책을 발견하면 드라이기로 말려서 페이지가 깔끔하게 떨어질 때까지 건조하고, 바람이 세게 부는 지점을 발견하면 여자 치마가 훌렁 뒤집어질 때까지 몇 시간이나 거기서 끈질기게 기다린다. 중학교 시절에 그의 성벽과 기행은 같은 학년 학생들에게 널리 알려져 있었다.

실은 이 남자와 나는 은밀하게 교류를 하고 있었다.

학구열이 대단한 그는 야한 장면을 보려고 에로 게임에도 손을 댔다. 그러다가 접한 어느 에로 게임의 스토리에 크게 감동해서 그 게임의 애니메이션도 확인했고. 그러는 와중에 심야 애니메이션의 세계에 푹 빠지게 되었다. 그래서 본디 오타쿠라고 소문이 났던 같은 반 학생인 나에게 '추천해줄 만한 애니메이션 없어?' 하고 물어보러 오게 된 것이었다.

뭐, 그런 식으로 중학교 시절부터 알고 지내기는 했다. 하지만 동지라고 할 만한 관계는 절대로 아니었다. 참으로 유감이다.

"청춘의 바람 좋아하시네. 그런 산뜻한 동기가 아니잖아? 머릿속이 온통 핑크색인 주제에."

"우와~ 너 너무 무자비하다? 그런데 마사이치, 어떻게 기대를 안 할 수가 있겠냐? 생기발랄한 여자애들에게 둘러싸인 행복한 나날. 지금 돌이켜보면 중학교 생활은 그야

말로 새까만 암흑이었어. 긴 터널 속에 있는 것 같았지."

"남학교란 걸 알고 입학한 거 아니었어……?"

"그래, 네 말대로 그것은 내가 반성해야 할 점이야. 교육의 질을 추구하는 부모님의 꾐에 넘어가서 도전해본 순간 끝장난 거지. 암흑시대가 시작된 거야. 하지만 인간은 배우고 성장하는 생물이다. 그 경험을 계기로 삼아 나는 이렇게 장밋빛 나날을 손에 넣은 거야. 마사이치, 그건 너도 마찬가지잖아?"

"너랑 똑같이 취급하지 말라니까. 장밋빛이라고? 역시 네 머릿속은 핑크색으로 물들어 있는 거잖아."

내가 기막혀하면서 그렇게 말하자, 사루가야는 "으하하" 하고 요란하게 웃음을 터뜨렸다. 그러나 금방 진지한 표정으로 목소리를 낮췄다.

"그런데, 마사이치. 너 쿠루미를 노리는 거야?"

"뭐?"

"하필이면 아득해서 잘 보이지도 않을 만큼 머나먼 절벽 위의 꽃을 목표로 삼은 거냐. 야, 듣자 하니 고백 예약이 벌써 꽉 차버릴 정도로 성황이라던데? 고백 약속을 잡으려고 했더니 그날은 이미 다른 남자가 그녀를 불러냈다~는 식으로. 입학한 지 얼마 되지도 않았는데 그렇다니까?"

벌써 고백을 받았다고? 그것도 몇 번이나…….

사루가야는 애니메이션 오타쿠이면서도 사교성이 있어

서 친구도 많이 사귀었다. 이런 말은 하고 싶지 않지만, 얼굴만 보면 미남에 속하는 부류이고, 누구에게나 스스럼없이 말을 거는 사루가야는 남자들한테 인기가 많았다. 그는 쉬는 시간에 내 옆에만 붙어 있는 것이 아니라 교실 전체를 돌아다니면서 다양한 사람들과 이야기를 나눴다. 아마도 그 정보망을 통해 알아낸 소문일 것이다.

"아니, 잠깐만! 그런데 어째서 내가 저 녀석을 노린다고 생각한 거야?"

"응? 그야 뭐, 아까부터 네가 열렬한 눈빛으로 쟤를 보고 있었으니까. 내가 너를 관찰해보니까 꽤 높은 빈도로 저쪽을 보더라? 그래서 확신했지. 사랑이구나! 하고."

"슈퍼 오해야. 뒤에 있는 여자애들이 하도 시끄러워서 왜 저렇게 떠들어대나? 하고 쳐다본 것뿐이야."

"흐음? 난 너의 울트라 짝사랑인 줄 알았는데."

"야, 관둬. 그건 얼티메이트 착각이야."

나는 형용사의 희귀성 등급을 올리면서 다시금 유감을 표하려고 했는데, 그때 사루가야가 갑자기 부드러운 표정을 지었다.

"아~ 그래? 그런데 혹시 정말로 그렇다면, 그냥 지켜보기만 하는 게 좋을 거야. 수십 배의 경쟁률 싸움에 굳이 뛰어들어 처참하게 패배할 필요도 없잖아."

아마도 나를 걱정해주는 것 같았다. 나는 "어―" 하고 길게 말꼬리를 끌면서 애매하게 대답했다.

토이로에 대한 경쟁률이 수십 배나 된다고? 그런 말을 들어도 나는 그다지 실감할 수 없었다. 내가 아는 그 토이로가? 하는 의문이 먼저 떠오르는 것이었다.

교실 뒤편에서는 여자들의 대화가 아직도 이어지고 있었다.

"저기, 그런데 그렇게 밝은색으로 염색하면 머리카락이 상하잖아—? 제대로 탈색도 해야 하고. 그런데 토이로, 네 머리는 어떻게 그렇게 보들보들해?"

"응—? 샴푸 덕분인가? 아, 또 드라이도. 저온으로 천천히 정성껏 말리거든."

"그게 다야? 다른 것은 하나도 안 하고?! 세상에, 하느님은 예쁜 애한테는 특별히 예쁜 큐티클도 주시는 거야?!"

여자들에게 둘러싸인 토이로는 확실히 인기인인 것 같았다. 은근히 신성시되는 듯한 느낌도 들었다. 저 모습만 보면 다른 남자들이 하나같이 토이로를 동경하는 것도 이해가 갈 것 같았다.

그러나 이 교실에서 오직 나만 알고 있었다.

토이로의 머리카락 끄트머리의 붉은색 이너 컬러는 모델도 아이돌도 아니라, 좋아하는 애니메이션 캐릭터를 흉내 낸 것이라는 사실을——.

추적추적 조금씩 비가 계속 내리고 있었다.

내가 다니는 공립 메이호쿠 고등학교는 고지대에 세워져 있으므로, 날씨가 좋으면 역 주변의 거리와 그 너머의 바다까지 한꺼번에 구경할 수 있다. 그러나 오늘은 3층 교실 창문에서 보이는 풍경은 회색으로 물들어 있었고, 형광등 불빛이 평소보다 더 눈부시게 유리창에 부딪쳐 반사되고 있었다.

고등학교에 입학한 지 벌써 두 달이 지났다. 계절은 장마철에 돌입했다.

최근에 나는 스마트폰으로 할 수 있는 대결형 공성전 게임에 푹 빠져 있어서 시간과 용돈 대부분을 그 앱에 투자하고 있었다. 캐릭터 레벨도 올려야 하지만, 또 플레이어의 기술이 승패를 크게 좌우하는 게임이라서 제법 심오한 편이었다. 그러다 보니 당연히 랭킹을 올리려면 상당한 노력이 필요했고, 플레이 시간도 미친 듯이 늘어나기만 했다.

그날 점심시간에 나는 게임 속의 친구 목록을 정리하고 있었다. 친구가 되면 협동 전투나 아이템 교환이나 채팅 등을 할 수 있지만, 등록할 수 있는 인원수가 정해져 있으므로 로그인을 잘 안 하는 사람이나 랭크가 나랑 너무 심하게 차이가 나는 사람하고는 미안하지만, 친구 관계를 해제하는 것이다. 하기야 내 친구들은 대부분 모르는 사람이고 아예 대화도 안 해본 사람들이라서, 친구 관계를 해제해도 그다지 죄책감이 느껴지진 않았지만.

나는 검지를 쓱쓱 움직여 경쾌하게 친구를 정리하고 있었다. 그러다가 한 사람의 이름 위에서 그 동작을 멈췄다.

그것은 내 친구 목록 중에서 유일하게 실제 얼굴을 아는 사람. 진짜 친구의 이름이었다.

『Toichan@초보자입니다.   3일 전』

Toichan은 토이로가 게임이나 SNS 비밀 계정에서 자주 사용하는 아이디였다. 그리고 그 뒤의 '3일 전'이라는 것은 그녀가 이 게임에 마지막으로 로그인한 날짜였다.

내가 먼저 이 게임에 푹 빠졌는데, 곧바로 토이로도 하고 싶다고 적극적으로 나서면서 게임을 다운로드했다. 그래서 처음에는 열심히 플레이했지만, 최근에는 로그인을 안 하는 모양이다.

요새 토이로는 학교 친구들과 어울려 지내느라 바쁜 것 같았다. 우리 둘 다 동아리 활동은 안 하는데, 방과 후나 주말에 우리 집에 놀러 오는 일도 현저히 줄어들었다. 틀림없이 게임을 할 여유도 거의 없는 것이리라.

토이로가 설마 이 정도로 대단한 인싸일 줄이야…….

물론 나는 또 내 나름대로 스마트폰 게임은 물론이고 내 방 책상 위에 산더미같이 쌓아둔 1인용 어드벤처 게임들을 착착 클리어하면서 충실한 일상생활을 영위하고 있었다. 아니, 실은 수면 부족이라 힘들었다.

나는 한동안 그녀의 이름을 들여다보다가 결국 친구 해제는 안 하고 앱 화면을 껐다.

*

밤이 되어도 여전히 비는 내리고 있었다.

"자, 어떻게 할까······."

나는 방에서 혼자 고민하고 있었다. 내일 발매되는 어떤 잡지의 부록이, 내가 수집하고 있는 트레이딩 카드라고 하는데. SNS에서는 발매일 전부터 벌써 구매했다는 보고가 속출하고 있었다.

아마도 우리 집 근처의 편의점에는 그 잡지는 아직 진열되지 않았을 것이다. 경험상 그것은 내일 아침에나 진열될 것이다. 지금 고생해서 빗속을 뚫고 가봤자 헛걸음만 할 가능성이 컸다.

그러나 만에 하나의 경우도 있었다. 딴 데서 이미 구입한 사람이 있다는 현실이 나를 초조하게 만들었다.

어차피 내일 아침에는 손에 넣을 수 있을 것이다. 하지만 인기 상품이라 매진될지도 모른다는 것이 무서웠고, 또 결정적으로 그 카드 실물을 빨리 감상하고 싶었다.

......이런 고민을 하게 되니까, 기본적으로 발매일 전에는 입수하지 못하도록 점포 측이 조치해주면 참 좋을 텐데.

몇 분 동안 책상 앞에 앉아서 머리 위의 허공을 바라보며 갈등하고 있었다.

바로 그때였다. 쾅! 하고 힘차게 갑자기 방문이 밖에서부터 활짝 열렸다. 깜짝 놀란 나는 의자 위에서 펄쩍 뛰면서 똑바로 앉았다. 돌아보니 그곳에 서 있는 사람은 우리 누나인 세리나였다.

"자, 문제 나갑니다."

짜잔~ 하고 퀴즈 내듯이 이야기하는 세리나.

"지금 나는 왜 화가 났을까요."

갑자기 왜 이래? 하고 수상쩍어하는 내 시선은 철저히 무시한 채 세리나는 금빛 파마머리를 손으로 만지면서 볼륨 조절을 하고 있었다. 잠옷으로 입는 추리닝 차림, 저혈압인 듯한 하얀 얼굴. 눈꺼풀은 약간 무거운 것을 보면 자다가 막 일어났나 보다. 그 머리카락 틈새에서 언뜻 보이는 컬러풀한 손톱은 푹! 하고 찌르면 사람도 죽일 수 있을 정도로 길었다.

"......낮에 신문 구독을 권유하러 온 아저씨가 누나를 자꾸 '어머님, 어머님' 하고 불러서?"

"뭐? 야, 누가 너한테 농담이나 하라고 했어?"

세리나가 눈을 한껏 가늘게 떴다. 박력이 있었다. 대놓고 째려보는 것이었다.

계속 유급해서 현재 대학교 7학년인 우리 누나. 날라리처럼 생긴 이 여자는 고등학교 시절에는 어지간히 심한 비행 청소년이라서 불량배들이랑 같이 밤마다 여기저기 놀러 다녔었다. 얼굴도 몸매도 제법 괜찮은 누나는 남자 불량배들의 동경이었다는 이야기도 있다. 대학 입시를 계기로 좀 얌전해지긴 했는데, 지금도 밤에 놀러 다니는 습관은 버리지 못해서 대학교 수업이 없는 날에는 기본적으로 아침에 귀가하여 저녁까지 쿨쿨 자곤 했다. 밤에 아저씨들을 상대로 접객업 아르바이트한다는 이야기도 들었지만, 난 관심이 없어서 자세한 것은 몰랐다.

"어쩌라고, 난 몰라. 뭔데? 화났어?"

"그래. 너 메시지 안 봤어?"

그 말을 듣고 나는 침대 위에 던져놨던 스마트폰으로 손을 뻗었다. 화면을 확인해봤더니 정말로 메시지 앱의 알림이 와 있었다.

『저녁 어쩔래? 돈은 있어.』

"뭐야? 이 멋진 대사는."

돈은 있다고? 무슨 사장님 같은 사람이 무한한 욕망을 채우려고 할 때 사용하는 대사잖아? 카드 전문점에서 꼭 그런 말을 해보고 싶다. 『이 가게에 있는 최고의 카드를 전부 다 줘. 돈은 있어.』

"뭔 소리를 하는 거야? 오늘 엄마가 일 때문에 늦게 오니까 저녁밥은 알아서 먹으라고 돈 주고 갔어. 그래서 어쩔 거냐고 물어본 거야. 그런데 네가 답장을 안 해서. 나 지금 배고프거든?"

세리나가 흐아암 하고 크게 하품을 하면서 말했다. 배가 고픈 건지, 졸린 건지……. 틀림없이 둘 다 정답일 것이다.

메시지를 봤더니 송신 시간은 약 30분 전이었다. 컴퓨터로 SNS를 하느라 미처 알아차리지 못했다. 이제야 겨우 세리나가 짜증 난 이유를 알았다.

"저녁? 글쎄, 요리하기도 귀찮으니까 대충 편의점 도시락이나 먹으면 되잖아?"

"그래? 그럼 빨리 가서 사 와. 기다리다 목 빠지겠다."

"어— 알았어."

기다리게 만든 것은 사실이니까. 심부름꾼이 되는 것도 어쩔 수 없지.

세리나는 주머니에서 1,000엔짜리 지폐 두 장을 꺼내 침대 위에 올려놓더니.

"난 파스타 종류가 좋아. 우산 들고 가라."

그런 말을 남기고 방에서 나갔다.

……그러고 보니 비가 오고 있었지.

귀찮은 일을 맡았구나. 아, 하지만 잡지가 발매됐는지 확인할 수도 있으니 차라리 잘된 건가. 어차피 아직 발매되진 않았을 테지만…….

나는 살짝 한숨을 쉬면서 마지못해 외출 준비를 시작했다.

예상대로 내가 원했던 잡지는 아직 진열되어 있지 않았다. 그게 당연한데도 왠지 좀 속상했다. 나는 2인분의 저녁밥만 사서 터덜터덜 가게 밖으로 나왔다.

좀 멀리 있는 편의점까지 가볼까? 아냐, 어차피 헛수고일 거야.

그렇게 미련을 버리지 못한 채 우산을 쓰고 편의점 주차장을 걸어가고 있었는데.

"어? 마사이치?"

돌연 누군가가 앞에서 말을 걸었다. 검은색 우산을 위로 올리고 그쪽을 봤더니, 우연히 이곳을 지나가던 토이로가 비닐우산을 쓰고 서 있었다. 긴소매 파카를 허리에 두른 교복 차림. 통학용 까만 배낭을 메고 있었다.

"안녕. ……지금 집에 가는 거야?"

"응. 우라라하고 다른 친구들이랑 같이 놀다 보니. 시간이 꽤 늦었네."

"고생했어. 힘들겠네."

"그래도 재미있었어. 그런데 요새는 너희 집에 못 가봤네."

나와 토이로는 자연스럽게 집을 향해 걷고 있었다. 나란히 걸음을 떼자 즉시 토이로가 나에게 말을 걸었다.

"저기, 있잖아. 나 제법 인기 많지?"

"어―, 음, 그래……. 확실히 남자들한테도 인기 있다는 소문도 들었어."

고등학교 입학하기 전의 봄방학 때 했던 이야기는 거짓말이 아니었다. 우연히 들은 소문에 의하면 토이로는 중학교 시절에도 몇 번이나 남자에게 고백을 받았다고 한다. 그러나 한 번도 OK를 한 적이 없어서 '고고한 절벽 위의 꽃'처럼 여겨지는 듯했다.

대답이 안 들려서 옆을 봤더니, 토이로가 "우후훗" 하고 히죽히죽 웃는 얼굴로 이쪽을 보고 있었다.

"에헤헤. 어때, 나 다시 봤어? 혹시 마사이치 너도 나한테 반한 거 아냐? 응~ 어때?"

"집에 있는 네 모습을 사진 찍어서, 바다코끼리랑 비교하는 이미지를 만들어 여기저기 확 뿌려줄까?"

"영업 방해는 하지 말아줘~."

그렇게 서로 농담을 하면서 우리는 집으로 돌아갔다. 그것은 좀 그립고도 무척 편안한 시간이었다. 그래 봤자 5분도 안 되어 집 앞에 도착했지만. 정확히 서로의 집을 분리

하는 담벼락의 경계선상에서 우리는 멈춰 섰다.

"그러고 보니 너. 요즘에는 앱 게임 안 해?"

"아— 맞아, 그거. 별로 못 했어. 너랑 또 협동 전투를 하고 싶은데."

"슬슬 레벨 차이가 벌어지던데?"

"헉. 오늘은 꼭 플레이할게! 지금 당장 네 방으로 가서……
아니다, 밤이 좀 늦었나."

그렇게 말하고 나서도 토이로는 고민하는 것처럼 스마트폰 시계를 들여다보고 있었다.

사실 난 상관없는데. 어차피 방에 돌아가도 스마트폰 게임만 할 테니까. 토이로가 온다면 저녁밥은 나중에 먹어도 된다.

그러나 토이로는 금방 스스로 결정했는지 고개를 살래살래 옆으로 흔들었다.

"오늘은 조금 피곤하니까 그냥 쉬어야겠다."

그러더니 "안녕히 주무십시오!" 하고 경례한 뒤 토이로는 자기 집 대문에 손을 댔다.

"너 요새 바쁘지? 몸은 괜찮아?"

내가 헤어질 때 물어보자 토이로는 헤헤 하고 웃으며 고개를 끄덕였다.

내 방으로 돌아와 책상 의자에 털썩 하고 앉았다. 그때 갑자기 내 뒤에 있는 침대에서 데굴데굴 편하게 굴러다니는 토이로의 모습이 뇌리에 떠올랐다. 뒤집힌 옷자락 아래에서 슬쩍 드러난 배꼽. 머리 위로 만화책을 들어 올려 읽고 있었다. 그러나 책의 무게를 오래 버티지 못하고 금방 털썩 하고 옆으로 쓰러졌다. 늘 그렇듯이 나태한, 내가 잘 아는 평소의 토이로의 모습.

그쪽을 돌아봤지만, 당연히 침대 위에는 아무도 없었다.

무리하고 있는 게 아닐까. 내 마음속에 그런 걱정은 있었다. 내 방에 찾아오는 횟수가 줄어들었다는 것은, 중학교 시절보다 더 힘든 나날을 보내고 있다는 뜻이리라.

"집에서는 빈둥거리고 싶어 하는 타입이잖아."

멍하니 중얼거린 그 말은 목적지도 없이 바닥에 툭툭 떨어졌다.

나로선 잊을 수 없는 사건이 일어난 것은 그로부터 3일 후였다.

*

그날도 아침부터 비가 오다 말다 하면서 계속 내리고 있었다.

점심시간이 되자 밖에 나가지 못하는 학생들 때문에 교실은 평소보다 더 시끌벅적해졌다. 보통 이 시간에는 운동장에서 축구를 하는 남자들이 오늘은 교실 뒤편에서 날뛰고 있었던 것이다.

이 쉬는 시간에는 사루가야가 다른 반으로 놀러 가서 나도 게임에 집중할 수 있을 거라고 생각했는데……. 나는 휴 하고 한숨을 쉬고 목을 뚝뚝 꺾었다. 그리고 왜 저렇게 시끄러운 거야? 하고 힐끔 뒤쪽으로 시선을 던졌다.

"자, 다음! 커브볼!"

"으아악, 미쳤어! 이거 진짜 마구(魔球)잖아? 마구."

"뚜껑 야구 대회는 없나? 있으면 틀림없이 우리가 우승할 텐데!"

"좋아, 고시엔*까지 가자! 그리고 아예 프로 뚜껑 야구 선수가 되자!"

……저 녀석들, 페트병 뚜껑으로 야구를 하고 있구나. 배트는 텅 빈 2L 페트병인 것 같았다. 잠깐만, 그런데 저 투수가 던지는 뚜껑은 진짜로 확 꺾이는데?!

이것이 인싸들의 실내 오락인가. 별것이 다 있구나 하고 나는 감탄하고 말았다.

그런데 시끄러운 것은 단지 쿵쾅쿵쾅 요란하게 움직이고 있어서 그런 것이 아니었다. 그들은 자기 존재를 주장하려는 것처럼 일부러 교실 전체에 울릴 정도로 큰 목소리로 대화를 하고 있었다. 우리는 지금 재미있는 이야기를

---

*전국 고등학교 야구 대회.

하고 있다! 하고 특히 여자애들한테 자랑스럽게 보여주려
는 것처럼.

이왕이면 뚜껑 야구에 푹 빠져서 그대로 청춘의 모든 것
을 바쳐버리면 좋을 텐데. 그런 열혈 스포츠 만화 같은 일
이 펼쳐진다면 나도 저놈들을 좋아하게 될 것 같았다. 나
는 멍하니 그런 생각을 하면서 시선을 이리저리 옮겼다.
그들의 매력 발산 대상인 여자들의 반응은 과연 어떤지 궁
금해서.

그때 문득 교실에서 어떤 위화감을 발견했다.

평소보다 여자의 수가 적었다. 정확히 말하자면 토이로
를 비롯한 상위층 여자애들이 여기 없었다. 인원수로만 따
지자면 다섯 명쯤 감소했을 뿐인데, 그 여자애들이 없으면
교실의 밝은 분위기가 확 죽는 느낌이 드는 것이 신기했다.

화장실이나 매점에 간 걸까? 아니면 다른 반 친구라도
만나러 간 걸까.

결국 점심시간이 끝나기 전까지는 모두들 교실로 돌아
왔으므로, 나도 별로 신경 쓰지는 않았다. 내 관심은 이번
월말에 발매되는 트레이딩 카드 BOX 쪽으로 옮겨갔다.

*

내가 노리고 있는 카드의 월말 발매 BOX는 해외에서 제

작되는 총 5,000개 한정 수량 제품인데, 이미 재판매는 안하기로 결정된 데다가 그 BOX 안의 카드는 상당히 희소한 것으로 확정된 상태였다. 그중에서 일본으로 건너와 유통되는 것은 약 1,000개로 예상되기 때문에 입수하기가 쉽지 않을 것 같았다. 최근에는 사자마자 금방 딴 사람한테 팔아버리는 사람도 늘어났다. 그러니까 매장 판매 가격으로 사지 못했을 때는, 중고 거래 앱이나 경매 사이트를 통해 몇 배나 되는 가격을 치르는 것도 검토해야 할 것이다. 가능하다면 그런 프리미엄을 노리는 사람은 당첨이 안 되기를 바라는데…….

그날 방과 후에 나는 카드 전문점에 들러서 BOX 판매 방식을 확인했다. 월말 토요일 아침 9시부터 선착순 100명에게 번호가 적힌 추첨권을 배부하고, 그다음 날 추첨. SNS 및 홈페이지에 당첨 번호가 발표된 후에는 당첨자가 추첨권을 제시하고 BOX를 구매할 수 있다고 한다. 단, 제일 중요한 입고량은 확정되지 않았다고 한다. 그래서 나는 내심 불안해하면서도 아침 일찍 가서 줄을 서기로 했다.

내가 머릿속으로 당일 아침의 행동을 시뮬레이션하면서 어슬렁어슬렁 집으로 돌아왔을 때. 웬일로 대문에 기대어 서서 기다리고 있는 손님이 있었다.

"어이쿠, 많이 늦으셨네요. 마사이치 군. 그 봉투는 역 앞에 있는 카드 전문점 『토네이도』의 봉투 아닙니까. 이런 소녀를 기다리게 만들면서까지 다녀오셨는데, 뭔가 수확은 있었나요?"

어차피 손님이라고 해봤자 나를 찾아올 사람은 한 명 정도밖에 안 떠올랐지만. 도대체 무슨 볼일일까. 비는 그쳤지만 다소 흐린 하늘 아래에서 토이로는 내내 나를 기다리고 있었던 모양이다.

"돈도 없으니까. 카드 팩이나 좀 샀어. 그런데 무슨 일이야? 교실에서 미리 말해줬으면 나도 곧장 집으로 왔을 텐데."

"에이, 그거는 깜짝 이벤트가 아니잖아."

"깜짝 이벤트? 이웃사람이 집 앞에 서 있는 게 깜짝 이벤트야?"

"엄청나게 예쁜 여자애가 충견처럼 네가 돌아오기를 기다렸다는 것이 깜짝 이벤트지."

나는 "아, 네네" 하고 대충 넘기려고 했다. 그러자 토이로는 "흥—" 하고 뺨을 부풀리면서 뾰로통한 얼굴로, 나보다 머리 하나만큼 낮은 곳에서 나를 쳐다봤다.

"어, 그래서? 좀 걸을까?"

퉁퉁 부은 복어 같은 얼굴한테 내가 그렇게 물어봤더니, 공기가 쑥 빠지는 것처럼 그녀는 어리둥절한 표정을 지었다.

"으, 응, 그래, 걷자!"

아마도 내 말이 의외였나 보다. 집 안으로 초대될 거라고 생각했던 걸까. 하지만 토이로가 어딘가로 이동하고 싶어 한다는 것은 처음부터 알고 있었다.

오랫동안 우리 집에 계속 들락거렸던 토이로는 당연히 우리 가족들과도 친했다. 내가 없을 때도 대체로 누군가에게 부탁해서 제멋대로 내 방에 들어가 있었다. 오늘도 누나가 집에 있었다. 그런데도 그러지 않고 밖에서 기다리고 있었다는 것은, 방에서 뭔가를 하고 싶지 않다는 뜻이 아닐까.

"저쪽에 있는, 어릴 때 자주 놀았던 강변. 거기로 가지 않을래?"

"어, 그래. 비 때문에 강물이 불어나지 않았으면 좋겠는데."

우리는 토이로가 제안한 대로 근처에 있는 강가에 가기로 했다. 통학용 짐만 우리 집 현관에다 던져놓고, 둘 다 빈손으로 걸음을 뗐다.

도로에서는 축축한 아스팔트 냄새가 풀풀 나고 있었다. 시내를 그물망처럼 뒤덮고 있는 전깃줄에서는 물방울이 똑똑 떨어졌다. 어두운 물웅덩이에 파문이 번져 나갔다.

이윽고 강변에 도착한 우리는 촉촉한 잡초를 신발로 밟으면서 강 쪽으로 조금만 가까이 다가갔다. 그곳에는 두 사람이 붙어 앉을 수 있는 크기의 평평한 바위가 있었다.

물이 고인 웅덩이를 피하면서 우리는 나란히 그 바위에 걸 터앉았다.

그리고 우리는 말없이 강물을 바라봤다. 장마철에 추적 추적 내리는 비 때문에 물이 좀 불어난 하천은 그래도 도 도히 평화롭게 흘러가고 있었다. 끊임없이 들려오는 강물 소리, 풋내가 나는 풀의 냄새, 이따금 울어대는 청개구리 울음소리. 여기 가만히 앉아 있으면 어쩐지 어린 시절로 돌아간 것 같아서 그리운 느낌이 들었다.

한동안 나는 자연에 몸을 맡기고 향수에 젖어 있었다. 그동안 토이로가 먼저 말을 꺼내려는 기색은 느껴지지 않 았다.

"⋯⋯그래서. 무슨 일이야?"

하는 수 없이 내가 먼저 말을 걸어봤다.

"⋯⋯어, 그게─. 요새는 마사이치랑 같이 있는 시간이 없었다는 생각이 들어서."

"아니, 야. 그건 됐고. 뭔가 고민거리가 있는 거 아냐? 친구랑 관련된 일이야?"

"아하하하. ⋯⋯어휴─ 그게 말이지. 인기가 많은 것도 문제구나─란 생각을 했거든."

토이로는 여전히 앞만 보면서 마침내 그동안 쌓아뒀던 생각을 털어놓기 시작했다.

"그래, 너 요새 바빠 보이더라."

"응. 그것도 그렇지만, 남녀의 연애인지 사랑인지 뭔지 하는 복잡한 일에 휘말리기도 해서."

"연애인지 사랑인지 뭔지 하는, 복잡한 일?"

"응. 홀딱 반했다 어쨌다~ 하는 난장판 말이야. 아, 진짜— 난 두 손 두 발 다 들었어. 쟁탈전이나 질투도 있고, '어째서 내가 좋아하는 사람한테 네가 고백받는 거야? 넌 눈치도 없냐?' 하는 것도 있고. 만화 속에서나 있는 일이라고 생각했는데. 대체 뭐야? 고등학생이 되면 갑자기 청춘을 즐기고 싶어지는 병이라도 있는 거야?! 하고 놀랄 정도라니까."

아마도 내가 모르는 사이에 토이로 주변에서는 온갖 사건이 일어나고 있었나 보다. 그런데 고백을 당한 사람이 비난받다니, 뭐 그렇게 억울한 일이 다 있어……?

"오늘 점심시간에도 그 일로 다른 반 여자애가 나한테 화를 냈어. 우라라랑 친구들이 나를 감싸줘서 일단 사태는 진정됐는데, 나는 처음부터 그런 쪽에는 관심도 없다고나 할까. 괜히 나를 끌어들이지 말았으면 좋겠단 말이야. 요새는 친구랑 놀 때 남자가 끼어드는 경우가 자주 있는데, 그렇게 한 번 같이 놀았다고 벌써 사이가 좋아졌다고 착각하는 걸까?"

아, 그래서 오늘 점심시간에는 교실에 여자애들이 적었던 거구나. 여자들끼리의 싸움이 어떤지는 상상이 안 되지만,

꽤 성가신 일이란 것은 토이로의 표정만 봐도 알 수 있었다.
토이로 본인은 그런 연애 문제에는 관심이 없다고 하니까
더더욱 그럴 것이다.

"그런 일이 있었구나……."

내가 그렇게 중얼거리자, "네~ 그렇다니까요, 형님……"
하고 토이로가 농담하듯이 대답했다. 그러나 그 힘없는 목
소리에는 피곤함이 섞여 있었다. 토이로가 지금 나름대로
최선을 다해 괜찮은 척하고 있다는 것을 알았다.

나는 토이로에게 무슨 말을 하면 좋을지, 뭔가 해줄 수
있는 게 없는지 고민했다.

그런데 그때 토이로가 그런 나의 허를 찌르면서, 내 예
상을 완전히 뛰어넘는 말을 했다.

"……있잖아, 우리는 소꿉친구이니까…… 우리 차라리
사귈까?"

"………………뭐?"

한순간 시간이 멈췄다.

지금, 뭐라고 했지? 사귄다고……?

"어, 뭐야? 그건."

"뭐긴 뭐야. 깜짝 이벤트지. 처음부터 말했잖아. 깜짝 이
벤트라고."

토이로는 벌떡 일어나더니 왼손 검지를 곧게 세웠다.

까, 깜짝 이벤트? 이건 그런 게 아니잖아?

설마 이거 고백인가? 그, 그렇다면, 뭐라고 대답을…….
처음 경험하는 일이라 어쩌면 좋을지 전혀 알 수 없었다.
아니 잠깐만, 대체 언제부터 나를?

"너, 너, 너, 너, 나를 좋아했어?"

나는 미친 듯이 더듬거렸다.

"조, 조, 좋아하냐고?! 아니, 그건…… 있잖아, 내 말 좀
들어봐."

토이로도 당황한 것처럼 얼굴을 새빨갛게 물들였다. 이
어서 그녀는 자기 뺨에 대고 파닥파닥 손부채질하면서 필
사적으로 이야기를 계속했다.

"이걸 좋아한다고 말해야 할지……. 저기, 우리는 방과
후에는 자주 함께 있는 편이잖아? 쉬는 날에도 대부분 같
이 있고."

"최근에는 그런 것도 좀 줄어들었지만."

내가 그렇게 말했더니.

"어머나, 마사이치 군. 그래서 외로웠어요~?"

토이로가 다시 기운이 난 것처럼 히죽히죽 웃으며 이쪽
을 봤다. 짜증 나…….

"외롭긴 누가 외로워. 그동안 쌓아놨던 게임 타워를 해
치울 수 있어서 딱 좋았어. 네가 하고 싶다고 했던 게임의

스포일러라도 해줄까?"

"제발 그건 참아주세요……."

클리어한 게임은 빌려주세요, 하고 토이로가 한마디 덧붙였다.

"아, 아무튼 그래서 말이죠! 어차피 우리끼리 같이 있을 거면 차라리 사귀는 것으로 하는 게 낫지 않나? 하는 생각이 들어서. 그러면 나도 다른 남자들한테 연애 대상으로 인식되지도 않을 테고, 남자가 있는 모임에 초대되는 일도 줄어들 테니까."

"아하, 그래. 이해했어. 하지만 같이 있는 거랑, 사귀는 것은 또 다르지 않아……?"

"그러니까 그런 척! 그런 척만 하자는 거야. 위장 커플 대작전. 걱정 마, 우리 사이는 지금과 똑같을 테니까. 물론 주변 사람들을 속이려면 이런저런 행동을 같이해야 할지도 모르지만."

그렇구나. 토이로의 제안의 의도는 이해했다. 연애인지 사랑인지 뭔지 하는 복잡한 문제에 말려들 바에야, 차라리 자기가 먼저 파트너를 만들어서 주위에 남자들이 접근하지 못하게 막으려는 것이었다.

하지만……. 아무리 '그런 척'만 한다고 해도, 사귄다는 것은 여러모로 부담스러운 일이었다. 지금까지 경험해본 적도 없으니까. 잘 해낼 자신이 없었다. 아니, 나 혼자만

이런 식으로 심각하게 생각하는 건가? 하지만 취미 생활을 하는 시간도 가능한 한 빼앗기고 싶지 않았다.

내가 주저하자, 토이로는 몸을 옆으로 기울이면서 내 얼굴을 들여다봤다.

"저기, 괜찮지? 마사이치. 어차피 넌 좋아하는 여자애도 없잖아. 나랑 사귀어도 손해 볼 것은 없지 않아?"

"잠깐만, 그런 여자애가 없다고 단정 짓지 마."

"어? 있어?"

"……아니, 없지만. 그럼 반대로 나한테 무슨 이득이 있는데?"

"이득은 당연히 있지. 예쁜 여자애랑 합법적으로 사이좋게 지낼 수 있잖아. 너도 이제는 충실한 현실의 생활을 하는 거야."

"예쁜 여자애가 누군데? 게다가 합법이라니, 그건 또 무슨……."

"우훗♡"

"네~ 네. 예뻐요, 예뻐."

"지금 귀찮아하면서 무시했지?!"

"내가 몇 번이나 말했잖아. 나는 충실한 현실 따위는 필요 없다고. 현실에서는 충전 모드라고."

사귀는 척하기 시작한다면, 앞으로 학교에서 과연 어떤 취급을 당하게 될지. 더구나 상대는 전교에서 인기 있는

(이유는 모르겠지만) 미소녀였다. 토이로를 노리던 남자들의 반감을 사버릴 가능성도 있었다. 난 그저 앞으로도 평온한 오타쿠 인생을 만끽하고 싶을 뿐인데.

억시 서절하는 편이 좋을 섯이다. 그렇게 생각한 내가 이어서 입을 열려고 했을 때.

"후후후후. 그래, 사실 네가 주저하리란 것은 예상했어. 하지만! 자, 이러면 어떨까?"

토이로가 히죽 위험한 미소를 지으며 나를 바라봤다.

"뭐, 뭔데?"

나도 모르는 사이에 약점이라도 잡힌 걸까. 나는 겁내면서 물어봤다. 그러자 토이로가 입속말을 웅얼거리기 시작했다.

"월말…… 카드 전문점…… 추첨."

띄엄띄엄 들리는 그 단어. 나로선 완벽하게 짚이는 바가 있었다.

"조사한 거야?"

"물론이지. 내가 몇 년이나 마사이치의 소꿉친구 노릇을 했는데, 응?"

토이로가 언급한 것은, 월말에 내가 도전하려고 하는 카드 BOX 추첨에 관한 이야기였다. 지금 여기서 그 화제를 꺼낸다는 것은…….

"네가 평소에 모으고 있는 카드의 한정판 BOX. 판매 방식은 네 단골 가게에 전화해서 확인했어. 월말에 나도 같이 줄을 서줄까?"

크윽…… 하고 나는 말문이 막혔다. 그것은 엄청나게 매력적인 제안이었다.

토이로는 오타쿠이긴 하지만 트레이딩 카드에는 관심이 없었다. 그래서 추첨이나 수량 제한 판매 방식일 때는 '같이 사러 가서 나한테 양보해주면 안 돼?' 하고 협상을 자주 시도해봤는데, 그때마다 대답은 NO였다. 토이로는 아침에 정말로 못 일어나기 때문에, 휴일에는 오후가 될 때까지 반드시 수면을 우선시해야만 직성이 풀리는 타입이었다.

"……아침 일찍 일어나줄 거야?"

"응. 딱 한 번만."

"……여자 친구라면 보통은 이런 경우에 남자 친구를 도와줘야 하는 거 아냐?"

"……똑똑하네? 알았어. 사귀는 동안에는 너의 카드 수집 활동에도 협력해줄게."

"네 입으로 말했다?"

"내 입으로 말했어. 자, 협상 성공이네. 그 대신 너도 네 역할을 제대로 해야 해."

토이로가 천진난만한 어린아이처럼 생긋 웃었다.

한편 나도 속으로는 아싸! 하고 신나게 주먹을 불끈 쥐고 있었다. 이로써 추첨에서 뽑힐 가능성이 올라갔다. 게다가 혹시나 둘 다 당첨된다면 BOX 하나는 뜯지 않고 그대로 보관할 수 있을지도 모른다. 생각만 해도 수집가의 영혼이 꿈틀거렸다.

그 대가로 귀찮은 일도 떠안게 되었지만…….

그런데 이러니저러니 해도 나는 토이로에게 협력해야겠다고 생각하고 있었다. 어린 시절부터 알고 지냈는데, 토이로는 이런 고민을 남에게 쉽게 털어놓는 성격이 아니었다. 끝까지 참고 또 참다가, 마침내 기회를 봐서 나에게 상담을 요청한 것이리라. 그것을 결코 무시할 수는 없었다.

또 애초에 토이로가 정말로 힘들어하고 있다면 나는 무조건 도와주고 싶었다. 나 같은 녀석이 과연 도움이 될지 모르겠지만…….

"그런데 커플이라니……. 제대로 할 수 있을까?"

나는 좀 불안해져서 그렇게 물어봤다.

"우리는 평범한 연인들보다 훨씬 더 오래 붙어 있으니까, 그건 걱정하지 않아도 돼!"

토이로는 바람에 날리는 머리카락을 귀 뒤로 넘기더니 엄지를 척 치켜들었다. 그 얼굴이 약간 붉어 보였다. 어느새 엷은 구름 너머에서 새어나온 저녁 햇살이 거리를 부드럽게 비추고 있었다.

이리하여 이날부터 나는 소꿉친구였던 토이로와 임시 커플이 되었다.

커플이라는 관계가 도대체 어떤 것인지 상상도 못 한
채——.

☆

아아——, 사고 쳤다, 사고 쳤어…….

나, 쿠루미 토이로는 내 방 침대에서 베개에 얼굴을 묻
고 데굴데굴 구르며 몸부림치고 있었다.

기어코 사고를 쳐버렸다. 저녁에 내가 무슨 짓을 한 걸
까. "우리 차라리 사귈까?"라니. 왜 그렇게 부끄러운 말을
했을까. 떠올리기만 해도 화르르 타버릴 정도로 얼굴이 뜨
거워졌다. 간단히 사정을 설명하고, 애인인 척해 달라고
부탁만 하면 됐을 텐데.

밤에 마사이치와 헤어지고 집에 돌아와서 저녁밥을 먹
고 샤워를 했다. 그 후 침대에 누웠을 때——갑자기 부끄
러움이 확 밀려왔다.

"그, 그래도, 결국 잘됐잖아? 잘됐어, 괜찮아. 다 잊어버
리자——. 버리자——……."

혼자서 억지로 기운 넘치는 척해봤자 역시 마음이 개운
해지지는 않았다.

단, 작전 자체는 성공했다. 그 점에서는 일단 안심이 되
었다.

——이로써 내일부터는 다시 마사이치와 함께 지낼 수 있다.

　　마사이치에게는 사랑이나 연애 같은 복잡한 문제 때문이라고 말했지만, 진짜 이유는 그게 아니었다.

　　최근에는 마사이치와 같은 방에서 빈둥빈둥 노는 시간이 줄어들었다. 내가 고등학교에 입학한 이후로 친구가 늘어서 날마다 같이 놀러 가자는 권유를 받았기 때문인데……. 여자 친구들과 노는 것도 즐거웠지만, 실은 좀 더 마사이치와 같이 느긋하게 오타쿠 활동을 하는 시간을 소중히 여기고 싶었다.

　　딱 잘라 말하자면, 그런 두 사람의 시간이 좋았다.

　　커플이 된다면 필연적으로 같이 지내는 시간은 늘어난다. 남자 친구와 같이 있어야 한다는 이유로 친구의 제안을 당당하게 거절할 수도 있을 것이다.

　　좋은 방법이라고 생각했다. 모르는 남자한테 고백받거나, 그것 때문에 잘 모르는 여자한테 공격을 당하는 것도 사실이니까. 그것을 이유 삼아 부탁하면 될 것이다. 마사이치는 착하고, 내 부탁은 잘 거절하지 못한다는 것도 알고 있었다. 물론 그 점을 이용한다는 것에 대한 죄책감은 있었다. 하지만 그의 취미 생활에도 협력해줄 거고, 또 같이 오타쿠 활동을 하기 위해서니까 그도 용서해줄 것이다.

　　거기까지 계산하고 "우리 사귈까?"라는 발언을 했던 것인데…….

"아아~ 쪽팔려~."

다시 생각해보니 적극성이 넘쳐서 너무 대담한 짓을 해버린 것 같았다.

연애 감정은 없지만, 상대는 정말 소중한 소꿉친구였다.

마사이치와 커플이 되다니……. 아니, 그런 척하는 거지만. 앞으로 과연 어떻게 될까.

최종적으로 똑바로 누워 천장을 멍하니 쳐다보면서 나는 생각했다. 순수하게 즐길 수 있으면 좋겠다고.

나와 토이로는 서로 논의한 끝에, 학교나 통학로처럼 남들이 보는 곳에서는 커플인 척하는 연인 작업을 수행하고, 아무도 안 보는 집 같은 곳에서는 평소의 우리 두 사람답게 소꿉친구 작업을 수행하기로 했다.

서로 협력하여 연기하고 있다는 것을 들키지 않기 위해, 우리가 소꿉친구라는 사실은 숨기기로 했다.

토이로는 당장 주변의 친구들에게 나와 사귀기로 했다는 소식을 알렸고, 커플이 된 직후이니까~ 하면서 친구의 권유를 거절하고 연인 작업을 수행하여 나와 같이 하교하게 되었다. 이리하여 토이로는 이전처럼 방과 후에는 내 방으로 오게 되었다.

"저기, 우리 연인 작업을 하자, 응?"

둘이서 집에 돌아가는 도중에 토이로가 그런 말을 꺼냈다.

"충격적인 제안이네. 원래 연인 작업이라는 것은 '하나, 둘, 셋!' 하고 시작하는 건가? 아니, 우리는 지금도 이렇게 커플인 척하면서 집에 같이 가고 있잖아."

나는 왼쪽 옆에서 걷고 있는 토이로에게 그렇게 대꾸했다. 옛날부터 나란히 걸을 때는 내가 오른쪽에 서고 토이로가 왼쪽에 섰다. 특별한 이유는 없지만 자연스럽게 그렇게 정해져서, 이것이 편안한 위치가 되었다.

"집에 같이 가는 것은 너무 평범하잖아? 애정 넘치는 분위기를 연출하려면 뭔가 커플처럼 여겨지는 또 다른 행동을 해야 해."

"이게 평범한가……?"

하기야 단순히 나란히 있는 것은 지금까지와 똑같은…… 걸지도 모른다.

"그런데 커플 분위기를 연출하기 위한 또 다른 행동이 뭔데?"

내가 그렇게 물어보자 토이로는 멈춰 섰다. 그리고 미리 생각해뒀던 것처럼 즉시 가방 속에서 뭔가를 꺼냈다.

"……이어폰?"

"네, 그렇습니다. 전혀 특별하지 않은 이어폰입니다."

토이로가 항상 사용하고 있는 하얀색 줄이 달린 이어폰이었다. 토이로는 그것을 손가락으로 집어 가볍게 흔들면서 말했다.

"이 이어폰을 공동으로 사용하자."

"공동으로? 이어폰 하나를 둘이서 사용하는 거? 그건 전에도 종종 하던 짓이잖아……."

방에서 내가 게임을 하고 있을 때, 토이로가 게임 소리를 방해하지 않으려고 이어폰으로 음악을 들으면서 만화책을 읽는 경우가 여러 번 있었다. 그러다가 마음에 드는 곡이 있으면 "이거 들어봐" 하고 내 귀에 이어폰을 꽂아주는 것이다.

"물론 우리는 평소에도 하는 짓이지만……. 잡지에서 읽었는데, 이런 것이 연인 같은 행동이랬어!"

"아~ 그래? ……그럼 한번 해볼까?"

내가 승낙하자 토이로는 "좋아!" 하고 이어폰 하나를 나에게 건네줬다. 그 플러그는 토이로의 스마트폰과 연결되어 있었다. 무선 이어폰이 아니라서 할 수 있는 짓이구나…… 하고 생각하면서 나는 방금 받은 이어폰에 적혀 있는 좌우 표시 알파벳을 확인했다.

『R』이라고 적혀 있으니까 오른쪽이다.

내가 오른쪽 귀에 이어폰을 꽂자, 이번 분기의 최고 작품이라고 평가받는 애니메이션 주제가가 흘러나왔다. 오케스트라 스타일의 우아한 곡조가 점점 업 템포로 변하면서 후렴에 돌입하는 그 순간은, 몇 번을 들어도 소름 끼친다고 소문이 난 오프닝 곡이었다.

우리는 잠시 멈춰 서서 그 멜로디에 귀를 기울였다.

──그러나.

후렴이 나오기 훨씬 전부터 나는 왼팔이 묘하게 근질근

질한 것을 느꼈다.

……가까웠다.

팔꿈치가, 옆에 있는 토이로에게 툭툭 닿았다. 옷 속에서 그녀의 부드러움이 전해져올 정도로. 나는 무의식중에 팔꿈치 끝에 감각을 집중시켜버린 것을 깨닫고 황급히 팔을 치웠다. "응?" 하고 고개를 갸웃거리면서 왼쪽 귀에 이어폰을 꽂은 토이로가 이쪽을 쳐다봤다.

내, 내가, 뭐 하는 거지……? 팔뚝의 근질근질한 느낌이 전달된 것처럼 이번에는 가슴이 두근두근 뛰었다.

이것이 연인 같은 행동인가. 이 세상 커플들의 거리감이란 말인가?

……잠깐만. 이상하잖아.

"야, 이어폰은. 두 사람 사이에 있는 가까운 귀에 꽂는 게 좋지 않아? 내가 왼쪽에, 네가 오른쪽에."

냉정하게 생각해보면 금방 깨달을 수 있는 사실이었다. 토이로의 오른쪽에 서 있는 내가 오른쪽 이어폰을 끼면, 줄을 목 아래로 통과시켜 멀리 떨어진 귀에 이어폰을 끼게 된다.

여기서는 무조건 내가 왼쪽 이어폰을 쓰고 토이로가 오른쪽 이어폰을 써야 한다. 그러면 훨씬 더 여유롭게 음악을 즐길 수 있을 것이다.

그렇게 생각했는데——.

"아냐, 안 돼. 이렇게 해야지만 두 사람의 거리가 가장 가까워져서 좋다고 잡지에 적혀 있었어. R 이어폰을 왼쪽 귀에 꽂는 것도 안 돼, 알았지?"

아마도 이유가 있어서 일부러 나한테 이것을 줬나 보다. 쳇, 그놈의 잡지……

나는 어쩔 수 없이 오른쪽 귀에 이어폰을 장착했다. 그러자 역시 줄이 팽팽해져서 토이로와 얼굴을 가까이 댈 수밖에 없었다. 고개만 돌려도 입김이 닿을 것 같은 거리였다.

힐끔 곁눈질로 봤더니, 토이로는 살짝 말린 긴 속눈썹을 내리깔고 음악을 듣고 있는 것처럼 보였다. 눈을 감고 있으니 때마침 잘됐다 하고 나는 그 옆얼굴을 뚫어지게 관찰하고 말았다.

……아니, 잠깐만. 진짜로 난 뭐 하는 걸까.

토이로를 상대로 왜 이렇게 초조해하고, 왜 이렇게 동요하고 있는 거야?

이어폰을 공유하는 게 처음도 아닌데.

평상심, 평상심을 가지자.

그렇게 속으로 주문을 외웠을 때.

『앗, 저거 봐. 저 두 사람. 가깝지 않아?』

『아— 둘이서 이어폰을 같이 쓰고 있네.』

지나가던 여자들의 그런 소리가 들려왔다. 이어폰을 착용하지 않은 왼쪽 귀를 통해. 아직 학교에서 그다지 멀리 떨어지진 못해서, 주위를 둘러보니 같은 학교 교복을 입은 학생들이 많이 눈에 띄었다.

『부럽다~ 사이좋아 보여. 나도 남자 친구 있으면 좋겠다—.』

이어서 다음 대화가 바람을 타고 날아왔다. 나는 무심코 토이로한테서 약간 떨어졌다. 줄이 팽팽히 당겨지는 바람에 토이로의 귀에서 이어폰이 쏙 빠져나왔다.

"어머나~ 왜, 부끄러워서 그래? 우리 사이가 좀 멀어졌는데?"

토이로가 싱글싱글 웃으며 나를 쳐다봤다.

"역시 순진한 마사이치 군한테 연인 작업을 시키는 것은 너무 일렀던 걸까?"

"그, 그런 거 아니거든?"

이어폰을 공유하는 것 정도는 별것도 아닐 텐데. 지금은 단지 남에게 그런 행동을 지적당해서 괜히 당황했을 뿐이다.

"아— 정말—?"

히죽 입꼬리를 끌어 올리면서 내 얼굴을 들여다보는 토이로. 앞머리가 중력의 영향을 받아 부드럽게 살랑거렸다.

"당연하지. 아니, 그런데 이런 식으로 이어폰을 꽂으려면 이 줄이 너무 짧잖아? 게다가 서 있으니까 더 불편해."

내가 그렇게 변명을 늘어놓자, 토이로는 내 말을 가로막는 것처럼 손뼉을 짝 쳤다.

"좋아, 그럼 지금부터 게임이나 할까?"

"……게임?"

나는 영문을 몰라 고개를 갸웃거렸다.

"응. 우리는 그 누구에게도 위장 커플이란 사실을 들키면 안 되는 거잖아? 그러니까 연인 작업을 잘했을 때는 상을 줄게. 이건 네가 나를 위해서 해주는 거니까. 뭐, 그런 게임이야."

"……흐음. 무슨 상인데?"

"그때그때 상황에 어울리는 좋은 것."

제대로 연인인 척하는 데 성공하면 무슨 선물을 받을 수 있나 보다.

그러나 달콤한 유혹에는 반드시 함정이 숨겨져 있는 법이다. 애초에 게임이라고 표현을 했으니까.

"그럼 실패했을 때는? 뭔가 있는 거지? 벌칙 같은 거."

"그렇지. 만약에 연애 작업을 방해하는 행동을 했을 때는, 넌 내 부탁을 하나 들어줘야 해. 걱정하지 마. 터무니없는 부탁은 안 할 테니까."

벌칙도 정확한 내용은 알 수 없었다. 터무니없는 부탁은 안 한다지만, 도대체 무슨 짓을 시키려는 걸까. 그런 나의 불안한 표정을 봤는지 토이로가 설명을 덧붙였다.

"아, 상황에 따라 달라질 테지만, 그냥 과자를 사 와줘~라는 식으로 간단한 심부름이나 시킬 거야."

"심부름……."

정말로 단순한 벌칙 같아서 조금 안심했다. 그러나 여기서 주의해야 할 점은 토이로의 과자 섭취량이 어마어마하다는 것이다. 내 방에서 하루 놀다 가면, 텅 비어 있던 휴지통이 과자 포장지로 꽉 차버리는 경우도 자주 있었다. 산 과자를 나르는 것 자체도 큰일인데, 만약에 돈도 내가 내야 한다면 금전적으로도 힘들어질 것이다.

"그게 싫으면 실패하지 않으면 돼. 아, 혹시 자신이 좀 없어서 그래? 역시 마사이치 군에게는 너무 어려운 과제였나……."

"아니라니까. 연인 흉내쯤은 얼마든지 할 수 있어."

토이로의 추가적인 도발에 나는 무심코 반응했다. 내가 지기 싫어하는 성격이란 것은 토이로도 잘 알고 있었다. 도발에 쉽게 유도당한 기분이 드는데…….

"좋아, 그럼 그 말을 믿을게. 지금부터 게임 시작이야."

토이로가 그렇게 선언함으로써 우리 위장 커플 사이에서는 기묘한 게임이 시작되고 말았다.

다시 집으로 향하는 걸음을 뗐다. 그때 토이로가 당장 행동에 나섰다.

"저기 있잖아, 마사— 마사— 오늘은 집에 가서 뭐 할까—?"

가볍게 한 발 앞으로 나아가 이쪽을 돌아보더니, 그대로 뒷걸음으로 걸으면서 나에게 말을 걸었다.

"뜬금없이 뭔 소리야? 마사라니?"

"왜? 우리 사귀잖아. 애칭은 기본이지. 자, 마사. 너도 불러봐."

애칭? 그런 것은 생각해본 적이 없었다. 초등학교 시절에는 한때 토이로 짱~이라고 불렀는데, 그것은 단지 이름에 경칭만 붙였던 것이다. 그나마도 중학생이 된 다음부터는 쭉 토이로! 하고 이름만 부르게 되었다.

나는 즉흥적으로 떠올린 별명을 어떻게든 입 밖에 내보려고 했다.

"토, 토, 토이롱……."

어쩐지 오타쿠의 감성이 느껴지는 애칭이 되어버렸다.

아니, 잠깐만. 이건 아까 그 이어폰보다 훨씬 더 부끄럽잖아. 익숙하지 않은 것도 문제였지만, 이렇게 남녀가 애칭을 사용한다는 것이 진짜 커플 같다고나 할까. 지나다니는 사람도 꽤 많은데……

게다가 '마사' '토이롱'이라니, 이게 도대체 뭔데?! 기절할 정도로 사랑이 넘치고 있었다. 여자 친구 없이 15년 인생을 살아온 나에게는 너무나 부담스러운 일이었다.

그러나 토이로는——.

"으응—? 설마 연인 사이인데 부끄러워하는 거야—? 이정도면 벌칙 아니야—?"

그런 식으로 당장 나한테 시비를 걸기 시작했다.

"…………마사—! 자, 토이롱이라고 해봐."

"토, 토이롱."

"목소리가 작잖아, 마……………… 마사!"

토이로, 이 녀석. 아주 멋진 미소였다. 아니, 그런데 지금은 연인 작업을 성공시키기 위해 서로 협력해야 하는 상황이 아닌가?

그런 생각을 하면서도 나는 또 동시에 토이로의 어떤 습성을 눈치챘다.

"이봐. 이 벌칙 말인데. 당연히 너한테도 적용되는 거지? 제안자가 발목을 잡는다는 것은 말도 안 되는 짓이니까, 안 그래?"

"그, 그렇지. 그럼 평등하게, 만약에 내가 발목을 잡는다면 마사이치가 시키는 대로 심부름을 해줄게."

"심부름 시킨다는 말은 안 했는데……."

그렇게 말하면서 나는 힐끔 주위를 살폈다. 하교 중인 동급생 여자애들이 우리 등 뒤로 다가오고 있었다. 그때 나는 다시 입을 열었다.

"아— 그런데 역시 서로 애칭으로 부르는 것도 좋다. 그렇지? 토이롱."

수치심도 체면도 다 버리고 마음을 싹 비워버리면, 애칭도 그럭저럭 자연스럽게 입 밖에 낼 수 있었다.

"으, 응. 좋네."

그러자 토이로는 그렇게 애매한 대답을 했다.

"서로 애칭으로 부르면 그만큼 친밀해지는 것 같잖아. 그렇지? 토이롱."

"으, 응. 그래."

왠지 토이로의 상태가 좀 이상했다. 나와 이야기를 나누면서도 힐끔힐끔 주위를 둘러보고 있었다.

실은 좀 전부터 토이로의 행동에는 어떤 특징이 있었다.

주위에 사람이 있을 때는 토이로는 절대로 '마사'라는 말을 하지 않았다. 좀 전에도 마사~라고 말하려다가 자전거가 지나가는 바람에 말을 삼켰었다. 지금도 다른 여자애들이 뒤에서 접근했기 때문에 애칭을 부르지 않으려고 애쓰고 있었다.

적극적으로 시비를 거는 척하고 있지만, 토이로도 틀림없이 이 상황이 부끄러운 것이다.

"왜 나를 마사~라고 불러주지 않는 거야?"

나는 추가 공격을 가하듯이 토이로의 얼굴을 바라보면서 한 걸음 가까이 다가갔다.

"어, 아, 아니, 그냥~? 왜왜왜냐하면……."

"왜냐하면, 뭔데? 주위에 다른 사람이 있으니까 부끄러워서 그러는 거야? 하지만 그러면 연인 작업이 제대로 안 되잖아?"

오, 이거 벌칙을 받아야 하나? 하고 내가 고개를 갸웃거리며 말을 덧붙이자.

"어, 어휴, 알았어! 마, 마마마마, 마사—!"

하고 얼굴을 붉히면서 토이로가 말했다. 그 목소리가 희한하게 갈라져서 주변 사람들의 주목을 받고 말았다.

으, 음. 왠지 나도 덩달아 부끄러워졌다.

"마, 마사이치!"

토이로가 황급히 소리를 질렀다. 그리고 잠시 숨을 고르더니.

"정전 협정이다."

조용히 그런 말을 했다. 나도 얼른 고개를 끄덕이면서 그 제안에 응했다.

이번 싸움은 무승부. 둘 다 연인 작업을 방해했으므로 벌칙은 없음.

그리고 앞으로는 '게임은 속행하되 서로를 위험에 빠뜨리지는 말자'고 둘이서 협정을 맺었다.

연인 작업은 아직은 영 어설프게 진행됐는데, 주변 사람들은 아무래도 '그 유명한' 쿠루미 토이로와 사귀기 시작한 나를 부러워하는 경향이 있는 듯했다.

『아~ 좋겠다. 그 유명한 쿠루미랑 사귀다니.』
『저렇게 예쁜 여자애가 옆에 있는 생활. 부러워…….』
『쿠루미……. 젠장, 이건 악몽이야. 악몽이라고 해줘.』
『아아아, 우리의 토이로가…….』

어쩐지 부러워한다기보다는, 절반 이상은 깊은 절망의 구렁텅이에 빠진 듯한 느낌이 들었는데……. 맨 처음에는 교실에만 들어가도 왠지 모르게 사람들의 시선이 따갑게 느껴졌다.

그렇게까지 야단법석을 떨 일인가? 하는 생각도 들었지만, 그만큼 토이로가 인기 있다는 뜻이리라. 아직도 좀 믿기 어려웠지만.

이런 소문은 직접 들은 것은 아니었다. 친구가 많은 정 보통인 사루가야가 나에게 가르쳐준 것이었다. 사루가야

본인도 처음에는 "이 배신자…… 야, 너 했냐?" 하고 저속한 말을 했지만, 내가 대충 흘려 넘기자 이윽고 그 녀석도 "너는 오타쿠의 희망이다!" 하고 응원해주게 되었다.

풍설(風說)이라는 단어가 있는데, 현대의 소문은 전파를 타고 바람보다 더 빠르게 퍼져나간다. 토이로와 내가 사귄다는 이야기는 계획대로 점점 주변에 침투하고 있는 듯했다.

단, 예상치 못한 점도 있었다.

그 소문은 교내에만 머무르지 않고 뜻밖의 장소로도 퍼져나갔던 것이다———.

"야, 너희들 사귄다며?"

그런 말을 꺼낸 사람은 우리 누나인 세리나였다.

방과 후 내 방에서 토이로와 둘이서 소꿉친구 작업 중. 침대에 앉아 컨트롤러를 붙잡고, 선풍기 바람의 각도를 걸고 싸우면서 서로에게 오징어 먹물을 뿌려대고 있을 때였다.

"저기, 허락도 없이 방문 열지 마."

전투 도중이라 화면에서 눈을 떼지는 못하고, 나는 게임 사운드에 묻히지 않을 정도로 크게 소리쳤다.

"아니, 내 동생이 인생 최초로 여자 친구를 데려왔다고 해서. 선물을 가져왔는데."

"뭐어? 여자 친구? ——아, 저기, 그, 그건 그렇지만……."

그러고 보니 토이로와는 커플(임시)이 됐었지. 신나게

게임을 하는 도중에 완전히 소꿉친구 모드로 돌아갔었다. 어휴, 큰일 날 뻔했네.

"그, 그런데! 네가 그걸 어떻게 알았어?!"

나는 어쩔 수 없이 컨트롤러의 스타트 버튼을 눌러 게임을 중단한 뒤 세리나를 돌아봤다.

"앗, 푸딩이다!"

내 옆에서 토이로가 조그맣게 환성을 질렀다. 그 목소리를 들은 트레이닝복 세트 차림의 세리나는 손에 들고 있던 비닐봉지를 쓱 들어 올렸다. 정말로 푸딩 포장지가 비쳐 보였다.

"근처의 편의점에서 새로 나온 푸딩. 이거 진짜 맛있거든?! 토로야, 너도 먹어봐, 응?"

"와―! 고마워, 세리야!"

나와 토이로가 그렇듯이, 세리나와 토이로도 당연히 옛날부터 알고 지낸 친한 친구였다. 토이로도 세리나를 언니라고 부르면서 잘 따랐었다. 지금은 서로 '토로야' '세리야'라고 편하게 부르는 사이였고.

"우리 좀 쉬자."

토이로가 나를 돌아보면서 말했다.

"자, 네 것도 있어."

그러면서 세리나가 푸딩을 이쪽으로 내밀었다. 나는 하는 수 없이 컨트롤러를 침대 위에 내려놨다. 건네받은 푸딩을 당장 개봉하고 스푼으로 퍼서 입에 집어넣었다. ……아, 달다.

"마시써~."

토이로는 발을 동동 구르며 행복해했다. 그 모습을 보면서 흐뭇하게 미소를 짓는 세리나. 그리고 나에게도 그 표정을 보여줬다.

"마사이치, 넌? 맛있어?"

"어, 응……."

"그래? 다행이다! ……응, 그래서? 진짜로 사귀는 거야?"

그 눈은 백팔십도로 돌변하여 '너 지금 그거 먹었지?' 하고 위협하는 것처럼 가늘어져 있었다.

"애, 애초에 숨길 생각도 없었어. 우리 사귀어. 실은 얼마 안 됐지만."

"진짜? 그게 사실이었구나……."

세리나는 허를 찔린 것처럼 입을 반쯤 벌리더니 멍하니 나와 토이로를 번갈아 쳐다봤다. 그동안 반신반의했는지, 내 입을 통해 이야기를 듣고 비로소 확신하게 된 듯한 반응이었다.

그러다가 겨우 눈의 초점을 토이로에게 맞추고 입을 열었다.

"대체 왜?"

왜긴 왜야……. 그 질문에는 토이로도 어리둥절해진 것

같았다.

"왜 이렇게 잘난 것도 없는 남자를 선택한 거야? 외모도 별로 칭찬할 만한 부분이 없고, 성격도 뭔가 습기 찬 정원 한구석에 있는 이끼 같은 남자인데. 틀림없이 무슨 사정이 있는 거겠지, 안 그래?"

"왜냐고 물어본 게 그런 이유였어?! 친동생한테 잘도 그런 폭언을 퍼붓는구나!"

"친동생이니까 그런 거지. 누나인 내가 미안해질 정도야. 완전히 내가 감독을 제대로 못했어. 토로가 고맙게도 이런 녀석을 거두어줄 줄 알았으면, 좀 더 완벽한 남자로 키워냈을 텐데."

미안해! 하고 토이로를 향해 두 손 모아 사과하는 세리나. 토이로는 쓴웃음을 지으며 "에이, 아냐~" 하고 손을 흔들었다.

물론 토이로라면 나 같은 놈보다 훨씬 더 잘생기고 밝고 인기 있는 남자도 얼마든지 사로잡을 수 있을 것이다. 슬프지만 나도 그 정도는 알았다. 누나의 말대로 우리는 '무슨 사정이 있는' 관계였다.

"걱정하지 마, 세리야. 나는 마사이치와 함께 보내는 시간을 무척 좋아하니까. 같이 있으면 마음이 편하고. 사귀게 되어서 기뻐. 앞으로도 잘 부탁할게, 언니."

토이로가 눈치껏 그런 말을 해줬다.

"흐으음~? 토로야, 너 귀여운 말을 한다? 네가 잘 부탁한다고 하면, 이 언니가 최선을 다해 도와줄 수밖에 없잖아? 쓸데없는 말을 하는 녀석은 내가 싹 날려버려 줄게. 알았지?"

"쓸데없는 말을 하는 녀석이라니? 아니, 애초에 네가 어떻게 나랑 토이로가 사귄다는 것을 알게 된 거야?"

"응? 아~ 너희, 이 동네에서 소문났던데? '메이호쿠 중학교의 기적'으로 유명한 토로가 고등학교에 들어가서 남자 친구를 사귀었다고. 그런데 그 옆에 있는 녀석이 썩은 동태눈을 한 볼품없는 남자라서, 혹시 토로가 속아 넘어가서 사귀고 있는 게 아닐까~ 하고 소문이 난 거야."

도대체 누구야? 그 볼품없는 남자는. 내 여자 친구(임시) 옆에 붙어 있다고?

……응, 그건 아마도 나일 것이다. 토이로 옆에 있는 남자라니, 지금은 나 말고는 없을 테니까. 너무 심한 말을 들어서 잠깐 현실 도피를 해버렸다.

"나는 속아 넘어간 적 없는데!"

"응, 알아. 토로야. 다음에 그런 말을 하는 녀석을 만나면 제대로 정정해줄게. 그렇게 볼품없는 남자한테 토로가 속아 넘어갈 리가 없다고."

"이봐요."

아무리 누나 동생이라도 그런 취급은 너무하다고 생각

합니다. 그렇게 내가 대들자 토이로는 킥킥 웃었다. 그 덕분에 당장은 분위기가 좋아졌지만, 사실 이 정도면 남매끼리 싸움이 날 만한 사안이었다.

그나저나 토이로 이 녀석. 대체 얼마나 유명한 사람인 거야? 교내뿐만 아니라 동네 전체──누나의 활동 영역에까지 소문이 퍼져나갔을 줄이야. 더구나 메이호쿠 중학교의 기적이라는 별명까지 있었다니, 그저 놀랍다는 말밖에 안 나왔다.

"잘 부탁드릴게요. 세리. 우리는 정식으로 사귀고 있으니까."

토이로가 꾸벅 고개를 숙이면서 부탁을 했다.

위장 커플이기 때문에 오히려 이상한 소문이 나면 곤란한 것이리라. 나도 토이로를 흉내 내어 가볍게 인사를 했다.

"그래그래, 알았어. 그 문제는 언니한테 맡겨줘. 그나저나 부럽다~. 커플이라니~. 나는 마지막으로 남자 친구가 있었던 게 언제였더라~?"

세리나는 검지를 턱에 대고 과거를 회상하는 것처럼 비스듬히 위쪽을 쳐다봤다.

누나의 연애에는 관심 없었다. 나는 게임을 재개하고 싶어서 빨리 나가 달라고 말하려고 했다. 그런데 그때.

"고등학교 시절에는? 세리도 메이호쿠에 다녔잖아."

토이로가 그렇게 그 이야기를 받아주고 말았다.

"아, 그때는 있었지. 하지만 상대는 다른 고등학교 선배였기 때문에 학교에서의 추억은 하나도 없었어. 너도 알지? 그거, 메이호쿠 고등학교의 명물인 벚나무의 전설 같은 거. 그런 새콤달콤한 청춘을 한번 맛보고 싶었는데."

"벚나무의 전설?"

나는 되물어봤다.

"어, 몰라? 고등학교의 7대 불가사의인지 뭔지 하는 건데. 커플들은 다들 그거 하잖아?"

무슨 신비로운 전설이라도 있는 걸까. 그런데 내 옆에 있는 토이로도 살짝 미간을 찌푸리면서 고개를 갸웃거리고 있었다.

"어라—? 진짜 몰라?"

"그건 몇 년 전 이야기야? 이미 한물간 거 아냐?"

나야 그렇다 쳐도, 그런 이야기를 좋아할 것 같은 여자들과 친하게 지내는 토이로가 모른다고 하니까. 그 전설이라는 것은 아마도 이제는 아무도 언급하지 않고 세월 속으로 사라져버린 것이리라.

"우와, 진짜……?"

우울하게 중얼거리는 세리나. 그때 토이로가 끼어들었다.

"몇 년 전이라고는 해도, 저기, 지금 세리가 몇 살이지? 아직 대학생이잖아. 그럼 엄청나게 오래전에 졸업한 것도 아닌데."

그 말이 튀어나온 순간, 세리나는 돌덩이처럼 딱딱하게 굳어버렸다.

"아, 어, 그게……."

아마 스스로는 잘 설명하기 어려운 것 같았다. 그 대신 내가 입을 열었다.

"고등학교를 졸업한 게 벌써 7년 전인가? 평범하게 살았으면 3년 전에는 대학을 졸업하고 취직이든지 뭐든지 해서 집을 나갔어도 될 만한 나이인데. 계속 유급을 해서……."

토이로는 "앗……" 하고 황급히 양손으로 자기 입을 막았다. 건드리면 안 되는 문제를 건드렸구나! 하는 반응. 그 행동을 보자, 세리나의 석화(石化) 속도는 더욱 빨라졌다.

"워낙 성격이 게으르니까. 졸업하려고 노력을 해봐도, 과제를 제때 제출하지 못하거나 시험에 합격하지 못하거나 해서. 매년 2월 즈음에는 어머니에게 사과하는 누나의 모습을 볼 수 있어. 우리 집의 계절 한정 이벤트이지."

좀 전에 들었던 폭언에 대해 복수하는 것처럼 나는 누나의 비밀을 폭로했다.

"그, 그만, 그만해……. 마사이치. 그 이야기는 나한테 정신적 타격을 준단 말이야……."

부모님께 폐를 끼치고 있다는 죄책감 때문에 세리나는 대학 이야기가 나오면 저절로 약해졌다. 거기서는 전직 불량 청소년의 흔적은 전혀 찾아볼 수 없었다. 올해는 어떻게든 스스로 아르바이트를 해서 학비를 내겠다고 노력하고 있나 본데, 부모님은 그럴 시간에 차라리 공부를 하라고 말씀하시는 모양이다.

이 방에 들어왔을 때는 위풍당당했던 세리나, 25세 대학 4학년생은 이제는 완전히 몸을 작게 움츠리고 위축되어 있었다. 대체 뭐 하러 온 걸까.

아무튼 그 벗나무의 전설인지 뭔지가 정말로 있었든 없었든 간에, 임시 관계인 우리하고는 아무 상관도 없다. 나는 멍하니 그런 생각을 했다.

☆

벚나무의 전설이 사실이든 거짓이든 간에, 어차피 가짜 커플인 우리하고는 상관이 없다.

──라고 마사이치는 생각하고 있지 않을까.

세리의 이야기를 들은 다음 날, 나는 같은 반 친구들 몇 명에게 그 소문을 알고 있느냐고 물어봤다. 그러자 어떤 상급생과 알고 지내는 친구가 그 전설을 안다고 했다.

학교 뒷문 옆, 건물 뒤편으로 가는 길모퉁이 안쪽에서 자라고 있는 커다란 벚나무.

그 나무 아래에서 연인끼리 사랑을 고백하면, 그 두 사람은 앞으로도 쭉 행복하게 잘 지낸다는 것이다.

그것이 메이호쿠 고교에 전해 내려오는 '벚나무의 전설'.

세리가 했던 이야기는 사실이었다. 하기야 곰곰이 생각해보면 얼마 전에 입학한 우리는 모르는 것이 당연했다. 그런데도 영원한 대학생이라는 약점을 공격해버려서…… 미안해요 하고 속으로 세리에게 사과했다.

그리고 그 전설이 정말로 존재한다는 사실을 알았을 때——.

나는 마사이치와 한번 해보고 싶어졌다.

태어나서 지금까지 계속 '남자 친구 없이 살았던 역사'를 다시 써오다가 최근에는 임시 남자 친구가 생기는 바람에 중단하게 되었는데, 사실 난 연애 자체에는 남들만큼 관심이 있었다.

진짜 커플들이 무슨 일을 하는지. 지금은 모처럼 파트너가 생겼으니까 꼭 한번 시도해보고 싶었다.

진짜 커플과 좀 더 비슷해지기 위해서라도 일단 해봐야 할 것이다.

그런데 연인들의 전설을 같이 체험하자고 하면 마사이치는 어떤 반응을 보여줄까. 깜짝 놀랄까. 아니면 귀찮아할까.

은근히 걱정하면서도 나는 점심시간에 마사이치의 자리로 찾아갔다.

"——그렇다고 하는데. 오늘 가볼래?"

벚나무의 전설의 개요를 설명한 뒤, 나는 꼿꼿이 세운 엄지로 뒷문 방향을 가리켰다.

마사이치는 눈을 깜빡거리면서 '어? 거기 갈 거야?'라는 반응을 보여줬다.

진짜 연인들이라면 아마도 "저, 저기, 나 오늘, 가고 싶은 곳이 있는데" "응, 좋아. 어디?" "그, 그건, 교내에 있는 벚나무······" "뭐? 그건 혹시, 연인들의 전설이 있는······" "······응" 하고 새콤달콤한 대화를 나눌지도 모른다.

나도 그렇게 애교 있게 제안할 수 있었으면 좋았을 텐데──한번 도전해볼까~라는 생각도 좀 했었지만, 너무 부끄러워서 결국 동료한테 술 마시러 가자고 권유하는 직장인 같은 태도로 나오고 말았다.

"이런 커플 같은 이벤트는 해둬야지, 응? 어느 날 갑자기 친구한테 '너 남자 친구랑 그건 해봤어?'라는 질문을 받으면 곤란하잖아."

마사이치가 대답하기도 전에 내가 먼저 말을 이었다. 마사이치에게 단칼에 거절당하는 것이 무서워서. 그에게 귀찮은 일을 시키려고 한다는 것은 자신도 알고 있었으므로, 나는 조심조심 그의 표정을 살폈다.

"······그렇구나. 응, 그럼 가볼까."

마사이치는 내 설명에 반박하지도 않고 순순히 납득하더니 승낙을 해줬다.

"고, 고마워! 그럼 방과 후에——."

——역시 마사이치는 착하다니까.

나는 미소를 지으면서 그의 얼굴을 봤다. 앞머리가 거추장스러울 정도로 길게 내려와 있었는데, 그 밑에서 눈꼬리가 처진 온화한 눈이 이쪽을 바라보고 있었다.

임시 커플이 되어 달라고 부탁했을 때도, 연인 작업 게임을 제안했을 때도, 사실 속으로는 무지무지 긴장했었다.

상대는 마사이치——친한 소꿉친구인데. ……아니, 친한 소꿉친구라서 그런 걸까.

그와 커플 같은 짓을 한다는 것은 상상해본 적도 없었다. 어떤 분위기가 될지 짐작도 할 수 없었다. 그래서 기대되기도 했지만 불안하기도 했다. 만약에 마사이치가 나를 거절한다면? 그것이 아무리 가짜 관계여도, 소꿉친구를 연인처럼 취급할 수 없다고 말한다면?

언제 그런 말이 튀어나올지 몰라서 실은 늘 마음이 조마조마했다.

그런 불안감을 감추려고 애써 밝은 태도로, 일부러 그런 것에는 신경도 안 쓰는 척하면서 마사이치에게 부탁해봤다. 다소 이기적이고 황당한 부탁처럼 느껴졌을지도 모르지만…….

하지만 그것은 기우였을지도 모른다.

기분이 좋아진 나는 방과 후 만날 약속을 정하고 손을

흔들면서 마사이치 곁을 떠났다.

저녁때 우리는 뒷문 근처의 벚나무가 있는 곳까지 왔다.
"……저기, 마사이치. 저 나무 맞지?"
"응, 아마 그럴걸……."
전설이 생겨났을 정도니까, 훌륭하게 뻗은 나무줄기나 계절에 상관없이 피어난 꽃 같은 것을 제멋대로 상상했었다(애니메이션이냐?). 그러나 눈앞에 있는 것은 아무런 특징도 없는 일반적인 크기의 벚나무였다.
"이 근처에는 벚나무는 저거 하나밖에 없어."
마사이치가 두리번두리번 주위를 확인하면서 가르쳐줬다.
"그래? 그럼 저거구나……."
정말로 저 나무에 전설이 될 만한 영험함이 있는 걸까. 의문이 들었지만, 어차피 우리는 임시 커플이니까. 우리 둘에서 이런 의식을 행했다는 과정이 결과보다 더 중요할 것이다.
자, 그럼 당장 해보자! 하고 생각했는데, 우리는 좀처럼 나무 옆으로 다가가지 못하고 멈춰 섰다.
통행인이 너무 많았기 때문이다.
『하나 둘, 하나 둘, 하나 둘! 하나 둘, 하나 둘, 하나 둘!』
달리기를 하는 야구부 집단이 눈앞을 지나갔다. 또 그들의 앞뒤에서도 다른 동아리의 유니폼을 입고 연습하는 사람들이 띄엄띄엄 뛰어다니고 있었다.

그 길은 교정을 일주하는 달리기 코스였다. 그래서 동아리 활동이 이루어지는 이 시간에는 사람들이 끊임없이 지나다녔다.

게다가 벚나무 뒤쪽에는 펜스 하나만 사이에 두고 바깥 풍경이 펼쳐져 있었다. 하교하는 학생들에게도 이곳이 다 보일 것이다. 나무 아래에 남녀 둘이 서 있으면 저절로 눈에 띌 것이다.

단순히 둘이서 있는 건 전혀 문제가 될 리 없었지만——.

저 벚나무는 전설의 커플 명소였다.

지금까지 몇 번이나 등하교는 같이 했어도, 이렇게 확실하게 연인으로 인식될 만한 장소에 가는 것은 처음이었다. 묘하게 울렁거리는 감각이 아랫배에서부터 올라오고 있었다.

"……다음에, 저 축구부 사람들이 지나가고 나서 갈까?"

영원히 여기 서 있을 수도 없으니까 나는 마사이치에게 그렇게 말했다. 마사이치가 "응" 하고 고개를 끄덕인 지 약 30초 후에 축구부 유니폼이 눈앞을 가로질러 지나갔고, 그와 동시에 우리는 걸음을 뗐다.

틀림없이 자의식이 너무 강한 것이리라. 마침 주위에는 사람이 없었는데도 왠지 어딘가에서 누군가가 지켜보고 있는 듯한 기분이 들었다. 과연 벚나무 전설을 아는 사람이 얼마나 있을지는 몰라도, 나와 마사이치는 현재 제삼자가 보기에는 완벽한 연인일 것이다.

"어라? 마사이치. 너 거동이 수상하다? 아, 남들한테 커플처럼 보일까 봐 긴장한 거야? 이건 발목 잡는 행동인가?"

자신이 불안해하고 있다는 사실을 들키지 않으려고 내가 먼저 마사이치에게 가볍게 잽을 넣어봤다.

"아, 아니거든—? 원래 난 남한테 주목받는 데 익숙하지 않단 말이야."

그게 정말일까? 이 상황에서 조금은 가슴이 두근거리지 않는 걸까.

그런 생각을 하면서 걷다가 마침내 나무 밑에 도착했다.

"좋아, 여기서 하면 되겠지?"

"으, 응. 그래."

"……………."

"……………."

으음, 뭐더라? 그다음 단계를 떠올리느라 우리는 입을 다물었다. 여기까지 온 것만 해도 충분히 대단하니까 한숨 돌리면서 쉬고 싶은데…….

어, 그러니까 이다음은……. 사랑을, 고백한다?

이번에는 둘이서 동시에 얼굴을 마주 봤다.

"벚나무 아래에서 사랑을 고백하는 거. 맞지?"

나는 확인하듯이 물어봤다.

"맞아. 사랑을 고백하는 거……."

그러자 마사이치도 난감한 듯한 말투로 대답했다.

우리 둘 다 눈치채버린 것이다. 아니, 애초에 왜 그 부분을 먼저 생각하지 않았을까.

위장 커플인 우리가 사랑을 고백한다고? 그럼 도대체 무슨 이야기를 하면 좋을까…….

"좋아. 선공, 마사이치 차례야!"

나는 마사이치가 좋아하는 카드 게임 스타일로 말하면서 양손으로 정확히 그를 가리켰다.

"뭐? 나부터 하라고?"

"응. 이런 것은 룰 북에 의거하여 남자가 먼저 하는 거야."

"학교의 전설에 룰 북 같은 게 있었어?!"

마사이치가 훌륭하게 반박을 해줬다. 그런데 이러는 사이에도 또다시 통행인이 늘어나고 있었다.

"아, 아무튼. 대충 사랑을 전하는 느낌으로 해봐!"

질질 끌고 싶지 않아서 나는 마사이치를 재촉했다.

"토이로! ……조, 조, 조조, 종아리!"

"조, 종아리?! 좋아해가 아니라?!"

"자, 이제 네 차례야!"

"헉—?! 어, 저기, 사, 사 사라, 쌀랑해용."

"왜 갑자기 외국인이 됐어?!"

과감하게 도전해봤지만 둘 다 허둥지둥 난리가 났다. 엉망이었다.

어쩌지? 하고 내가 열심히 할 말을 찾고 있는데, 마사이치가 뭔가 결심한 것처럼 한 번 심호흡했다.

"——좋아해. 사랑해."

똑바로 이쪽의 눈을 보면서 입을 여는가 싶더니.

그런 솔직한 말이 내 고막을 흔들었다.

두근. 심장이 크게 뛰면서 온몸에 가벼운 전율이 흘렀다. 그동안 경험해본 적이 없는 감각이었다.

물론 가짜 연인 작업을 수행하고 있다는 것은 알았지만, 왠지 그 말에는 단순한 임시방편 같지 않은 솔직한 감정이 담겨 있는 듯한 느낌이 들어서——.

우와아아? 이게 뭐야. 마사이치 주제에…… 왜 이렇게 멋있어?

"——나, 나도. 좋아해."

그의 기세에 힘입어 나도 가까스로 그런 말을 꺼냈다.

아악— 부끄러워. 낯이 뜨거웠다. 이성에게 좋아한다고 말한 것은 난생처음이었다.

무사히 임무를 달성한 우리는 허둥지둥 그곳을 떠났다.

사람이 거의 없는 자전거 주차장 한구석까지 종종걸음으로 이동해서 휴 하고 한숨을 쉬었다.

어휴~ 그나저나 의외였다. 마사이치가 그렇게 남자다운 일면을 보여줄 줄이야.

그런 생각을 하면서 내가 마사이치의 얼굴을 쳐다봤을 때였다.

"역시 일레븐(XI)이 최고라고 생각해. 모든 작품이 다 좋은데, 신작이 나올 때마다 최고라고 평가받는 것은 계속 진화하고 있다는 증거가 아닐까. 그리고 꾸준히 어레인지되면서도 한결같은 오프닝. 듣기만 해도 영혼이 모험가가 되는 기분이야. ──아아~ 진짜 좋아. 사랑해."

가, 갑자기 뭔 소리야?! 돌연 마사이치가 이야기를 줄줄 늘어놓기 시작했다. 번호가 붙은 것을 보면 아마도 RPG 시리즈에 관한 이야기일 텐데, 도대체⋯⋯.

"뭐, 뭐야. 왜 그래?"

내가 물어보자 마사이치는 히죽 웃었다.

"그 벚나무의 전설에 의하면 '사랑'을 고백하면 된다고 했잖아? 그 규칙은 '사랑의 화살표가 어디를 향하는지'는 언급하지 않았어. 그래서 나는 나무 아래에서, 내가 정말 좋아하는 슬라퀘에 대한 사랑을 고백한 거야."

"뭐──."

뭐라고?

요컨대 아까 그 사랑 고백은 게임에 대한 애정이었다는 것이다. 이상하리만치 진지하게 느껴졌던 것은, 그것이 거짓 없는 진심의 고백이었기 때문이고──.

"그건 부끄러워하지 않고 당당하게 말할 수 있을 거라고 생각했거든. ……어? 왜 그래?"

마사이치가 그렇게 물어봤다. 그런데 내가 지금 어떤 표정을 짓고 있는지 잘 모르겠다.

나는 그를 등지고 돌아섰다. 그리고 백팩을 놔둔 교실을 향해 걸어가기 시작했다.

"야, 뭐야? 너 화났어?"

"화 안 났어!"

그렇게 소리를 지르면서 나는 성큼성큼 걸음을 뗐다.

둘 다 타격을 입은 무승부라고 생각했는데. 속았다.

쳇, 마사이치, 저 녀석…… 역시 하나도 안 멋있어!

토이로와 임시 커플이 되고 나서 깨달은 것이 하나 있다.

자신에 관한 소문이란 것은, 아무리 주위가 시끌벅적해도 마치 직접 누군가가 자신에게 이야기해주는 것처럼 쉽게 귀에 들어오는 건가 보다.

『쿠루미와 마조노는 어째서 사귀는 걸까? 계기가 뭐야?』

『상상이 안 돼―. 도대체 왜 저 두 사람이?! 하고 의문이 들잖아?』

『저번에 내가 그 두 사람이 집에 가는 모습을 봤는데, 둘이서 손도 안 잡고 있었어. 그러기는커녕 마조노의 걸음이 너무 빨라서 둘 사이가 좀 멀어 보이던데? 데이트는 하는 걸까?』

『그렇게 생각하면, 어제 두 사람의 대화는 오히려 좀 이상했어. 토이로가 마조노한테.

"저기, 그 옷은 네 방에 놔두고 갔었나?"

"아― 응, 있었어. 그 반바지 말이지?"

"맞아, 그거. 요새는 날이 좀 더워졌잖아. 오늘은 그거 입을래."

그런 말을 했다니까. '그 옷'으로 대화가 통하다니! 심지어 남자 친구의 방에다 이미 옷을 놔뒀다고? 정말로 이제막 사귀기 시작한 걸까? 뭔가 숨겨진 사정이 있는 것 같아.그 두 사람.』

이번 소문들은 사루가야가 가르쳐준 것이 아니었다.

쉬는 시간의 시끌벅적한 소음 속에서도, 자신에 관한 이야기는 신기하게도 매끄럽게 귀에 흘러 들어왔다. 그동안소문의 주인공이 될 만한 화제성도 없었던 나 같은 사람에게는 이것은 처음 느껴보는 감각이었다.

물론 이 정도로 소문이 나는 것도 그 소문의 상대가 교내 굴지의 인기인인 토이로이기 때문일 테지만. 나는 완전히 대형 스캔들에 휘말린 처지였다.

그나저나 주변 사람들이 이상한 추측을 하기 시작한 것같았다. 좀 더 정신 바짝 차리고 커플 행세를 해야 할 것이다. 소꿉친구로서의 거리감도 의혹을 낳을 가능성이 있으니까, 좀 더 따끈따끈한 신생 커플이라는 자각을 가져야하는데……

나는 책상에 팔꿈치를 올리고 턱을 괸 채 미간을 찌푸리며 생각에 잠겨 있었다. 그때 돌연 누군가가 등 뒤에서 내어깨에 손을 올려놨다.

"오~ 이봐요, 마사이치 군. 남들이 이러쿵저러쿵 떠드는 것은 신경 쓰지 마."

뒤를 돌아보니 사루가야가 서 있었다. 사루가야는 비어 있는 내 옆자리에 앉았다. 그리고 머리를 가볍게 흔들어 거추장스러운 긴 앞머리를 쇄우로 흘었다.

"따지고 보면 다들 너를 질투해서 그러는 거야. 만인의 아이돌을 여자 친구로 삼은 행복의 세금이라고나 할까. 신경 쓰지 마."

"아, 응, 고마워."

예상치 못했던 다정한 그 한마디에 나는 무심코 고맙다고 인사를 했다.

"에이, 별것도 아닌데 뭐. 너랑 나는 친구잖아."

"친구……인가?"

"무슨 소리를 하는 거야? 당연히 친구지. 오래전부터 즐겁게 애니메이션 잡담을 했던 소울메이트잖아?"

"우리는 중학교에서 처음 만났잖아. 게다가 친구가 되자는 말은 한마디도 안 했을 텐데."

"마사이치, 넌 정말……. 친구에 대한 가치관이, 진짜로 친구 없는 녀석의 가치관이구나……."

어……, 그런가?

"학교에서 자신이 좋아하는 것에 관해 즐겁게 이야기할 수 있는 상대가, 어떻게 친구가 아닐 수가 있어? 더구나 애니메이션 전문점에도 같이 간 사이인데. 이걸 친구라고 안 하면 뭐라고 해?"

"그런……가?"

친구란 것은 엄밀하게 정의된 것이 아니라서 어려웠다. 연락처를 교환하면? 같이 놀러 가면? 그럼 학교에서 이야기만 나누는 관계는? 게임 속에서 날마다 채팅을 하지만 얼굴도 본명도 모르는 상대는? 그렇게 하나하나 따지자면 끝이 없어서, 어디에 선을 그으면 좋을지 알 수 없었다.

"원래 그런 거야! 우리는 친구, 베스트 프렌드."

그러니까 이렇게 확실하게 말을 해주는 사루가야 같은 존재가, 나 같은 녀석에게는 필요한 걸지도 모른다.

"고마워. 사루가야. 앞으로도 잘 부탁해."

"응, 잘 부탁해. 저기, 그래서 말인데. 다음에 토이로랑 토이로 친구도 꼬셔서 어디 놀러 가지 않을래? 같이 점심 먹는 것도 좋고. 토이로 주위에는 예쁜 여자애들이 많잖아. 나를 소개해줘. 아, 물론 그 친구는 애인이 없고, 몸매 좋은 애로."

"야, 넌 그냥 나를 이용하려는 거잖아!"

역시 친구가 아니었어……

"에이~ 그런 말 하지 마세요. 마사이치 군. 나도 여자 친구 사귀고 싶단 말이야. 알지? 너 혼자만 행복해지는 것은 치사하지 않아?"

"에로에 목매는 이 원숭이의 이야기를 조금이라도 진지

하게 들었던 내가 멍청이였어."

친구란 도대체 무엇일까. 또다시 알 수 없게 되었다.

치사하다니, 뭐가 치사한 건데. 나도 귀찮은 역할을 떠맡아서 고생하고 있거든? 그런 사정을 입 밖에 낼 수는 없지만.

내가 어이가 없어서 사루가야의 얼굴을 쳐다보고 있는데, 사루가야가 분위기를 바꾸려는 것처럼 어험 하고 헛기침했다. 그리고 이번에는 나에게 설명하는 말투로 입을 열었다.

"내 말 좀 들어봐, 마사이치. 솔직히 말해서. 여자애를 소개해 달라는 것은 일단 둘째치고, 나는 토이로에 대해서도 알고 싶어. 마사이치의 애인이 된 여자애니까. 내 눈으로 정확히 확인해보고 싶다고. 과연 네 여자 친구가 될 자격이 있는지 없는지."

"아니, 그건……."

"사귀는 사이잖아? 적어도 소개는 해줘."

상대가 그렇게 단호하게 말을 덧붙이자, 나는 말문이 막혀버렸다.

아니, 잠깐만. 상대는 에로 원숭이잖아. 토이로와 토이로의 친구를 소개했다가는 무슨 짓을 당할지 몰랐다. 즉시 그런 생각을 떠올리고 거절하려고 했는데, 바로 그 순간.

"아~ 얘들아. 너희들 이야기는 잘 들었어."

이번에도 등 뒤에서 등장하여 불쑥 대화에 끼어드는 사람이 있었다.

"와, 토이로!"

사루가야가 환성을 질렀다. 돌아보니 그곳에는 내 여자 친구(임시) 토이로가 서 있었다. 왜 다들 나의 배후를 노리는 걸까? 내 등이 그렇게 무방비한가?

아마도 토이로는 좀 떨어진 곳에서 우리의 이야기를 듣고 있었나 보다. 그 녀석이 이어서 예상치 못한 말을 꺼냈다.

"사루가야. 그 제안, 나도 받아들일게!"

…………뭐라고?

그 제안이라니, 설마 토이로와 토이로의 친구를 소개해 달라는 그거? 그렇게 추측할 수밖에 없었다.

"정말? 하하, 좋아, 그래야지. 잘 부탁합니다. 토이로 님."

두 팔을 번쩍 들고 기뻐하는 사루가야. 한편 나는 토이로의 의도를 이해하지 못하고 한동안 굳어 있었다.

…………뭐야, 진짜로 할 거야?

*

"실은 나도 우라라한테 몇 번이나 부탁을 받았거든. 남자 친구를 소개해 달라고."

"나를 소개한다고?"

"응, 응. 하지만 마사이치, 너는 대화도 해본 적 없는 여자애랑 같이 놀러 가는 것은 죽어도 싫다고 할 사람이잖아? 그래서 매번 적당히 거절했는데, 알고 보니 네 친구도 너한테 똑같은 말을 하고 있었던 거야. 그럼 이 기회에 귀찮은 일들을 하나로 결합해서 해결해야겠다! 하고 생각한 거야."

"아, 그렇구나. 결합이란 말이지."

"응, 결합. 다시 말해 '도킹 대작전'이야!"

무슨 말로 표현하든지 간에 토이로의 이 제안은 확실히 합리적이었다. 나도 그 작전에는 찬성이었다. 여자 둘 사이에 껴서 놀러 가는 것보다는, 사루가야가 같이 있는 편이 훨씬 마음이 편했다.

내가 승낙함으로써 도킹 대작전은 결행되었다.

단, 어디로 놀러 가는 것은 귀찮기도 하고 소중한 집에서의 시간이 줄어들기 때문에, 그냥 넷이서 점심시간에 식당에서 밥을 먹기로 했다. 나와 토이로는 각자 사루가야와 우라라에게 말을 걸어 약속을 잡았다. 그리하여 우리는 다음 날 식당에 집합하게 되었다.

나와 사루가야와 여자 두 사람이 모인 식당 앞.

"같은 반인데 자기소개를 하는 것도 좀 웃기지만. 네, 저는 마사이치의 여자 친구인 쿠루미 토이로라고 합니다."

잘 부탁드립니다, 하고 토이로는 공손히 고개를 숙였다.

"네, 그거야 당연히 잘 알지요. 토이로 씨. 제 중학교 친구가 신세를 지고 있네요. 아, 우라라. 너도 오늘 잘 부탁할게. 우리는 다 같은 반 친구잖아? 사이좋게 지내자!"

그렇게 사루가야가 활짝 웃으며 여자 두 사람에게 인사를 했다. 과연 에로 원숭이답다고 해야 할까. 상대가 여자인데도 당황하지 않고 당당하게 행동하고 있었다. 내심 감탄하면서도 나도 허둥지둥 나카소네에게 인사를 했다.

"얼마 전부터 토이로와 사귀기 시작했습니다. ……잘 부탁해요."

살짝 고개를 숙이면서 힐끔 앞을 봤더니, 나카소네가 가만히 나를 바라보고 있었다.

금빛 생머리와 뚜렷한 이목구비를 지닌 소녀. 토이로와는 다른 타입의 미인 얼굴이었다. 그녀는 아몬드처럼 길쭉한 눈을 가늘게 뜨고 내 머리끝에서부터 발끝까지 시선을 옮기고 있었다. 마치 품평을 당하는 기분이었다.

내가 완전히 고개를 들었을 때는 나카소네의 시선은 부드럽게 변해 있었다.

"나는 나카소네 우라라야. 방금 사루가야가 말한 대로 우리는 모두 다 같은 반 친구들이니까 사이좋게 지내는 게 좋겠지? 잘 부탁한다."

이리하여 각각의 인사가 끝났고, 우리는 주문 카운터에 가서 음식을 주문하기로 했다.

나는 오늘의 정식, 토이로는 닭튀김 정식을 골랐다. 우리는 4인용 식탁에 가서 마주 보고 앉았다. 그 후 내 옆에 사루가야가 앉았고, 토이로 옆에는 나카소네가 다가와 앉았다.

"자, 그럼 밥 먹자—."

사루가야의 말대로 우리는 가볍게 양손을 모으고 "잘 먹겠습니다"라고 했다.

지금 이곳에 사루가야가 있어서 다행이었다. 남자가 나 혼자였으면 무슨 이야기를 해야 할지 몰랐을 테니까. 사루가야의 의사소통 능력 덕분에 이 만남이 원활하게 진행되고 있는 것 같았다.

"아— 그런데 여자 둘이랑 함께 있으니까 좋다. 그것도 우리 반 미녀 그룹의 두 사람이잖아. 이보다 더한 행복은 없지 않을까? 실은 2 대 2가 아니어도 좋았을 텐데. 2 대 3이나 2 대 4, 아니면 1 대 5였어도 좋고."

"아니, 마지막은 이상하지 않아? 마조노가 빠지면 의미가 없으니까."

나카소네가 냉정하게 지적했다.

"아차— 그건 그래. 나의 하렘 프로젝트……. 하지만 여자애들 수가 많으면 더 좋지 않았을까? 우라라. 아, 맞다. 너희랑 자주 같이 노는 카에데는?"

"카에데는 점심을 같이 먹는 사람이 정해져 있어. 아마

어디서 도시락이라도 먹고 있을걸?"

"아, 정해져 있다고……? 남자 친구야? 진짜? 나는 걔 같은 몸매가 좋은데."

"몸매라니? 뭐야, 그럼 걔의 몸을 좋아하는 거야……?"

"아, 아, 아, 아, 아아, 아닌데요?"

"뒤늦게 거짓말해봤자 소용없어. 뭐, 사실 남자 친구도 아니고. 카에데 혼자만 실컷 휘둘리고 있는 느낌이지."

"아이고~ 난감하네. 그런 느낌이구나. 저기, 그 상대는 혹시 2반의……."

"어? 너도 아는구나. 하기야 교내에서도 당당하게 티를 내고 다니니까. 맞아, 걔는 2반의 카스카베인데. 아무래 도――."

"제길! 그놈이 카에데의 매력적인 육체를 독점하고……."

"…………."

……이게 원활한 건가?

초반부터 적극적으로 저속한 이야기만 계속하고 있었다. 나카소네가 질린 것이 느껴졌다…….

토이로는 쓴웃음을 지으며 사루가야와 나카소네의 대화를 듣고 있었다. 이런 사랑이니 연애니 하는 이야기는 별로 안 좋아한다고 이전에 토이로 본인이 말했었다.

뭐, 이러니저러니 해도 떠들썩한 분위기가 형성된 것은 사실이니까. 내가 끼어들어 화제를 바꾸기도 좀 그랬다.

그래서 일단 내버려 둬도 되겠지 하고 나는 점심을 먹기로 했다.

오늘 점심밥은 오늘의 특별 메뉴——각종 튀김 정식이었다. 우선 새우튀김 하나를 젓가락으로 집어서 징면에 있는 토이로의 접시 위로 옮겨줬다. 그러자 그 대신 토이로가 닭튀김 하나를 내 접시로 옮겨줬다. 이어서 작은 그릇에 담긴 내 샐러드의 방울토마토를 가져갔다.

새삼스레 속으로 "잘 먹겠습니다"라고 말한 뒤, 나는 토이로가 준 닭튀김을 먹으려고 했다. 그런데 그때.

"자자자잠깐, 마사이치. 스톱, 스톱."

"토이로?! 너 지금 뭐 한 거야?!"

""응? 왜?""

갑자기 사루가야와 나카소네가 끼어드는 바람에 나와 토이로는 젓가락질을 멈췄다.

""응? 왜?'……는 내가 할 말이야. 방금 무시무시한 속도로 물 흐르듯이 이루어진 음식 교환 작업은 도대체 뭔데?" 하고 사루가야가 말했다.

"하마터면 못 보고 지나갈 뻔했어" 하고 나카소네도 말했다.

나와 토이로는 서로 얼굴을 마주 봤다.

"그냥 평범하게 음식을 교환한 건데?"

그러더니 토이로는 고개를 갸우뚱했다.

"아, 아니, 그건 알겠는데. 서로 물어보지도 않고?"

사루가야가 놀란 것처럼 말했다.

나카소네는 탐색하는 듯한 눈빛으로 나와 토이로를 쳐다봤다.

"너희들 말인데, 왠지⋯⋯. 오랫동안 같이 지낸 사이 같아. 신생 커플이라고 하기에는 호흡이 너무 잘 맞지 않아?"

두 사람의 말에 나는 깜짝 놀랐다. 지금 자신이 어떤 의심을 받고 있는지 알아챈 것이다.

평소처럼 자연스럽게 좋아하는 음식과 싫어하는 음식을 교환하고 말았다. 상대의 취향은 당연히 알고 있고. 이것은 어린 시절부터 몸에 밴 습관이었다.

새우튀김은 토이로가 좋아하는 음식이었다. 기본적으로 새우튀김이 나오면 그게 딱 한 마리여도 나는 토이로에게 양보했다. 그러면 항상 토이로가 답례로 음식을 하나 나눠 줬다. 그게 이번에는 닭튀김이었다. 그리고 방울토마토는 그 안의 씨가 팍! 터지면서 튀어나오는 느낌이 싫어서 나는 잘 안 먹는 편이었다. 그걸 아는 토이로가 마음대로 내 그릇에서 방울토마토를 집어간 것이다.

그런 교환이 암묵적으로 이루어졌다.

그런데 객관적으로 보면 그것은 신생 커플답지 않은 짓이었다. 서로 잘 아는 소꿉친구의 면모가 드러나고 말았다.

——크, 큰일 났다. 방심했어!

「‥‥‥‥‥」

──어, 어떻게든 잘 무마해보자!

우리는 눈빛으로 대화하고 저마다 입을 열었다.

"아니, 그게─ 저번에 새우튀김을 좋아한다는 이야기를 들었거든. 그래서 이왕이면 양보해야지─ 한 거야."

"마, 맞아. 나 새우튀김을 정말 좋아해. 하지만 받기만 하면 미안하잖아? 닭튀김을 주면 무난하겠지─ 하고 생각한 거야. 그리고 나도 얘가 방울토마토를 싫어한다는 이야기를 들었기 때문에, 내가 대신 먹어주려고 한 거야."

그렇게 변명을 늘어놓는 동안에도 우리 옆에서는, 젓가락질을 멈춘 두 사람의 시선이 우리의 얼굴을 따갑게 찔러대고 있었다.

"아무리 그래도 보통은 '이거 먹을래?' '내가 먹어도 돼?' 하고 물어보지 않아?" 하고 나카소네가 말했다.

"실은 아까 주문할 때도 말했었어. '나도 새우튀김 먹고 싶다─' 하고."

"맞아, 맞아. '에이─ 뭐야. 샐러드에 방울토마토가 들어가 있네─?' 하고 불평했었어."

지금 우리가 연기하는 것은 갓 탄생한 따끈따끈한 커플이다. 어떻게든 그 이미지가 무너지지 않게 해야 한다! 하고 필사적으로 위장을 했다.

"그, 그나저나, 닭튀김은 진짜 최고의 음식이지 않아?"

토이로가 화제를 바꾸려고 닭튀김 이야기를 하기 시작

했다.

"메인 밥반찬이 될 수도 있고, 간식이나 술안주나 도시락 반찬이 될 수도 있으니까. 길거리 음식도 될 수 있고. 집에서도 얼마든지 만들 수 있고, 마트나 편의점이나 축제의 포장마차에서도 쉽게 구할 수 있는 음식인데도 또 정식 전문점도 있잖아? 이렇게 모든 상황을 커버하는 음식이 닭튀김 말고 뭐가 있어?"

"……어, 진짜네?! 듣고 보니 그렇다!"

사루가야가 놀라서 소리를 냈다.

잠깐 생각해본 뒤 나도 속으로 놀랐다. 정말로 닭튀김은 굉장하구나. 아니, 그런데 그 잡학 같은 화제는 뭐야?

"게다가 맛의 종류도 다양해! 간장, 치즈, 일식 국물. 나는 잘 못 먹지만 매운맛도 있지? 또 레몬이랑 김+소금 맛도 있고……."

토이로는 의기양양하게 이야기를 계속했다.

이 깨알 지식에는 나카소네도 관심을 가질 수밖에 없겠지. 나는 그렇게 생각하고 안심하려고 했는데.

"아니, 그보다도 오늘은 토이로와 마조노에 관한 이야기를 들어야 하는 날이잖아."

아까 그 화제로 돌아오고 말았다.

"토이로는 연애 자랑 같은 것도 하나도 안 하거든. 그래서 '정말로 사귀는 거 맞아?' 하고 궁금해질 때가 있단 말이지ー.

그 점에 관해서는 어때? 저기, 너희 둘. 커플로서 정말로 사이좋게 잘 지내는 거 맞아?"

라면을 먹고 있던 나카소네는 젓가락과 숟가락을 내려놓고 똑바로 나를 응시했다.

"사이좋아—! 요새는 방과 후에도 자주 같이 논다고. 너도 알잖아?"

나 대신 토이로가 대답했다.

"알아. 그 대신 우리랑은 잘 안 놀아주게 되었지만."

"미, 미안……."

토이로가 당황하여 손을 모으고 사과하자, 나카소네는 후후 하고 살짝 웃었다.

"그건 괜찮아. 진짜로. 하지만 아무래도 너와 마조노가 사귄다는 것은 위화감이 느껴진단 말이지. 뭔가 수상한 느낌인데……. 아, 그래. 너희들의 첫 만남은 어땠어?"

"그, 그건— 아이참, 부끄럽네. 학교 가다가 길모퉁이에서 실수로 부딪친다든가…… 뭐 그렇게 흔한 만남이었어. 특별히 설명할 만한 것도 없어."

토이로가 "그렇지—?" 하고 고개를 기울이며 나를 쳐다봤다. 나는 동의하듯이 끄덕끄덕 고개를 끄덕였다.

"설명할 만한 것도 없다고? 설명할 수 없다, 설명하기싫다, 그런 게 아니고?"

"에이, 그게 무슨 소리야? 우라라. 그렇게 의심하지 않아도 우리는 진짜 서로 사랑하면서 잘 지내고 있다니까? 안 그래? 마사이치."

"으, 응, 그렇지."

한동안 입 다물고 있었기 때문인지 복이 막혀서 소리가 잘 나오지 않았다. 친구들이 이것을 '동요'라고 해석하지 않아야 할 텐데.

그나저나 꽤 심하게 의심받고 있는 것 같았다.

교실에서의 행동만 본다면 나카소네는 토이로의 제일 친한 친구인 듯했다. 가까운 사이이기 때문에 그만큼 작은 위화감도 민감하게 느끼는 걸지도 모른다.

"아— 그래, 그래! 너희들 어디서 노는데? 역시 집에서? 토이로나 마사이치네 집? 남녀 둘이서 한 지붕 아래에 있다고? 이야—!"

사루가야가 무슨 상상을 했는지 신나게 떠들어댔다.

"보통은 내 방에서 놀아. 토이로의 방은……, 거의 안 가는 편이지."

흥분한 사루가야를 무시하고 나는 냉정하게 대답했다.

옛날에는 토이로의 방에서 놀았던 적도 있지만, 최근에는 무조건 내 방이었다. 이건 비밀인데 토이로의 방은 참 지저분했다. 게으름뱅이라서 청소도 정리도 안 하기에 바닥에는 온갖 물건이 널브러져 있었다. 딱 토이로가 지나다니는 부분만 바닥이 보이는 상태였다. 일전에 오랜만에 슬쩍 들여다봤을 때는, 사람이 사는 방인데도 산속의 짐승길이 나 있어서 깜짝 놀랐었다.

……본인은 그 방에서 쾌적하게 사는 것 같으니까 나도 잔소리는 안 하고 있지만.

"뭐—? 토이로의 집에는 한번 가보고 싶은데—."

사루가야가 뭔가 기대하는 듯한 눈빛으로 그렇게 말했다.

태평하게 그런 말을 했다가는 방 안에서 조난당한다——라는 말을 내가 애써 삼켰을 때.

"너희가 서로 사랑한다고? 그럼 너희 둘이서 증거를 보여줘."

나카소네가 또다시 그런 말을 꺼냈다.

"응? 증거?"

토이로가 고개를 갸웃거리자, 나카소네가 머리를 위아래로 강하게 흔들었다.

"지금부터 내가 너희 둘에게 질문을 할 거야. 사랑이 넘치는 커플이라면 당연히 서로에 대해 잘 알겠지? 잔뜩 질문을 하고, 그 해답으로 판단할 거야."

일종의 커플 인정 시험이 시작되려나 보다. "와, 그거 재미있겠다!" 하고 사루가야도 신이 난 것 같았다.

내가 토이로와 정말로 사귀고 있는지 철저히 확인하려는——.

"지, 질문……?"

토이로가 곁눈질로 힐끔 내 눈치를 봤다. 나와 토이로가 서로 사랑한다는 증거가 될 만한 질문이라니, 도대체 어떤 내용일지 상상이 되지 않았다.

──마, 마사이치, 너만 믿는다?

──어, 어쩌란 거야? 하, 하여간, 허점은 드러내지 말고…….

다시 한번 우리가 눈빛으로 대화를 나누고 있는데.

"왜 그렇게 망설여? 일단 시험에 응해봐. 그런 속담도 있잖아? '2층에서 안약 넣기'."

나카소네가 또 그런 식으로 도발을 했다.

……뭐? 2층에서 안약 넣기?

무슨 말이 하고 싶은 걸까. 보아하니 토이로와 사루가야도 의아한 표정을 짓고 있었다.

"저기, 우라라? 2층에서 안약 넣기라니…… 그게 무슨 뜻인지는 알아?" 하고 토이로가 물어봤다.

"응? 글쎄, 도전 정신?"

"……보통은 답답한 짓이나, 힘들기만 하고 별 소용도 없는 짓을 뜻하는 건데……"라고 내가 말했다.

"아, 아─. 에이, 뭐. 둘 다 똑같은 말이잖아?"

그렇구나─. 둘 다 똑같구나─. (똑같지 않음)

나카소네가 어색하게 시선을 옆으로 돌리며 눈을 피했다. 이 날라리, 별로 똑똑하진 않은 걸지도 모른다.

"아, 아무튼, 너희에게 거부권은 없어. 회피하면 그만큼 더 수상해지는 거니까. 알지?"

어찌어찌 민망함을 극복한 나카소네가 우리를 도전적인 시선으로 쳐다봤다.

나카소네가 토이로에게 나를 소개해 달라고 했던 목적이 바로 이것이었나 보다. 그렇다면 이 퀴즈 타임을 피하기는 어려울 것이다. 나도 각오하고 도전해야 할 것이다. 여기서 또 쓸데없는 의혹을 낳을 수는 없다.

정면에 앉아 있는 토이로도 같은 생각을 했나 보다. 우리는 서로에게 눈짓했다.

그런데 잔뜩 질문을 한다고⋯⋯? 라면 다 붇겠다.

*

"좋아, 우선 준비운동 퀴즈. 서로의 생일은?"

커플 인정 시험은 조용히 막을 올렸다.

"토이로는 9월 9일이지."

"5월 1일. 마사이치(正市)란 이름의 '마(正)'는 획수가 5이고, '이치(市)'는 1일의 1*과 같은 발음이야."

당연히 서로의 생일은 알고 있었다. 둘 다 망설임 없이 답했다.

---

*일본어 1과 市는 둘 다 '이치'라고 읽을 수 있다.

그런데 토이로 씨? 방금 설명해주신 내 이름의 유래인지 뭔지는 완전히 엉터리거든요? 부모님이 그렇게 대충 내 이름을 지어주셨다면 나도 좀 슬펐을 것이다. 잠깐만, 너 설마 그런 식으로 내 생일을 외웠던 거야?

"그렇구나. 토이로의 생일은 맞아. 그럼 다음은…… 서로의 혈액형은 뭐야?"

"O형이지."

"A형이야."

"……응. 토이로는 나와 같은 O형이니까 정답이네. 좋아, 다음 문제는——."

그 후로 서로가 좋아하는 음식이나 가족 관계 등, 무난한 질문이 여러 개 나왔다. 질문에 대한 대답을 통해 얼마나 서로 사랑하는지 판단하려고 하는 줄 알았는데, 이건 완전히 정답/오답을 판단하는 퀴즈 형식이었다.

그러다가 뭔가 이상해진 것은 여덟 번째 질문이 나왔을 때였다.

"밤에 잠잘 때는 서로 어느 쪽을 보고 자?"

"잠깐만, 뜬금없이 너무 자세한 질문을 하는 거 아냐?"

나는 무의식중에 그렇게 지적하고 말았다.

토이로도 끄덕끄덕 고개를 끄덕이면서 동조해줬지만, 나카소네는 "그런가?" 하고 가볍게 고개만 갸웃거릴 뿐이었다. 질문을 변경할 마음은 없어 보였다.

도대체 뭘까. 사생활의 심층부에 파고드는 듯한 이 질문은. 아, 설마 사귀는 사람끼리는 상대의 잠자는 모습도 아는 것이 당연하다는 뜻인가?

나는 토이로가 침대에 누워 있는 모습을 떠올려봤다. 자주 보는 풍경이므로 금방 뇌리에 떠올랐다.

"토이로는 오른쪽으로 눕는 편이야."

"마사이치는 똑바로 눕는…… 편이지? 대체로."

"오른쪽으로 눕는 편이라고. 응, 그래."

나카소네는 고개를 끄덕거리며 다음 질문을 했다.

"좋아, 그럼 이번에는. 목욕할 때 어디부터 씻어?"

"모, 목욕?! 잠깐만, 아까부터 질문이 이상하잖아?!"

이번에는 토이로가 얼굴을 붉히면서 우라라에게 항의했다.

아무리 그래도 이건 좀 심하잖아. 그래서 나도 끼어들려고 했는데.

"에이, 이 정도는 괜찮아. 어머나? 뭐야, 설마 몰라? 커플인데?"

나카소네의 그런 도발 때문에 우리는 물러날 수 없는 상황에 빠졌다.

초등학교 저학년 시절에는 부모님의 사정 때문에 우리가 같이 목욕한 적도 여러 번 있었다. 음, 분명히 그때는…….

"어, 팔부터…… 왼팔부터 씻었을 거야."

그렇게 말하면서 나는 무의식중에 성장한 지금의 토이로가 몸을 씻는 모습을 상상했다. 이건 비밀인데, 가슴이 좀 두근거렸다.

"마사이치는 말이지— 가랑이부터 씻어. 어릴 때 뚝히면 자다가 쉬를 싸서, 거기서부터 씻는 것이 습관이 됐대."

야, 너는 왜 그렇게 쓸데없는 정보까지 폭로하는 거야?!

"왼팔이라고? 흠, 그래."

나카소네는 우리가 대답한 내용을 중얼거렸다.

"잠깐만. 나카소네, 너는 이 문제의 정답을 모르잖아?! 특히 목욕에 관한 것은 아무한테도 말하지 않은 최고의 비밀이야. 출제자가 정답을 모른다면 그건 퀴즈가 될 수 없잖아?!"

나는 결국 가만히 있지 못하고, 아까부터 신경 쓰였던 점을 언급했다.

"난 애초에 너한테는 별로 관심도 없어. 그리고 토이로는 중학교 수학여행을 갔을 때 목욕하면서 실제로 팔부터 씻었으니까. 응, 정답이야."

뭐, 뭐야. 난 이유도 없이 수치를 당한 거야? 엄청나게 손해 본 기분인데.

이어서 나카소네가 눈썹을 찡그리더니 예상외의 말을 꺼냈다.

"그런데 너희 둘. 이제 막 사귀기 시작했으면서, 이것저

115

것 너무 많이 알고 있는 거 아냐……?"

가, 갑자기 태도가 백팔십도로 돌변했잖아……?!

경악하는 나의 옆에서 토이로가 반론했다.

"저기, 우라라. 커플이라면 당연히 서로에 대해 잘 알 거라고 말했던 사람은 너잖아?!"

"응, 처음에는 그렇게 생각했는데. 너희들 이야기를 들으면서 냉정하게 고찰해보니까, 너희 둘은 속도가 너무 빠른 것 같아서. 안 그래? 벌써 같이 자기도 하고 목욕도 하는 거야?"

나의 대각선 앞에 있는 나카소네의 눈빛이 날카로워졌다.

우리가 함정에 빠진 걸까. 질문이 점점 사생활에 파고드는 내용으로 변했던 것도 나카소네의 작전이었던 건가?

"하…… 하, 하는데……?"

"정말? 한다고? 목욕을 해? 둘이서 대충 그럴싸하게 대답을 지어낸 게 아니고?"

"윽…… 그, 그런 거 아니야!"

토이로는 횡설수설하면서도 단호하게 부정했다.

"아~ 물론, 다른 커플들에 비하면 좀 빠른가~? 하는 생각도 들지만."

이제는 다 포기하고 우리가 같이 목욕했다는 식으로 밀고 나가려나 보다. 뺨을 붉히면서도 "아하하, 이거 참 난감하네" 하고 머리를 긁적거리고 있었다.

나카소네가 끄응 하고 작게 신음했다.

이런 상황에서도 우리에게 유리한 점은 있었다. 우리 중 누구가가 자백하지 않는 한, 이 건에 관해서는 진실이 밝혀질 리 없다. 고로 우리 둘이서 계속 주장하기만 하넌 나와 토이로는 완벽한 커플인 것이다.

"내가 아는 토이로는 인기는 많지만, 연애 경험은 적은 편이야. 애가 그렇게, 사귄 지 얼마 되지도 않은 남자와 쉽게 진도를 나갈 리가——."

나카소네는 혼잣말처럼 그런 말을 중얼거리고 있었다. 진도를 나간다니, 묘하게 직접적인 표현이잖아……?

여기서 나도 토이로를 거들어주는 것이 좋을까? 하고 망설이고 있었는데.

"아, 그럼, 그러면——."

에로 원숭이가 쓸데없는 말을 쏟아내기 시작했다.

"마침 밥 먹는 중인데. 너희 둘은 '아~'도 얼마든지 할 수 있다는 거잖아?"

"야, 그게 무슨 소리야. '아~'라니?"

"응, '아~'는 '아~'지. 한번 보고 싶다~ 토이로가 '아~' 하는 모습."

그런 말을 반복하면서 사루가야는 카레를 퍼먹던 숟가락을 이쪽으로 내미는 시늉을 했다.

'아~'라는 것은 상대에게 뭔가를 먹여줄 때 하는 말이다.

커플의 일반적인 행위.

그런데―.

『마사이치, 새로 나온 이 파스타 진짜 맛있어. 먹어볼래?』

『아니, 지금은 컨트롤러에서 손을 뗄 수 없어. 적이 계속 나를 노리고 있어.』

『뭐―? 어휴, 하는 수 없지. 자, 아~.』

그 외에도 몇 번이나. 아~ 하고 음식을 먹여주는 행위는 커플이 아니어도 이미 실컷 경험했었다. 나와 토이로에게 는 일상적인 일이었다.

그러니까 못할 것은 없었다.

"'아~'를 하라고."

"'아~'란 말이지…….."

내가 한마디 하자 토이로도 중얼거렸다.

이 정도로 남에게 주목받는 상황에서는 좀 거북하지 만……. 이로써 우리가 커플의 진도를 잘 나가고 있다는 것을 증명할 수 있다면―.

내가 그렇게 결심하고 토이로와 눈빛으로 서로 합의했 을 때.

"아, 그래. 커플이라면 간접 키스도 괜찮지―? 목욕도 같 이 할 정도이면 키스도 벌써 했을 테고. 안 그래? 아― 부 럽다― 여자 친구."

사루가야가 말꼬리를 길게 끌면서 무심한 어조로 말했다.

──키스? 간접 키스?

나는 무심코 머릿속으로 그 단어를 되풀이했다.

확실히 아~라는 행위에는 간접 키스라는 일면도 있었다. 하지만 그동안 순수하게 상대에게 뭔가를 먹여주려고 아~를 했던 나로서는, 지금까지 그것을 그렇게 인식한 적이 없었다.

"키, 키스……."

토이로도 마찬가지였는지 그런 말을 입속으로 조그맣게 중얼거렸다.

간접 키스. 그렇게 의식하자 갑자기 마음이 불편해졌다. 나와 토이로는 서로 눈을 피했다.

"어? 왜 그래, 마사이치, 토이로?"

태도가 달라진 우리에게 사루가야가 의아하다는 듯이 말을 걸었다.

"아, 아니― 할 수 있거든? 할 수 있는데……."

그렇게 대답하면서도 토이로는 주위를 둘러봤다. 아~는 할 수 있는데, 이렇게 남들 앞에서 억지로 하기는 싫다는 저항이었다.

"할 수 있어? 그럼 어서 해봐."

그런데 이번에는 나카소네가 재촉하기 시작했다. 팔짱을 끼고 완전히 지켜보는 태세였다. 끝날 때까지는 식사를 재개하지 않겠다는 의지가 느껴졌다.

도망칠 곳이 없었다.

토이로가 조금 씁쓸한 표정으로 이쪽을 쳐다봤다. 나는 그녀의 얼굴을 보면서 살짝 고개를 끄덕거렸다.

무조건 해야 한다──.

"그, 그럼……."

토이로가 결심한 것처럼 한 번 고개를 끄덕이더니, 자신이 사용하던 젓가락을 집었다.

"마, 마사이치. 아~."

젓가락이 이쪽으로 다가왔다. 그 끝에 끼워진 닭튀김이 조금씩 떨리고 있었다. 그 너머에서는 검은자위가 도드라지는 토이로의 커다란 눈이 똑바로 내 얼굴을 바라보고 있었다.

왠지 얼굴이 뜨거워졌다.

소꿉친구라면 이 정도는 당연한 일이었는데. 좀 특별하게 의식하기 시작하니까 왜 이렇게 부끄러워지는 걸까.

나는 입을 벌리고 닭튀김을 슬쩍 물었다. 젓가락이 떨어질 때, 그 끝이 입술에 가볍게 닿았다. 그러자 눈 밑이 확 뜨거워지면서 가슴의 고동이 급격히 빨라졌다.

──토이로와 간접 키스를 해버렸다.

"우와──. 좋겠다. 커플. 나도 여자 친구를 사귀고 싶어. 그런데 마사이치, 너 어느새 이 정도로 토이로와 애정을 쌓아온 거야? 다음에 꼭 자세한 이야기를 들려줘."

사루가야의 목소리에 깜짝 놀란 나는 입으로 물고 있던 닭튀김을 입속에 집어넣었다. 토이로는 얼른 손을 뒤로 뺐다. 나도 모르게 토이로와의 아~ 행위에 몰두했었나 보다.

"하, 하하, 자, 어때? 이 정도면 커플이란 것이 증명됐지?"

토이로가 나카소네에게 의기양양하게 물어봤다. 그 뺨은 은은하게 붉어져 있었다.

"……뭐, 적어도 친구 이상의 관계라는 것은 알았어. ……의심해서 미안해."

나카소네는 그렇게 순순히 사과하더니 젓가락을 들었다. 퉁퉁 불어버린 라면을 먹으려는 것 같았다.

그런데 내가 그 모습을 지켜보고 있을 때, 그녀가 한순간 힐끔 날카로운 눈빛으로 이쪽을 봤다. 세리나 누나보다는 못해도 과연 날라리답게 박력 있는 눈빛이었다.

밥 먹는 장면을 남이 구경하는 게 싫었던 걸까. 아니면 아직도 무슨 의혹을 품고 있는 걸까…….

토이로와 정말로 친한 친구이기 때문에 적극적으로 탐색을 하는 것이리라.

나는 재빨리 시선을 피했는데, 그 후에도 그녀는 힐끔힐끔 이쪽을 노려봤다. 나는 뱀의 표적이 된 개구리의 심정으로 점심밥을 입에 집어넣었다.

언덕 위에 세워진 메이호쿠 고등학교 4층에서는, 날씨가 좋으면 바다가 보였다.

장마가 끝나고 오랜만에 종일 날씨가 좋았던 그날 저녁. 남서쪽의 바다로 저녁 해가 천천히 내려가고, 하늘에는 보랏빛 섞인 푸른색이 퍼져 나가고 있었다.

"와— 오늘은 경치가 좋구나. 저거 봐, 정말 아름답지 않아?"

둥근 테이블을 사이에 두고 맞은편에 앉아서 창밖을 보고 있던 토이로가 흥분한 목소리로 이야기했다. 옆얼굴만 봐도 알 수 있는 커다란 그 눈동자가 반짝반짝 저녁 햇살을 반사하여 촉촉한 빛을 발하고 있었다.

"……응. 아름답네."

나는 토이로의 옆얼굴에서 창밖으로 시선을 옮기면서 그렇게 대꾸했다.

우리 학교 홈페이지에서는 '바다가 보이는 학교'라는 문구가 당당하게 매력 포인트로 꼽히고 있다. 공립인데도 최상층인 5층에는 카페테리아라는 근사한 공간이 마련되어 있었다.

이렇게 커플밖에 안 올 것 같은 쓸데없는 공간에 예산을 투자하다니…… 이 학교, 과연 괜찮은 걸까? 이런 것보다는 누구나 사용할 수 있는 공간, 이를테면 컴퓨터가 설치된 인터넷 부스 같은 것을 개별적으로 만들어줬으면 좋겠다. 그러면 스마트폰에서는 잘 돌아가지 않아서 자제하고 있는 온라인 게임 같은 것도 점심시간에 플레이할 수 있을 테니까 내가 행복해질 텐데.

하지만 이제는 그런 불평도 못 하게 되었다.

방과 후 청소를 마친 뒤, '상담하고 싶은 것이 있다'는 이유로 토이로에게 호출당한 나는 여자와 단둘이 이 커플의 성지를 이용하게 된 것이다.

"야, 왜 하필 여기로 온 거야?"

"세계를 속이는 두 사람의 회담에 딱 어울리는 장소라고 생각해서."

"저기요, 너무 멋있는데요. 하지만 그런 거라면 더더욱 방에서 만나는 게 좋지 않아? 여기서 이야기하면 남들한테도 다 들릴 텐데?"

"아니— 우리는 집에서는 집중을 못 하잖아? 중요한 이야기는 밖에서 하는 게 더 나아."

아, 하긴. 방에는 유혹적인 것들이 너무 많았다. 나는 집으로 돌아가면 우선 컴퓨터부터 켜서 인터넷 환경 속으로 다이빙을 하고, 토이로는 가방을 내려놓자마자 침대로 다

이빙을 해버리니까. 그리고 각자의 시간을 즐기다가 마음 내키면 둘이서 게임을 하는 것이 평소의 패턴이었다.

토이로가 나에게 임시 커플이 되어 달라고 부탁했던 그 날, 방에 들어가지 않고 집 밖에서 기다리고 있었던 것은 그런 이유 때문이었던 걸까.

다행히 이 시간대의 카페테리아에는 손님이 별로 없었다. 데이트 장소인 듯한 네 귀퉁이의 소파 좌석에 흩어져 있는 커플들이 몇 쌍 있을 뿐이었다. 실시간으로 세계를 속이는 중인 우리도 여기서는 오히려 눈에 안 띨지도 모른다.

테이블 위에는 내 커피와 토이로의 카페라테가 놓여 있었다. 둘 다 아이스였다. 이제는 옷도 하복으로 바뀌었고, 여름이 시작되려 하고 있었다.

"……그래서. 상담하고 싶은 것이 뭔데? 역시 우리의 관계에 관한 일이야?"

내 질문에 토이로는 뺨을 긁적거리면서 "아하하" 하고 쓴웃음을 지었다.

"뭐, 그렇지. 도저히 이해가 안 가지만. 아무래도 우리의 관계를 의심하는 사람들이 있는 것 같아."

"아―……. 그렇게 심하게 의심받고 있어?"

나카소네가 식당에서 우리의 관계를 꼬치꼬치 캐물었던 것이 지난주의 일이었다. 또 교실에서 "쟤네 둘이 왜 사귀는 걸까?"라는 소문은 나도 들은 적이 있었다.

그런데 토이로가 보여준 것은 훨씬 더 심각한 현실이었다.

"이거 봐 봐."

토이로가 자기 스마트폰을 만지작거리더니 그 화면을 이쪽으로 보여줬다. 거기 표시된 것은 SNS 게시 글의 캡처 이미지였다. "왜 걔네 둘이?" "진짜로 사귀는 거야?" "틀림없이 속사정이 있을 거야". 손가락을 내밀어 스크롤을 하고 있는데.

"우리 학교 학생인 것 같은 사람의 글을 가볍게 둘러봤는데 대충 이런 분위기였어. 게다가 주변의 친구들도 의심하는 것 같아."

그러더니 토이로는 살짝 숨을 내쉬었다.

"그렇구나. 나 참⋯⋯. 저기, 우리가 처음부터 솔직하게 소꿉친구였다가 연인이 됐다고 하면 되는 거 아니었어? 물론 내가 협력하고 있다는 것을 들킬 위험성은 있지만, '우리의 접점이 눈에 띄지 않는다'라는 것과 '신생 커플치고는 지나치게 친하다'라는 식으로 거꾸로 의심받는다는 점은 해결할 수 있었을 텐데."

"그러게 말이야⋯⋯. 하지만 이미 늦었어. 이제 막 사귀기 시작한 따끈따끈한 커플이라서 서로에 대해 좀 더 잘 알고 싶으니까 한동안 방과 후에는 마사이치와 같이 지낼 거야~라고 말해버렸는걸."

"응, 그래. 미리 그 생각을 못 했던 내 잘못도 있어."

지나간 일은 후회해봤자 소용없다. 그런데 영 골치 아픈 사태가 벌어진 것 같았다.

이걸 어쩌나 하고 나도 고민하기 시작했는데, 그때 토이로가 짝! 하고 얼굴 앞에 대고 손뼉을 쳤다.

"어쩌겠어? 우리가 좀 방심한 거지. 좀 더 커플답게 연인 작업을 열심히 수행해야 한다는 뜻이야."

"연인 작업을?"

"응. 그래서 말인데. 주말에 역 근처의 쇼핑몰에 가는 것을 제안합니다! 데이트가 무엇인지 공부함으로써 좀 더 일반 커플에 가까워지기 위해서."

"주말, 쇼핑몰, 데이트……."

데이트, 데이, 트, date……? 낯설게 느껴지는 단어였다!

"아, 맞다, 데이트란 게 그거지?! 여자가 옷을 사러 가자고 할 때는 대체로 짐꾼이 되고, 식사할 때는 남자가 밥을 사는 것이 암묵적인 약속이고, 돈을 낼 때 찍찍이 지갑을 꺼내면 빈축을 산다는 그거……."

"데이트에 대한 편견이 어마어마하잖아?!"

아니, 인터넷에서 봤는걸. 그것을 본 다음부터는 왠지 신경 쓰여서, 내가 애용하던 찍찍이 3단 지갑을 버렸다는 슬픈 과거가 있었다.

"난 쇼핑은 거의 안 하는데―. 처음으로 했던 심부름도 인터넷 쇼핑이었고. 아, 추천 인터넷 쇼핑몰이라도 같이 돌아볼래?"

아무래도 마음이 안 내켜서 나는 열심히 대안을 생각해 봤다.

"그게 무슨 소리야? 실은 낮에 출발하는 게 좋은데, 어쩔 수 없으니까 아침 일찍 나가줄게. 카드 전문점의 추첨 이벤트가 이번 주말이잖아?"

"아, 마, 맞다!"

우와, 큰일 날 뻔했다! 내가 이런 실수를 하다니.

스마트폰과 집에 있는 달력에는 그 스케줄을 잘 표시해 놨는데, 갑자기 데이트 이야기가 나오는 바람에 깜빡 잊어버렸다.

본디 '한정 수량 제품의 추첨 이벤트에 줄 서서 참가하는 것'은 커플인 척하는 것에 대한 교환 조건이었다. 그런데 설마 상대가 그 조건까지 이용해서 나를 데이트에 넣을 줄이야.

"가끔은 인터넷 열대우림 이외의 장소에서도 물건을 사보자, 응?"

모든 것을 다 예상했다는 것처럼 토이로가 싱글싱글 웃으며 말했다. 치, 그 정글은 회원 가입을 하면 애니메이션 방송도 제법 많이 볼 수 있어서 편리하거든……?

어쨌든 결국 나는 토이로에게 완벽하게 조종당하여 주말 쇼핑 데이트에 강제로 참석하게 되었다.

＊

"누…… 누구세요?"

"뭐? 야, 그건 실례잖아!"

데이트 당일. 발끝으로 톡톡 쳐서 스니커즈를 신으면서 집에서 나오는 토이로의 모습을 본 순간, 나는 무의식중에 미간을 찌푸렸다.

사르르 흘러내리는 플리츠 롱스커트, 옷자락을 안에 집어넣은 부드러운 소재의 흰색 티셔츠. 거기에 가벼워 보이는 작은 가방을 대각선으로 메고 있었다. 단순한 복장이지만 그 잘록한 허리만 봐도 몸매가 좋다는 것을 알 수 있었다. 머리는 반묶음 스타일이었고. 살짝 물결치는 옆머리와 함께 꽃 귀걸이가 흔들거리고 있었다.

평소의 토이로만 보면 전혀 상상할 수 없는 청초한 모습이었다. 저절로 뚫어지게 바라봤다.

"저기요…… 누구세요?"

"아직도 그 소리야?! 아니, 이건 데이트니까. 1군으로 꾸미는 게 당연하잖아?"

"1군?"

"응. 친구랑 놀 때 자주 입는, 내가 좋아하는 옷들."

"그럼 평소에 내 방에서 입는 옷은 2군이야?"

"그건 화려한 무대를 떠난 은퇴 선수들이야."

"플레이할 기회조차 박탈당한 건가⋯⋯."

하기야 대부분은 보풀이 인 낡은 트레이닝복이나 티셔츠이니까, 현역 은퇴를 했다는 표현은 정확한 걸지도 모른다.

"그래, 1군이란 말이지. ⋯⋯잘 어울린다."

나는 진심으로 감탄한 것처럼 중얼거렸다. 과연 모두에게 사랑받는 인기 여고생은 패션에도 신경을 쓰는구나. 오늘의 토이로는 저도 모르게 시선을 빼앗길 정도로 특별해 보였다.

——나의 주관적인 시선으로 봐도 예쁘다⋯⋯고 생각한다.

"오, 벌써 연인 작업을 시작한 거야?"

토이로의 말투는 왠지 놀리는 듯한 어조였다.

"응? 아니, 이건 진심인데."

내가 그렇게 대답하자, 토이로는 갑자기 놀란 것처럼 눈을 깜빡거렸다.

"어, 그, 그래, 고마워."

토이로가 당황하면서 인사했다. 그제야 나도 앗 하고 깨달았다.

——지금 내가 자연스럽게 토이로의 복장을 칭찬한 건가⋯⋯?

평소처럼 마치 멋진 게임 플레이를 칭찬하는 듯한 감각이었는데. 데이트를 시작할 때 복장을 칭찬한다는 것은, 그야말로 커플이 하는 짓이잖아.

"가, 갈까?"

그 점을 의식하자 갑자기 부끄러워졌다. 나는 빙글 돌아서 걸음을 뗐다. "응" 하고 대답하더니 토이로도 따라왔다.

토이로의 복장은 잘 어울렸고 실제로 예쁘기도 했다. 그것은 내 솔직한 심정이었다. 토이로가 학교에서 지금처럼 인기가 있는 이유를 조금이나마 이해할 것 같았다.

"마사이치, 넌 평소와 같은 옷이네."

걸으면서 토이로가 말했다.

"응. 이게 움직이기 편하니까."

나는 자신의 복장을 내려다봤다. 회색 티셔츠와 베이지색 면바지, 단순한 흰색 스니커즈. 오랫동안 착용했기 때문에 전체적으로 색이 좀 바랬다.

"모처럼 데이트하는 건데 멋 부리고 오지 그랬어―."

"이게 나의 전투복이야."

시내에 있는 서점이나 카드 전문점은 대부분 좁은 편이니까. 단순한 옷을 입지 않으면 여기저기 걸려서 상품을 떨어뜨리게 된다. 또 꽉 끼는 청바지나 티셔츠 위의 겉옷은 움직임을 방해하기 때문에 그만큼 다른 손님들보다 행동이 느려진다.

……실은 내가 가진 옷이 거의 없는 거지만.

"전투?! 에이, 뭐, 그래. 입기 편한 옷을 입는 것이 최고지. 자, 그럼 가게로 Let's go—!"

토이로가 태도를 바꿔 그렇게 말하더니 사납게 한 발로 폴짝 뛰어 내 옆에 나란히 섰다.

날씨는 맑음. 틀림없이 오늘은 데이트하기 좋은 날일 것이다.

＊

아침 일찍부터 혼잡해진 카드 전문점에서 우리는 무사히 추첨권을 확보하는 데 성공했다.

"아아— 내일 추첨 시간까지, 너무 긴장된다……."

"혹시 내 추첨권이 당첨되면 감사해야 해, 알았지?"

"추첨권은 내가 두 장 다 한꺼번에 맡았으니까 어느 쪽이 네 추첨권인지 몰라. 뭐, 아무튼 너한테는 당연히 감사하지. 네 덕분에 살았어."

"좋아, 그럼 됐어! 혹시 당첨되면, 내가 일찍 일어나서 소비한 칼로리를 네가 채워줘."

"그건 과자로 채워주면 되는 거야……?"

그런 대화를 나누면서 곧바로 시내에서 가장 큰 대형 쇼핑몰로 향했다.

지금은 오전 10시가 넘은 시각. 10분쯤 걸어서 역 건물의 북쪽 출구에서 남쪽 출구까지 이동하여 우리의 목적지에 도착했다.

"자, 이제 어디로 가?"

나는 숄더백을 어깨에 다시 메면서 물어봤다.

일반적인 커플은 도대체 어떤 데이트를 하는 걸까. 주위에서는 손을 잡은 남녀가 간간이 보였는데, 다들 어디서 노는 걸까?

점포는 약 200개, 식당가나 식품 판매장도 대규모였고, 최상층에는 상영관이 열 개나 되는 복합 영화관이 들어와 있었다. 선택의 여지가 너무 많아서 어디에 갈지 고민되었고, 실내도 넓어서 길을 헤매게 될 것 같았다.

"있잖아, 내가 친구한테서 어떤 식으로 데이트를 하는지 듣고 왔어. 그걸 참고해서 다니지 않을래?"

"아, 진짜? 대충 어떤 건데?"

"어, 그건. 옷가게에서 서로에게 옷을 골라주고, 카페에서 파르페 하나를 둘이서 나눠 먹고, 펫 숍에 가서 나중에 어떤 개를 데려올지 이야기하고. 그런 것들을 하고 싶습니다."

"마지막 행동 하나는 이상하게 현실미가 넘치는데?!"

아마도 토이로는 이번 데이트에서 연인 작업을 성공시키려고 의욕이 넘치는 것 같았다. 그것에는 나도 협력하고 싶었으므로, 토이로가 말한 데이트 코스에 따라 행동하기로 했다.

옷에는 그다지 관심이 없지만…….

옷가게들이 빽빽하게 들어서 있는 곳은 3, 4, 5층인 것 같았다. 우리는 우선 엘리베이터를 타고 5층까지 올라갔다. 그런데 문이 열리고 그 층에 내리자마자 무의식중에 발을 멈추고 말았다.

천장 부근에서 유난히 화려하게 빛나고 있는 컬러풀한 전구 장식. 다양한 소리가 뒤섞인 초음파 같은 소음. 그리고 그런 소음조차 지워버릴 정도로 크게 울려 퍼지는 환호성과 웃음소리.

그곳에 있는 것은 어른도 아이도 즐길 수 있는 꿈의 공간.

"게임 센터네."

내가 그렇게 중얼거리자 토이로도 고개를 끄덕였다.

"아, 그러고 보니 5층 한구석에 있었지. 게임 센터가. 아무튼 옷가게는 저쪽이야."

그렇게 말하면서 왼쪽 통로로 걸어가려고——했는데. 그 얼굴은 마치 실로 잡아당겨지는 것처럼 여전히 게임 센터를 바라보고 있었다. 이윽고 머리의 각도가 거의 180도가 되었을 때 토이로는 멈춰 서버렸다.

"왜 그래?"

토이로의 뒤를 따라가던 나도 똑같이 멈춰 섰다.

"……어떻게 생각해?"

토이로가 뭔가를 꾹 참으려고 갈등하는 것처럼 낮은 목소리로 말했다.

"어떻게 생각하느냐고? 뭐를?"

내가 다시 물어보자 토이로는 한동안 입을 다물었다. 크레인 게임의 통통 튀는 음악이 반복적으로 흘러나오고 있었다. 그 발랄한 멜로디에 저절로 이끌리는 것처럼 토이로의 몸이 서서히 방향을 바꾸는 장면을 나는 지켜보고 있었다.

"여, 연인 작업은, 다음에 하자……."

마침내 토이로가 그런 말을 했다.

"응? 그래도 되는 거야?"

"되고 말고가 아니라……. 마사이치, 넌 저걸 보고도 참을 수 있어?"

"아니, 솔직히 말해 온몸이 근질근질해서 못 참겠어……."

그야 물론 허용되기만 한다면 게임 센터에서 마음껏 놀고 싶었다. 중학교 시절에는 아케이드 게임에 푹 빠졌던 시기도 있었으니까. 좋아하느냐 싫어하느냐 하고 묻는다면 당연히 무척 좋아했다.

"아마 게임 센터 데이트라는 것도 있을 테니까……. 그래. 오늘은 이거면 돼!"

토이로도 또 나름대로 게임을 좋아했다. 그래서 참을 수 없게 된 것이리라. "좋아!" 하고 양손을 들어 가볍게 주먹을 꽉 쥐더니, 완전히 몸을 빙글 돌려 게임 센터로 향했다.

"마사이치, 당장 시합하자!"

"그래, 뭐든지 다 받아줄게. 여기까지 와서 후회해도 난 모른다, 알았지?"

"그건 내가 할 말이야. 자, 그럼 저 게임을 하자, 응?"

그러면서 토이로가 가리킨 것은 집에서도 자주 플레이하는 마루오 레이스의 아케이드판 게임이었다. 게임 센터에서 플레이하는 것은 처음이었다. 여기서는 돈을 넣고 얼굴 사진을 촬영함으로써, 경기 도중에 캐릭터 아이콘 대신 자기 얼굴을 표시하는 것이 가능한 것 같았다.

"진 사람이 이따가 자판기 아이스크림을 사주는 거야. 어때?"

"오케이."

우리는 즉시 게임 기계에 탑승하여 동전을 투입한 뒤 내부 대결 모드를 선택했다.

화면은 사진 촬영으로 넘어갔다. 나는 근엄하게 멋진 얼굴로 찍었고, 토이로는 양손을 뺨에 대고 입을 문어처럼 쑥 내민 이상한 얼굴로 찍었다. 이 시점에서 이미 싸움이 시작된 것 같았다.

집에서 자주 사용하는 것과 같은 캐릭터를 선택하고, 토이로가 즉흥적으로 해변 코스를 선택하자 경기가 시작됐다.

"우와, 망했다! 왜 이렇게 확확 돌아가?!"

"꺅, 잠깐만, 너무 심하게 미끄러지잖아! 저기, CPU가 이상하게 빠르지 않아?!"

그러고 보니 이 게임을 핸들로 플레이하는 것은 이번이 처음이었다. 게임 시트에 앉는 것도 처음이었고. 뒤통수 쪽에 스피커가 있어서 엔진 소리나 드리프트 소리의 임장감이 내 기분을 고양시켜줬다. 단, 평소에 사용하는 컨트롤러와는 조작감도 전혀 달랐다. 핸들을 조금만 돌려도 차량이 확! 하고 빙글빙글 선회할 것 같았다.

"쳇, 스타트 대시는 좋았는데 점점 추월당하고 있잖아?"

"좋은 아이템이 나오기를 기대하는 수밖에 없어! ──아앗, 놓쳤다!"

점점 CPU에게 추월당해 우리는 뒤에 남겨지고 말았다. 그러나 둘 다 포기하지는 않았다. 아무리 컴퓨터에게 지더라도 진짜 싸움은 우리 둘 사이에서 진행되는 거니까. 차츰 조작에 익숙해져서 우리는 정상적으로 달리기 시작했다.

"마사이치! 이거나 먹어라!"

"당연히 방어하지요─. 으, 으악! 뒤를 보고 있었더니, 여기 꽃게가!"

"하하─! 운전할 때 한눈팔면 위험하지요─, 먼저 갑니다─! 아, 앗! 아이템 사용하다가 벼랑으로 다이빙했다!"

차량의 일거수일투족에 맞춰 옆에서 꺅꺅 시끄럽게 외치는 소리가 들려왔다.

"우리는 지금 커플 작업을 하는 게 아니라 완전히 집에서처럼 소꿉친구 작업을 하고 있거든?! 남들이 다 보는 데서!"

"— —윽!"

부끄러워진 걸까. 토이로가 힐끔 주위를 살펴봤다. 나도 한순간 화면에서 시선을 떼고 그쪽을 봤더니, 어느새 꼬마들이 순서를 기다리고 있었다.

물론 게임을 하다가 저절로 평소 모습이 튀어나오는 것은 이해가 가지만…….

그 후 토이로는 잠시 얌전해졌는데, 점차 게임에 몰입하게 되자 또다시 목소리를 내기 시작했다.

화면 속에서 우당탕 난리를 치면서도 어떻게든 세 바퀴째에——마지막 한 바퀴에 접어들었다. 나와 토이로는 서로 앞서거니 뒤서거니 하는 상태. 실력 면에서는 동등했으므로, 이제는 아이템 뽑기 운 싸움이 되어가고 있었다.

"쳇, 컨트롤러로 하면 안 지는데……."

"흐흥, 마사이치, 연습을 안 하면 실력이 겨우 이 정도구나? 기본적인 게임 감각은 우리 둘 다 비슷하다는 증거야."

젠장, 내 방에서는 언제나 내가 더 많이 이기니까, 여기서 진다면 틀림없이 토이로가 죽어라 잘난 척을 할 것이다. 내 자존심을 걸고 꼭 이겨야 한다.

나는 핸들을 조작하면서 휴 하고 숨을 내쉬었다.

진정해. 반드시 이기는 방법은 이미 알아냈잖아. 한 바퀴,

두 바퀴를 돌 때는 조작법이 낯설어서 자꾸만 벽에 부딪쳤는데, 그동안 내가 아무것도 안 한 줄 알았다면 큰 오산이다.

단번에 너를 따돌려주마!

차량은 모래사장을 달리고 있었다. 오른쪽에는 바다, 왼쪽에는 산. 바로 뒤에서 토이로가 드리프트를 하면서 딱 붙어 쫓아오고 있었다.

여기서 나는 단숨에 핸들을 왼쪽으로 꺾었다. 토이로가 "어!" 하고 소리를 냈다. 진행 방향에는 산이 있었다. 그 산을 자세히 보면 구멍이 뚫려 있어서 빛이 새어 나오고 있었다. 그 앞에 있는 비스듬한 바위를 앞바퀴부터 밟고 올라가면서 나의 차량은 화려하게 점프하여 그 터널 속으로 뛰어 들어갔다.

"앗―! 마사이치! 그거 지름길이야?!"

"으하하. 코스 지도를 보면, 이 터널은 산을 가로지르는 터널이야. 누가 봐도 지름길이지. 몇 번이나 벽에 부딪치면서 나는 이 지름길을 찾았던 거야!"

정확히 말하자면 몇 번이나 코스 아웃을 당하다가 우연히 저 구멍의 존재를 눈치챈 것이지만.

"치사해! 현지인밖에 모를 것 같은 그 길은 뭐야?! 반칙이야!"

크크크. 네 마음대로 떠들어라. 터널을 빠져나가면 골인

지점은 코앞이다. 무조건 이긴 사람이 왕이다. 남이 사주는 시원한 아이스크림은 참 맛있을 것이다.

"냉혈한! 악마! 넌 인간도 아니야! 전생에는 민달팽이! 다음 생에는 쥐며느리!"

"참 독특한 욕을 하는구나?!"

"─────라고 할 줄 알았지?"

응?

욕을 계속 뱉어내던 토이로의 입에서 조그맣게 묘한 말이 튀어나왔다. 이상하다? 하고 나는 힐끔 곁눈질로 토이로를 봤다.

그 표정은 옆머리에 가려져서 보이지 않았다. 그러나 입꼬리가 위로 올라가 있었다.

뭐야? 어떻게 이 상황에서 웃을 수 있는 거지?

이윽고 터널을 통과해 밝은 세계로 뛰쳐나갔다. 산허리에 있는 출구에서 지면으로 착지한 순간, 내 차량이 시원하게 미끄러지면서 스핀을 했다. 그렇게 제어 불능 상태로 바다를 향해 코스 아웃을 해버렸다.

"뭐, 뭐야?!"

미끄러진 순간에 분명히 보았다. 차량을 미끄러지게 만드는 아이템, 얼음 블록이 지면에 설치되어 있는 것을. 나는 플레이 도중임에도 불구하고 토이로를 확 돌아봤다.

"후후후후─. 나도 말이지, 여태까지 아무것도 안 한 줄 알았다면 큰 오산이거든? 벽에 쾅쾅 부딪치면서 생각을 했지. 저 터널은 마사이치가 이용할 것 같은데—? 하고. 아마도 승부처는 세 바퀴째일 거라고. 그래서 함정을 설치해둔 거야. 자, 내가 이겼다!"

그러더니 어깨를 한껏 기울이면서 핸들을 꺾었다. 바다에서 복귀한 나의 눈앞에서, 토이로의 문어 같은 기괴한 얼굴이 획 지나갔다. 이제 보니까 저 얼굴, 도발 성능이 참 뛰어나구나…….

그대로 따라잡지도 못하고 토이로가 먼저 골인을 해버렸다. 실제로는 CPU들이 상위권을 다 차지해서 우리끼리는 꼴찌 싸움을 하고 있었는데, 그래도 토이로는 두 팔을 번쩍 들고 기뻐했다.

"와—! 경주에서 마사이치를 이겼다—! 아아, 기분 좋아—!"

뒤쪽에서 꼬마들도 신기해하는 얼굴로 쳐다보고 있었다. 신나서 까불고 있는 여고생을.

"이럴 수가…….."

설마 이 게임에서 질 줄은 몰랐다. 이대로 게임을 계속해서 당장 복수를 하고 싶었지만, 꼬마들이 기다리고 있었다.

나는 좌절하여 힘이 쭉 빠진 채 비틀비틀 게임 기계에서 내려왔다.

*

내 돈으로 산 아이스크림을 먹으면서 휴식을 취한 뒤, 우리는 좀비를 쏘아 죽이는 건 슈팅 게임, 북을 두드리는 리듬 게임, 전국 시합이 가능한 퀴즈 게임을 하면서 돌아다녔다.

——역시 토이로와 같이 있으면 어떤 게임을 해도 기본적으로 재미있구나.

전력을 다해 소꿉친구 작업을 수행하면서 신나게 돌아다닌 후, 우리는 크레인 게임 코너를 어슬렁어슬렁 걷고 있었다.

"뭐라도 뽑을래?"

경품으로 진열된 최신 유행 애니메이션 피규어를 바라보면서 나는 토이로에게 물어봤다.

"아니— 이런 것은 좀처럼 뽑히지도 않아서, 결국 직접 사는 게 더 싸잖아?"

토이로는 근처에 있는 기계의 버튼을 탁탁 누르면서 그 안의 인형을 구경하고 있었다.

"굉장히 분위기를 다운시키는 발언이네. 데이트하는 커플 같지 않은 발언이야. 방금 그것은 발목 잡기 포인트 아니야?"

"No— No—, 단지 현실주의자일 뿐이지. 인형은 귀엽지만, 가격이 귀엽지 않을 거야."

그런 말을 하면서 토이로는 기계에서 멀리 떨어졌다. 그런데 통로를 따라 발을 옮기려다 말고 눈을 커다랗게 떴다. 돌연 오른쪽으로 빙글 돌아 나에게 성큼성큼 다가왔다.

"어, 어? 왜?"

내가 당황하자, 토이로는 까치발로 몸을 쑥 내밀면서 나에게 귓속말을 했다.

"입구 쪽에 마유랑 친구들이 와 있어."

그 말을 듣고 그쪽을 봤더니 정말로 우리 반 여자애와 전에 본 적이 있는 다른 반 여자애들 세 명이 게임 센터로 들어오고 있었다. 우리가 있는 방향으로 다가오는 것 같았다.

그래서 어떻게 할 건데? 하고 내가 토이로의 표정을 살피려고 했을 때.

"마사이치!"

그렇게 작게 말하더니 토이로가 내 오른팔을 끌어안듯이 붙잡았다. 그 공기의 움직임에 맞춰 달콤한 향기가 피어났다.

——뭐, 뭐야, 왜 이래?

팔 전체가 토이로의 포근한 부드러움에 감싸였다.

"으, 으으응?"

당황한 내가 제대로 대답도 하기 전에 토이로가 큰 소리로 말했다.

"꺅—! 마사이치, 저 마메시바* 뽑아줘—!"

제법 놀라운 성량이었다. 마유 일행도 이쪽을 보고 있었다. 그런데 말을 걸 시간조차 안 주고, 토이로는 내 팔을 힘차게 끌면서 아까 봤던 게임 기계로 다가갔다.

"이거, 이거 가지고 싶어. 너무 귀여워!"

"아니, 아까는 이런 건 직접 사는 게 더 싸다고——아야!"

내가 그렇게 이야기하는 도중에 토이로가 더 세게 내 팔을 끌어안으면서 내 발을 밟았다. 보니까 그 뺨은 약간 붉어져 있었다.

"뽑자, 응—? 집에 놔두고 싶어—!"

아마도 즐겁게 들뜬 커플을 연기하라는 뜻인가 보다. 부끄럽지만 요새 우리의 관계를 의심하는 사람들이 많기에 그것도 어쩔 수 없었다.

그런데 방금까지는 크레인 게임 반대파였으면서 이렇게 빨리 태세를 바꾸다니……

동급생들은 이쪽을 주목하는 듯했다. 그 시선은 '토이로 옆에 있는 남자는 누구지?' 하고 관찰하는 것처럼 끈적끈적하게 나에게 달라붙어 있었다. 왠지 거북해져서 나는 토이로의 팔을 은근슬쩍 풀었다.

하지만, 음, 그래. 지금은 아무리 생각해봐도 남자 친구

*몸집이 작은 시바견.

143

역할을 충실히 수행해야 하는 상황인가…….

나는 살짝 숨을 내쉬면서 크레인 게임 기계 쪽으로 고개를 돌렸다.

"토이로, 너라면 당장 저쪽의 게임기에 있는 과자 타워로 뛰어갈 줄 알았는데."

눈앞의 기계에는 마메시바 인형이 두 개 놓여 있었다. 머리띠를 두른 수컷과 리본을 단 암컷. 실제 소형견보다도 조금 커서, 껴안으면 기분이 좋을 것 같은 크기였다.

"너무해! 나도 여자애거든요—? 귀여운 것에는 남들만큼 관심이 있답니다—. 마메시바는 정말로 좋아하니까, 네 침대에라도 놔둘까 생각 중인데—. 저거 봐, 말랑말랑해 보여서 잠잘 때도 딱 기분 좋을 것 같지 않아?"

"결국은 베개로 쓰겠다는 거 아냐……?"

내 말에 "아, 들켰네?" 하고 웃으면서 토이로는 지갑을 꺼냈다. 100엔짜리 동전을 기계에 집어넣고 "으으으음……!" 하고 아크릴판 안쪽을 노려봤다. 이렇게 크레인 게임을 하는 것 자체가 연인 작업이니까, 더 이상 동급생들은 신경 쓰지 않고 게임 플레이에 집중하기로 한 모양이다.

"어때, 뽑을 수 있겠어?"

"이 정도는 손가락 하나로도 뽑을 수 있어. 나는."

"그야 그렇겠지. 버튼만 누르면 되니까. 방금 그 발언 때문에 난 일말의 불안을 느꼈어."

"……좋아, 결정했다! 여기야!"

잠시 가만히 인형을 바라보던 토이로가 마침내 결심한 것처럼 버튼을 눌렀다. 그러자 집게가 수컷 마메시바의 복부를 양옆에서 꽉 붙잡았다.

"옳지, 내 생각대로 됐어!"

토이로가 살짝 고개를 끄덕였다.

"응, 복부 아래쪽까지 잘 잡고 있네."

나도 기계 옆으로 이동하여 상태를 확인하면서 말했다.

그런데 집게는 힘이 하나도 없었다. 은색 집게 끄트머리로 인형의 표면을 건드리기만 하더니, 아무것도 안 가지고 제자리로 돌아왔다.

"어, 왜?!"

양손과 이마를 아크릴판에 대고 찰싹 달라붙는 토이로.

"힘이 엄청나게 약하게 설정되어 있나 봐."

"그럼 인류에게는 해결 불가능한 과제란 말이야?!"

"너무 심하게 동요하는 거 아냐? 인간도 뽑을 수는 있게 되어 있어. 방금 집게가 올라올 때 인형이 살짝 움직였잖아? 그것을 반복해서 배출구까지 옮기는 거야."

이만한 크기의 인형이 경품인 크레인 게임에서는 단번에 성공하는 경우가 드물 것이다. 그런 식으로 손님들이 남획하면 게임 센터도 적자를 볼 테니까.

"겨우 몇 밀리미터밖에 안 움직였는데? 그럼 몇 년이나 걸리는 거야?!"

"아니, 요령 있게 잘 움직여야지."

나는 그렇게 말하면서 내 지갑을 꺼냈다. 500엔을 집어넣고 버튼을 손가락으로 건드렸다. 미리 한꺼번에 돈을 집어넣으면 서비스로 도전 횟수가 +1이 되는 것이다.

"왼쪽에 배출구가 있잖아? 그러니까 우선 오른쪽 집게를 아슬아슬하게 인형에 걸릴 만한 위치에서 밑으로 내렸다가, 집게가 닫혀서 올라올 때의 힘으로 인형을 점점 왼쪽으로 미는 거야."

아까보다 훨씬 더 많이 마메시바가 이동했다.

"이걸 반복해서 인형이 배출구에 걸리면, 이번에는 집게 끝으로 인형을 꾹 누르는 식으로 계속 밀어서 밑으로 떨어뜨리면 돼. 크레인 본체를 이용해 직접 미는 기술도 있지만, 이 게임 기계는 하강 제한이 설정되어 있어서 도중에 멈춰버리기 때문에 집게 끄트머리를 이용해야 해."

"우와, 왠지 뽑을 수 있을 것 같아!"

토이로는 눈을 반짝거리며 기계 안을 들여다봤다.

"물론 돈은 들지만."

그렇게 말하면서도 나는 좀 우쭐거리면서 플레이를 계속했다. 다음 500엔은 토이로가 내줬다.

"그런데 마사이치, 너 이상할 정도로 자세히 안다? 어떻게 알았어?"

토이로가 고개를 돌려 나를 쳐다보면서 질문했다.

"애니메이션이나 게임 캐릭터 피규어라든가 인형 같은 것. 중학교 시절에 수집했거든. 그것 때문에 돈을 얼마나 썼는지……."

"아~ 그거? 옷장 속에 처박혀 있는……."

"네가 그걸 어떻게 알아?!"

"가끔 너한테 실내복을 빌릴 때 옷장 문을 열잖아? 그때 얼른 옆을 보면, 귀여운 미소녀 인형이 뚫어져라~ 이쪽을 보고 있는걸."

"그 말만 들으면 지독한 호러잖아?!"

애써 뽑아놓고 그런 식으로 취급해서 미안해! 충동적으로 갖고 싶어져서 돈을 내고 구출해버렸는데, 아무래도 내 방이 좁아서 놔둘 곳이 없었으므로 결국 그렇게 됐다. 하지만 그래도 자주 꺼내서 손질하거나 사랑해주고 있거든?

그런 이야기를 하다 보니 어느새 마메시바가 배출구에 들어갔다. 순서대로 차근차근 집게 끝을 이용해 꾹꾹 개의 엉덩이를 눌렀다. 그러자——.

"조금만 더, 조금만 더, 될 것 같아…… 와, 됐다—!"

무사히 인형이 낙하. 토이로가 주먹을 불끈 쥐고 이쪽을 돌아봤다. 그리고 후다닥 쪼그려 앉아 마메시바를 맞이하러 갔다.

"마사이치, 너 굉장하다! 고마워! 첫 데이트의 추억이 될 멋진 선물이 생겼어―!"

예상보다 더 기뻐하는 토이로.

어린애냐……?

그런 생각을 하면서도 나는 왠지 기뻐진 나 자신의 감정
도 눈치챘다. 게다가 이렇게까지 순수하게 칭찬을 받으니
좀 자랑스럽기도 했다. 사실 이 정도는 돈만 투자하면 누
구나 할 수 있다고 생각하지만.

여자애와 단둘이 게임 센터에 가서 크레인 게임을 한다.
만화나 라이트노벨에서 자주 보는 이벤트였는데, 현실에
서도 발생할 수 있는 거였구나. 그것도 2차원에도 뒤지지
않을 것 같은 미소녀와 함께―.

내가 홀로 그런 감개에 젖어 있는데.

"멍멍, 구해줘서 고마워 멍멍."

토이로가 조종하는 마메시바가 내 얼굴에 달라붙어 장난
을 쳤다. 부담스러웠다. 내가 양손으로 마메시바를 붙잡자,
토이로가 손을 떼고 그것을 나에게 맡겼다.

어라? 이 촉감, 감촉……. 그렇군.

"……확실히 베개로 쓰기 딱 좋네."

"응, 그렇지―?"

――추억이라…….

실용적인 것이라면 옷장 속에 넣어둘 수는 없다.

그럼 이 녀석은 쭉 방에 놔둘 수밖에 없겠구나――.

*

　결국 그날 나와 토이로는 저녁 5시 넘은 시각까지 쇼핑몰에서 놀고 있었다.

　게임 센터에서 나온 우리는.

　"배고프다—! 마사이치, 넌 뭐 먹고 싶어?"

　"글쎄, 라면?"

　"아— 그거 괜찮다! 커플의 첫 데이트다운 메뉴는 아니지만……."

　"그럼 다른 것으로 할까?"

　"아냐, 안 돼. 이미 내 입이 돈코츠 라면을 원하고 있어."

　그런 대화를 나누면서 식당가로 향했다.

　마침 저녁 시간이라 줄을 서야 했지만, 그렇게 기다리는 동안에도 앱 게임으로 잘 놀다가 무사히 라면을 먹을 수 있었다. 그 후에는 최신 게임을 구경하러 장난감 가게를 살펴보기도 하고, 잡화나 서적 등을 취급하는 특정 취미의 가게에서 윈도쇼핑을 하고, 또 사고 싶었던 라이트노벨 신간이 나왔다는 사실을 떠올리고, 한정 특전이 있는 애니메이션 전문점에도 들렀다.

　시간이 눈 깜짝할 사이에 흘러갔다.

　집에 돌아가기 직전에 토이로가 "친구들에게 보여줄 데

이트 증거물이 필요해!"란 말을 꺼냈으므로 우리는 다시 게임 센터로 돌아가 스티커 사진을 찍었다. 그 위에 낙서는 토이로가 했다. 그리고 출력된 사진 중 절반은 나에게 나눠줬다. 그렇게 받은 스티커 사진에는 난생처음 스티커 사진을 찍느라 어색한 미소를 지으면서 어설프게 손가락으로 브이 자를 그리고 있는 나와, 신이 나서 입술을 쑥 내밀고 윙크하고 있는 토이로가 찍혀 있었다.

그리고 우리는 현재 나란히 집으로 돌아가고 있었다.

낮 동안에 뜨겁게 달궈졌던 바깥 공기는 아직도 무더워서, 오랜 시간 쇼핑몰 안에서 차가워졌던 몸에는 따뜻하고 기분 좋게 느껴졌다.

장바구니를 들고 있는 주부, 동아리 활동을 마치고 돌아가는 학생, 휴일에 출근했는지 양복을 입고 있는 아저씨. 황혼의 역 앞을 지나가는 사람들은 어쩐지 다들 서두르는 것 같았다. 그 와중에 우리는 오늘 하루에 만족한 것처럼 느긋하게 집으로 걸어가고 있었다.

"커플의 데이트란 것은 원래 이런 걸까?"

나는 문득 떠오른 의문을 토이로에게 말해봤다.

최근에는 방에서 노는 경우가 많았기 때문에 토이로와 외출하는 것은 오랜만이었다. 순수하게 즐겁고 충실한 하루였는데, 왠지 평소 노는 것의 연장선 같은 느낌도 들어서……. 오늘 이것은 커플 작업이라고 부를 수 있을까? 하고 신경이 쓰인 것이다.

사실 게임 센터의 유혹에 넘어간 시점에서 시작부터 엉망이었던 셈이지만.

토이로는 검지를 입가에 대고 생각에 잠기는 시늉을 하더니, 나를 보고 온화하게 웃었다.

"으음— 글쎄, 이런 것도 괜찮지 않아? 우리가 즐기는 것이 제일 중요하니까!"

"그런 거야?"

"그런 거야."

토이로가 괜찮다고 하면 괜찮은 거겠지. 사실 평범한 커플이 어떤 데이트를 하는지는 나도 잘 모르니까. 아마도 대충 이런 것이 아닐까.

내가 그런 생각을 하고 있는데 옆에서 토이로가 조그맣게 입을 열었다.

"그래도……."

폴짝폴짝 가볍게 스텝을 밟으면서 앞으로 나오더니 빙글 돌아 나를 쳐다봤다. 나는 무심코 멈춰 섰다.

"좀 아쉽다 싶으면, 손이라도 잡을래?"

"소, 손?"

갑작스러운 제안에 나는 당황하여 큰 소리를 냈다.

"응. 이건 연인 작업의 기본이잖아? 아— 마사이치, 너 혹시 부끄러워하는 거야?"

토이로가 농담조로 말하더니 히죽히죽 웃으며 내 얼굴을 들여다봤다. 그 동그란 눈동자에 내 얼굴이 비쳤다.

"부, 부끄러워하는 거 아니야! 그게 뭔 소리야?"

말은 그렇게 했지만 내 가슴의 고동은 두근두근 급격히 빨라졌다. 최근에 자주 나를 덮쳐오는 이 감각은 더 이상 막아낼 수 없는 걸까.

"어머나— 이렇게 당황하다니—. 갑자기 예쁜 여자애랑 손을 잡는다는 것은, 순진한 마사이치 군에게는 부끄러운 일인가 보네—?"

"아, 아니, 예쁘긴 누가 예뻐?"

나는 애써 괜찮은 척하려고 "야, 잡아"라고 짧게 말하면서 손을 펼쳐 내밀었다. 그러자 검지부터 새끼까지 한꺼번에, 토이로가 서늘하고 부드러운 손으로 꼭 잡았다.

한동안 불가사의한 침묵의 시간이 흘렀다. 나는 상대를 외면하는 것처럼 얼굴을 저쪽으로 돌렸지만, 그래도 토이로의 손의 감촉은 확실하게 느끼고 있었다. 그녀는 약간 고개를 숙이고, 맞잡은 손을 가만히 바라보는 것 같았다.

──큰일 났다. 엄청나게 긴장이 돼…….

이윽고 우리는 손을 잡은 채 보조를 맞춰 걷기 시작했다.

"……왠지 어릴 때가 생각나지 않아?"

"어, 응—. 그러게. 자주 손을 잡고 어딘가로 놀러 갔었지."

"주로 집 근처에 있는 그 강변으로 놀러 갔었나? 가재를 잡아 마사이치, 너희 집에서 키웠었잖아."

"아, 맞아, 맞아. 울음소리는 들리는데, 어디 있는지 알수 없는 황소개구리를 찾으려고 계속 돌아다녔었는데. 어릴 때는 의외로 활동적이었구나."

토이로가 무난한 옛날이야기를 꺼내준 덕분에 긴장감이 사르르 풀렸다.

"응, 활동적이었지. 자주 전철을 타고 부지런히 여행을 다니기도 했잖아? 일본 전국 방방곡곡으로."

"여행……? 아, 그건 그거잖아, 쿠리타로 전철이란 게임! 갑자기 무슨 소리를 하나 했네. 그건 시간도 엄청나게 오래 걸리는 인도어의 극치 아냐?"

"아하하, 옛날에는 진짜 많이 했었지! 쿠리랜드는 아직한 번도 못 사봤는데—."

"그 게임에는 푹 빠졌었지—. 수학여행 같은 것을 갔을 때도 '어? 여기 와본 적 있는데!'라고 생각했다가, 알고 보니 쿠리타로 전철에서 와봤던 기억인 경우도 자주 있었어."

저기, 다음에 그거 하자, 응? 좋아, 100년으로 해서 하자.

그런 약속을 하니까 정말로 어린 시절로 돌아간 듯한 기분이 들었다. 옛날이야기를 계속하면서 우리는 석양빛으로 물든 주택가를 걸어갔다. 어떤 집에서 풍겨오는 저녁밥 냄새가 향수를 자극했다. 이제 곧 가로등이 일제히 켜지는 시간일 것이다.

이 길도 초등학교 시절에 둘이서 손잡고 걸었었다. 그 시절에는 그게 평범한 일이었다.

그렇다면 지금 이렇게 크기가 달라진 상대의 손의 감촉을 느끼면서 가슴이 두근거리는 것은, 나 혼자만 그런 걸까. 어느새 나는 홀로 그런 생각을 하고 있었다.

☆

월요일.

나는 등교하자마자 당장 내 친구들에게 마사이치와 데이트했다는 이야기를 했다.

그런데 친구들의 반응은 내 예상과는 좀 달랐다.

"흐응— 쇼핑몰 데이트? 부럽다—."

"저기, 그런데 나도 토이로랑 놀고 싶어—. 다음에 농구부 남자애랑 볼링 하러 갈 건데, 토이로, 너도 같이 갈래?"

"응, 가자, 가자! 밥도 먹을 거지? 혹시 누군가 썸을 타지 않을까—?"

카에데와 마유코는 각자 그런 말을 하더니 곧바로 농구부의 잘생긴 남자애 이야기를 하기 시작했다.

그 담백한 반응에 나는 좀 놀랐다. 데이트하면서 무엇을 했는지, 남자 친구와 얼마나 진도가 나갔는지 등등, 자세한 내용을 꼬치꼬치 캐물을 거라고 각오하고 있었기 때문이다.

"데이트를 했단 말이지……. 그래, 재미있었어?"

우라라 혼자만 그런 질문을 해줬지만, 금방 카에데와 다른 친구들의 대화 쪽으로 넘어가버렸다.

나와 마사이치의 교제는, 처음 사귀기 시작했을 때는 제법 큰 화젯거리가 되었지만, 이제는 한물간 화제가 되어버린 걸지도 모른다. 다들 별로 관심이 없어 보였다.

오히려 모두가 관심을 보이는 것은 잘생긴 동급생이나 운동부 에이스나, 은근히 눈에 띄는 불량소년. 다들 그런 남자애들 이야기를 하고 싶은 것 같았다. 그 애는 괜찮다, 영 아니다, 사귀고 싶다, 한번 자도 괜찮을 것 같다, 기타 등등…….

참고로 농구부 남자 중에는 카에데가 관심을 가진 카스카베도 있으므로, 틀림없이 그를 통해 같이 놀기로 약속한 것이리라.

──흥, 됐어. 마사이치의 매력은 나 혼자만 알면 되니까.

그런 생각을 하면서 나는 주머니를 살며시 눌렀다. 그 안에는 보여줄 타이밍을 놓쳐버린 스티커 사진이 들어 있었다.

*

방과 후, 오늘도 우리 집에는 토이로가 와 있었다. 엊그제 게임 센터에서 손에 넣은 마메시바 인형을 무릎에 올려놓고 침대 위에서 편안하게 만화책을 읽고 있었다.

"야, 토이로. 뭐 먹고 싶은 거 있어? 편의점에 갈 건데."

"그럼 무난한 포테이토칩으로 부탁할게! ······아, 잠깐만. 건포도 버터 샌드도 괜찮은데? 아니, 지금 내 기분은 굳이 따지자면 초콜릿 계열인가? 왠지 탄산음료도 마시고 싶은데."

"좋아, 전부 다 내가 사줄게!"

"어, 진짜? 전부 다?! 우와—!"

나는 지금 무척 기분이 좋았다. 토요일에 같이 추첨권을 받으러 갔던 카드 전문점의 추첨에서 당첨됐기 때문이다.

추첨권을 제출하고 사 온 카드를 당장 개봉해 책상 위에 늘어놓고 감상하던 나는 일단 그것을 중단하고 편의점에 갈 준비를 시작했다.

"흐음— 그렇게 카드나 게임에 푹 빠지는 것도 보기 좋네. 그런 순수함이 너의 장점 중 하나야. 존경한다, 존경해."

"어? 너 갑자기 왜 그래? 나를 칭찬해주는 거야?"

"타코야키도 먹고 싶다~."

"너 그렇게 뻔뻔하게 굴면——에이, 그래! 이번 한 번만 봐줄게."

"와, 최고다—!"

오늘 하루만 네 말을 다 들어주마. 이렇게 물렁한 마조노 마사이치는 내 인생에 처음이자 마지막이다.

"아, 물론 언제나 자신의 의지를 가지고, 하고 싶은 일을 하는 마사이치는 눈부신 존재라고 생각하지만. 순수하게."

토이로가 조그맣게 중얼거렸다.

그 한마디에 내가 "응?" 하고 되물어본 순간, 토이로는 "아!" 하고 뭔가 생각난 것처럼 입을 열었다.

"맞다, 그러고 보니 다음에 우라라랑 같이 놀기로 했어. 아직 날짜는 정해지지 않았지만."

잊어버리기 전에 말해야 하니까. 토이로는 그렇게 한마디 덧붙였다.

"그래? 알았어. 연애 문제에 말려들지 않도록 조심해. 또 컨디션 조절도 잘하고. 너무 심하게 놀아서 지치지 않게."

"네―."

"그런데 너, 친구랑 노는 거 오랜만이지 않아?"

문득 돌이켜보니, 사귀는 척하기 시작한 다음부터는 토이로는 거의 날마다 내 방에 와 있었다.

"응, 그렇지. 나한테는 소중한 남자 친구가 있으니까. 아, 물론 이번에는 여자들끼리만 노는 거야. 알지?"

"남자 친구는 가짜잖아. ……뭐, 아무튼 남자는 NG라고 하는 것이 올바른 연인 작업이겠지?"

내 대답이 마음에 안 들었는지 토이로는 부루퉁하게 입

을 내밀었다. 그러나 금방 심각한 얼굴로 말을 이었다.

"……그러게. 아직도 우리의 관계를 의심하는 사람은 있으니까."

정보망이 미니 금붕어 뜰채만큼이나 작은 나조차도 알고 있었다. 우리의 관계를 의심하는 의견이 존재한다는 것은. 그렇다면 물밑에서는 훨씬 더 활발하게 소문이 퍼지고 있을지도 모른다.

"설마 네 친구들도 너한테 뭐라고 해? 토요일에 데이트했을 때도 결국 평소와 똑같이 놀아버렸으니까……. 저기, 뭔가 더 해야 할 일이 있으면 나한테 말해줘, 알았지?"

내가 그렇게 말하자 토이로는 눈을 깜빡거렸다. 그러다가 활짝 웃었다.

"고마워. 뭐, 일단 의심은 받고 있지만, 그래도 이렇게 느긋한 방과 후 시간을 보내고 있으니까 현재로선 작전이 성공했다고 생각해."

"그래? 네가 괜찮다면 나야 상관없지만. 사실 평범한 커플보다도 훨씬 더 커플 같은 상태이긴 하니까……."

그렇게 이야기하면서 나는 침대에 책상다리로 앉아 있는 토이로의 다리를 힐끔 봤다.

토이로가 고개를 갸웃거리고 의아한 얼굴로 내 시선을 따라가더니——그제야 눈치챘다.

"앗."

무릎 위에 올려놓은 마메시바의 밑에 깔린 교복 스커트가 아까부터 깔끔하게 말려 올라가 있었다. 라임색 팬티가 다 보였다. 언제 지적해줄까 망설이던 참이었다.

"……꺅— 입니다."

그러더니 토이로는 한 손으로 스커트를 눌렀다.

"완벽한 국어책 읽기였어. 이제 막 사귀기 시작한 커플이라면 좀 더 부끄러워해야 하는 거 아냐?"

"그런가……."

토이로는 스커트를 잘 펴면서 눈을 내리깔고 잠시 무슨 생각에 잠긴 것 같았다.

……왜 저래?

기묘한 침묵의 시간에 나는 의문을 느끼고 눈살을 찌푸렸다. 내가 뭔가 안 좋은 말이라도 했나? 이처럼 내 마음이 불안해지는데, 그때 토이로가 아래로 숙였던 이마를 들어 올렸다.

그런 그녀의 눈동자는 열이 오른 것처럼 촉촉하게 젖어 있었다.

"마사이치, 생각을 해봤는데. 진짜 커플이라면 다음 단계도 있지 않을까?"

토이로가 몸을 움직였다. 무릎 위에 있던 마메시바가 바닥에 떨어졌다. 내 발치까지 튀어온 그 인형을 내가 주워서 침대 위에 올려놓으려고 몸을 일으켰다.

"뭐야? 다음 단계라니⋯⋯."

마메시바를 침대에 도로 올려놓은 순간.

"마사이치."

토이로가 내 팔을 확 잡아당겼다. 방심했던 나는 균형을 잃고 침대를 손으로 짚었다.

"야, 너어?"

돌발 사태에 나는 당황했다.

토이로는 침대 위에서 몸을 옆으로 슬쩍 옮기더니, 나머지 한 손으로 침대 시트를 탁탁 두드렸다.

"다음은 다음이지, 뭐. ⋯⋯한번 해볼래?"

"⋯⋯응?"

토이로는 붙잡은 내 팔을 여전히 놓지 않고 내 얼굴을 들여다봤다.

다음 단계⋯⋯가 무슨 뜻인지 모를 정도로 둔감하지는 않았다. 그러나 나는 일부러 모르는 척했다. 다음 단계의 **그다음 단계**가 무엇일지 전혀 상상할 수 없었기 때문이다. 나는 그것을 무시하고 첫발을 뗄 용기는 없었다.

그러나 토이로는 봐주지 않았다.

"마사이치. 연인 작업이야."

"야, 너 무슨──."

무슨 생각을 하는 거야. 그 말을 끝까지 하기도 전에, 나는 또다시 토이로가 잡아당기는 바람에 침대에 눕고 말았다.

저항하지 못했던 이유는 토이로의 말투에서 강한 의지가 느껴졌기 때문일 것이다.

이것은 연인 작업의 일환이니까 저항하는 것은 말도 안 된다.

그렇게 충고하는 듯한 음성에 나는 순순히 복종하고 말았다.

이어서 토이로가 내 옆에 기세 좋게 누웠다. 삐거덕 하고 침대 스프링이 뒤틀렸다. 유연제인지 샴푸인지는 몰라도 여자애 특유의 은은한 향기가 피어났다.

나는 약간 아래를 보고, 토이로는 약간 위를 보고. 그렇게 서로의 시선이 부딪쳤다.

침묵이 흘렀다.

거리는 약 10cm. 토이로의 흔들리는 숨결이 내 입술에 닿았다. 상대의 몸에 닿을 것만 같아서 꼼짝도 할 수 없었다.

──잠깐만, 무슨 말을 하는 거야. 토이로랑 몸이 좀 닿아도 아무렇지도 않잖아. 어릴 때부터 몇 번이나 손을 잡았고, 업어주기도 했고, 같이 목욕탕에도 들어갔고…….

아니, 아니다. 어릴 때와 지금은 똑같지 않은 것이다. 내 모습을 비추는 커다란 눈동자를 피해 도망치려는 것처럼 나는 시선을 아래로 내렸다. 그러자 완만하게 부풀어 오른 그녀의 가슴에 시선이 머물렀다. 학교 교복을 입었어도 봉긋하게 도드라져 보인다면 실제로는 상당히 큰 거다……

라는 사루가야의 이야기를 들은 적이 있었다.

나도 모르게 뚫어지게 관찰하다가 허둥지둥 눈을 딴 데로 돌렸다. 그러자 이번에는 어디를 봐야 할지, 시선을 둘 곳이 없어 곤란해졌다.

안 되겠다. 내가 아무리 어린 시절과 다름없이 대하려고 해도, 소꿉친구 소녀는 어느새 여성으로 결정적으로 성장하고 말았다.

──아니, 아니. 그래도 상대는 토이로잖아? 내가 지금 무슨 생각을······.

내가 혼자서 거의 패닉 상태에 빠져 있는데, 토이로가 갑자기 숨을 내쉬었다.

"좋아, 여기서 끝! 마사이치, 너 얼굴이 새빨개졌다?"

짝! 하고 가볍게 손뼉을 치더니 토이로는 몸을 일으켰다.

"여, 여기서 끝?"

"응, 여기서 끝. 일종의 예행 연습? ······어머나, 마사이치. 너 설마 뭔가 기대한 거야?"

입술에 손가락을 대고 빙그레 웃는 토이로.

한편 나는 여전히 누워 있었다. 힘이 쭉 빠져 온몸이 흐물흐물 녹아버렸다.

농담, 이었어?

엊그제 데이트를 할 때도 그랬는데, 토이로는 나를 놀릴 정도로 여유가 있는 것 같았다. 부끄럽지도 않은가?

나는 은근히 안심하면서도, 또 동시에 왠지 모르게 억울한 느낌이 들었다──.

☆

　──큰일 났다, 부끄러워…….

　서로 마주 보는 동안에 나는 필사적으로 동요한 감정이 얼굴에 드러나지 않도록 표정 관리를 하느라 바빴다. 뺨 안쪽이 화르르 불타는 것처럼 뜨거워지는 것을 쭉 느끼고 있었다.

　실은 실수로 마사이치한테 팬티를 보여줬을 때부터 상당히 위험했었다. 하지만 팬티 정도는, 일단 무심하게 대꾸하면서 어떻게든 버틸 수 있었다. 아마도 평범한 고교생 커플보다는 우리가 훨씬 더 서로의 속옷도 자주 봤을 테니까.

　그러나 한 침대에 누워서 서로 마주 보기 시작했을 때부터는 계속 긴장하여 어쩔 줄 몰랐다. 왜냐하면 그것은 이미 소꿉친구의 영역을 벗어난 행위이니까. 속마음이 표정으로 잘 드러나지 않는 타입이라 살았다. 내가 스스로 이런 상황을 만들어냈으면서 부끄러워한다는 것을 들켰다면 진짜 쪽팔려 죽었을 것이다.

　입으로는 허세를 부리며 우위를 점하려고 애썼지만, 정신적으로는 이미 한계였다. 나는 벌떡 일어나 흐트러진 교복을 정리하면서 몰래 심호흡을 하여 숨을 골랐다.

──평상심을 유지하자, 평상심.

아마도 진짜 신생 커플에게는 '팬티를 봤느냐, 들켰느냐'는 좀 더 중대한 문제가 아닐까. 그 후 허둥지둥하면서 어색한 분위기를 연출하거나, 다소 야릇한 분위기로 넘어가거나…… . 또 신생 커플이 아니라면, '다음 단계' 같은 것은 자연스럽게 해치워버린다는 이야기도 들은 적이 있었다.

그럼 마사이치와 나는──소꿉친구로서 질긴 인연으로 맺어진 우리는 과연 어떨까.

몹시 신경 쓰여서, 왠지 모르게 지금 당장 확인해야 할 것만 같아서. 연인 같은 전개를 상상하여 실천해봤는데…… .

──실제로 가슴이 두근거렸다.

가까이에서 누워보니 덩치의 차이가 잘 느껴졌다. 의외로 어깨가 넓었다. 혹시 이대로 저 품에 안긴다면, 내 몸은 그의 품속에 쏙 들어가 버릴 것 같았다.

그러고 보니 얼마 전에 데이트하면서 손을 잡았을 때도 그의 손은 엄청나게 소년답게 느껴졌었다.

아니, 소년 같다기보다는 남자다운 느낌? 크고, 약간 울퉁불퉁 딱딱하고. 따뜻했다.

그 손을 잡았을 때는 좀 놀랐다. 옛날과는 전혀 달라서. 마사이치도 성장했구나 하고 괜히 감탄했었다.

물론 나도 마사이치와 마찬가지로 성장했다. 가슴도 엉

덩이도 커졌다. 마사이치도 내 몸을 보고 성장했구나~ 하고 느끼는 경우가 있을까?

그런 생각을 하자 왠지 안절부절못하게 되어서 나는 살짝 몸을 꼬았다.

——안 돼, 안 돼.

우리의 이런 관계는 진짜가 아니니까.

"좋아, 나도 같이 먹을 것을 사러 가줄게! 전부 다 너한테 사 달라고 하기도 미안하니까."

아직도 침대 위에 축 늘어져 있는 마사이치에게 말을 걸었다. 내가 좀 심하게 장난을 친 걸지도 모른다.

하면 안 되는 짓이었나.

눈치를 못 챘을 뿐이지, 실은 어느새 우리는 몸도 마음도 성장해 있었다.

그렇기에 지금과 같은 관계에서 이런 장난은 치면 안 되는 것이었다. 나는 그렇게 속으로 반성했다.

41분, 39초.

우리 반인 1학년 1반 교실에서는 칠판 위에 있는 벽시계의 바늘이 그 시간을 가리킬 때 수업 종료 벨소리가 울려 퍼진다.

교내 벨소리는 정확히 매시간 40분에 울리게 되어 있는데, 교실의 시계가 조금 잘못된 것이다. 입학한 지 약 석 달이나 지나자 이제는 그런 시시콜콜한 지식까지 머릿속에 저장이 되었다.

지루한 수업을 들을 때는 시계의 초침이 그 시간을 가리킬 때까지 집요하게 눈으로 추적하면서, 머릿속으로는 벨소리 카운트다운을 하게 된다. 혹시 나에게 친구가 많았다면, "지금이다!" 하고 벨이 울리는 타이밍을 알아맞히고 우쭐거리다가 친구들한테 핀잔을 들었을 것이다.

6교시 수업 시간은 이제 2분 남았다.

나는 멍하니 시계를 바라보면서 이제부터 무엇을 할지 생각하고 있었다.

오늘 토이로는 방과 후 학교에서 무슨 볼일이 있다고 했다.

그 볼일이 끝나면 집에 온다고는 했는데, 아무튼 오랜만에 나는 혼자 하교하게 되었다.

서점에서 신간 체크라도 해볼까. 역 앞에 있는 카드 전문점에 가볼까. 아니면 곧장 집에 가서 최근에는 못 했던 노벨 게임을 플레이할까.

……하고 싶은 일은 분명히 많을 텐데, 이상하게도 이거다! 싶은 것이 없었다.

지난 몇 주일 동안은 내내 토이로와 같이 지냈기 때문에 막상 혼자가 되니까 무엇을 하면 좋을지 알 수 없었다.

3, 2, 1. 예정대로 벨이 울렸다.

내가 다니던 중학교에서는 하루가 끝나면 담임이 전달 사항을 이야기하는 SHR(쇼트 홈룸)이란 것이 있었는데, 메이호쿠 고교에는 그런 시간은 없었다. 그 대신이라고 하긴 뭐하지만, 수업이 끝나면 전교생이 청소하게 되어 있어서, 각자 정해진 장소를 깨끗하게 청소한 후 동아리 활동을 하러 가거나 집으로 돌아갔다.

음, 일단 집에 가서 그때 기분에 따라 행동해보자. 침대에 누워 스마트폰을 건드리거나, 눈에 띄는 만화책을 적당히 집어 들고 읽거나, 그러다 지겨워지면 게임을 기동시키거나. 목적이 없는 자유 시간이란 것은 또 나름대로 기대되는 것이었다.

그런 생각을 하면서 나는 내 담당 구역인 계단을 청소하러 갔다. 같은 반 테니스부 멤버들은 비질을 하다 말고 신나게 잡담하고 있었는데, 그 옆에서 나는 재빨리 바닥을 치워버렸다. 그런데 실은 나도 건성으로 청소를 하고 있었으므로 농땡이 치는 녀석들을 비난할 마음은 없었다.

청소 시간은 그냥 대충대충 해치우고 빨리 집에 가는 게 최고다.

*

빗자루를 로커에 집어넣고, 가공의 날개를 펼쳐 훨훨 날아갈 듯한 기분으로 승강구로 향했다. 신발을 갈아 신고 밖으로 나갔는데, 바로 그때.

"어?"

눈앞을 빠르게 스쳐 지나가는 익숙한 모습이 보였다.

"……토이로?"

나의 임시 여자 친구인 토이로는 백팩을 메고 귀가할 준비가 다 된 상태임에도 불구하고, 이상하게도 북쪽 건물 옆의 길을 따라 뒤뜰 쪽으로 걸어가고 있었다.

학교에서 무슨 볼일이 있다고 들었는데…… 뒤뜰에 도대체 뭐가 있는 걸까?

망설인 시간은 5초 정도였다. 나는 좀 멀어진 그 뒷모습을 향해 발길을 돌렸다.

토이로는 서두르는 것 같았다. 나도 종종걸음으로 그 뒤를 쫓아갔다.

승강구 앞 교차로를 빠져나가서 벽돌로 된 화단 앞을 통과. 토이로가 지나간 건물 옆에 도착했다. 그대로 쭉 걸어서 건물 모퉁이까지 갔을 때, 나는 벽에 등을 붙이고 슬쩍 고개만 내밀어 모퉁이의 건너편을 살펴봤다.

토이로와 낯선 남자가 서로 마주 보고 있었다.

"어?"

나도 모르게 작은 소리를 냈다.

그런데 내 머리가 상황을 이해하기도 전에 이번에는 등 뒤에서 누군가가 내 팔을 확 잡아당겼다.

화들짝 놀라 뒤를 돌아보니, 그곳에는 굽이치는 금발 머리가 있었다.

"나, 나카소네?"

내가 소리를 낸 순간, 나카소네가 똑바로 세운 검지를 입가에 대고 날카롭게 나를 쏘아봤다. 조용히 하라는 뜻인가 보다. 이어서 그녀는 내 앞으로 이동하더니, 아까 내가 했던 것과 마찬가지로 고개만 쏙 내밀고 뒤뜰 쪽을 살펴보기 시작했다.

나카소네도 토이로가 방과 후 볼일이 있다는 것을 알고 있었던 걸까. 나처럼 훔쳐보려고 하는 것 같았다.

자리가 좁아졌지만 어쩔 수 없다. 쫓겨나지 않은 것만 해도 다행이었다.

아까 똑바로 세웠던 손가락이 중지로 변하지 않도록, 나는 손등으로 입을 막고 숨을 죽이면서 나카소네의 어깨 너머로 뒤뜰의 광경을 뚫어지게 살펴봤다.

상대는 누구일까. 본 적 없는 얼굴이었다. 저절로 내 시선이 상대의 머리 위로 옮겨졌는데, 당연히 그 위에 이름이 표시되지는 않았다. 어휴, 이 게임 중독…….

넥타이 색깔을 보면 2학년 선배란 것은 알 수 있었다. 정발제로 세팅한 밝고 짧은 머리카락, 옷 위로도 근육이 드러날 정도로 탄탄한 몸매. 적당히 흐트러진 교복에서는 다소 경박한 분위기가 느껴졌지만, 그와 동시에 스포츠맨 같은 상쾌함도 느껴졌다. 딱 봐도 잘나가는 인싸 같은 남자였다.

어째서 토이로가 저렇게 잘난 근육남이랑 같이 있는 걸까.

그 해답은 금방 알게 되었다.

"나 제법 인기 있는데. 어때?"

아마도 저 선배가 토이로에게 고백을 하는 것 같았다.

이에 대해 토이로는 말없이 선배의 얼굴을 쳐다보고 있었다. 그리고 천천히 눈을 내리깔았다. 몇 초 동안 뭔가 생각하는 것처럼 뜸을 들이더니 눈을 떴다.

"죄송해요. 저는 선배님이 누구인지도 모르고, 선배님이 왜 저에게 고백하셨는지도 모르겠어요."

단호하고 멋진 거절이라고 생각했는데…….

"그거 좋은 질문이네. 너는 밝고 아름다워. 교내에서도 눈에 잘 띄어서, 메이호쿠의 기적이라고 2학년들 사이에서도 소문이 자자하거든. 남자 친구가 있다느니 없다느니 하는 소문은 들었는데, 그냥 나를 선택하도록 해. 상대가 나라면 '교내 공인 선남선녀 커플'이 될 거라고 생각하는데, 어때?"

놀랍게도 선배가 물고 늘어졌다.

저 사람은 남자 친구의 존재 여부와는 상관없이 고백한 것 같았다. 얼마나 자신감이 넘치면 저러는 걸까. 뇌까지 근육으로 가공된 건가? 하고 의심할 정도였다.

그리고 그 장면을 목격한 나는 왠지 모르게 가슴속이 근질거리는 감각을 맛보고 있었다.

"……선배님이 본 것은 진정한 내가 아니라고 생각해요. 또 선배님이 말씀하셨듯이 저에게는 남자 친구가 있어요. 죄송합니다. 실례할게요."

그렇게 말하고 토이로는 뒤돌아서려고 했다. 그런데 선배가 "잠깐만" 하고 붙잡았다.

"다 들었거든? 평범하고 비실비실한 남자라면서. 네 남자 친구. 그런 녀석보다는 나를 선택하는 게 더 나아."

마치 열화가 확 솟구친 것처럼 내 머릿속이 뜨거워졌다. 반사적으로 입이 뻐끔뻐끔 움직였는데 아무 소리도 낼 수 없었다. 가슴속의 근질근질한 감각은 최고조에 달했는데도 다리는 한 발짝도 움직여지지 않았다.

　그런 나의 시야 가장자리에서 누군가가 불쑥 뛰쳐나갔다.

　"이봐, 당신은 토이로에 대해 뭘 알아?"

　뒤뜰로 뛰어든 나카소네는 상급생 선배에게 당당하게 대들었다.

　"상대에 대한 소문만 듣고 고백하러 온 거야? 경박한 것도 정도가 있지."

　토이로는 얼빠진 것처럼 입을 벌리고 있었다. 그녀의 시선이, 방금 나카소네가 뛰쳐나온 학교 건물 모퉁이를 향했다. 아차! 했지만 이미 늦었다. 토이로가 내 모습을 보고 놀라서 눈을 크게 떴다.

　"당신은 벌써 차였잖아. 빨리 퇴장해서 딴 데로 가버려. 끈질기긴. 토이로는 내 동경의 대상이니까, 당신 같은 남자에게 더럽혀지는 것은 용납할 수 없어."

　선배는 무슨 말을 하고 싶은 것 같았지만, 나카소네의 험악한 태도에 압도되어 어쩔 수 없이 몸을 돌렸다. 아마 북쪽 교사의 반대편으로 빠져나가려나 보다. 그는 뒤뜰 안쪽으로 사라져갔다.

　그리고 선배가 사라졌을 때 먼저 입을 연 사람은 토이로였다.

　"우라라…… 나를 미행한 거야?"

　"윽."

"내가 분명히 말했잖아? 무슨 일이 있었는지 나중에 꼭 보고할 테니까 따라오지 말라고."

"아니ㅡ, 어ㅡ, 우연히 지나가다가, 네 모습이 눈에 띄어서……."

"억지스러워. 그런 변명은."

아무래도 나카소네는 토이로가 뒤뜰에서 고백을 받으리란 것을 미리 알고 있었나 보다. 더구나 '따라오지 말라'는 말도 들었나 보다. 약속을 깨뜨린 것을 책망하는 듯한 토이로의 눈빛 앞에서, 나카소네는 아까 선배를 상대할 때의 위세는 어디 갔는지 완전히 주눅이 들어버렸다.

"아니, 그게. 걱정돼서 그랬지."

나카소네는 입을 삐죽거리며 그렇게 말하더니 잽싸게 몸을 돌렸다. 도망치려나 보다.

종종걸음으로 이쪽으로 돌아온 그녀가 내 옆을 지나쳐 갈 때.

"너는 왜 잠자코 있었어? 그래도 괜찮았던 거야?"

바람에 쓸린 그 조그만 목소리가 내 귀에 닿았다.

나는 아무 말도 하지 못했다. 그래서 나카소네가 말을 이었다.

"만약에 진짜로 사귀는 거라면, 저 애를 행복하게 해줄 의무가 있는 거야."

그런 말을 남기고 사라져갔다.

그 후 곧바로 토이로가 뛰어왔다.

"아—! 도망쳤네. 실은 고맙다고 말하고 싶었는데…….."

"……저거 그냥 내버려 둬도 돼?"

"음, 글쎄—. 난 별로 화가 나진 않았는데, 서 애는 저래 봬도 그다지 기가 센 편은 아니거든. 내일이 되면 나한테 사과하러 올 거야. 따지고 보면 오히려 걱정을 끼친 내가 잘못한 거니까, 나도 같이 사과하고 적당히 끝나지 않을까?"

"그렇구나…….."

나카소네가 기가 세지 않다니……. 좀 전에 상급생에게 덤벼드는 장면을 본 직후에 그런 말을 들어봤자 설득력이 없었다. 음, 아마도 진짜로 친해서 서로에게 마음을 열고 있는 친구끼리만 알 수 있는 일면이 있나 보다.

"그런데 마사이치. 넌 왜 여기 있어?"

"아, 그건. 이쪽으로 산책하러 왔다가 우연히——."

"너희들은 변명을 왜 그렇게 못해?!"

나는 잘 얼버무리지도 못하고 결국 자백하고 말았다. 우연히 토이로를 발견해 그 뒤를 밟았다고.

"그래, 나도 일부러 숨긴 것은 아니니까. 괜찮아. 같은 반 친구가 상담하고 싶은 것이 있다고 해서 뒤뜰로 가봤더니, 그 사람이 기다리고 있어서 깜짝 놀랐다니까. 아마 나를 불러내 달라고 부탁받은 거겠지. 귀찮은 일 때문에 시간을 빼앗겼네."

같이 집에 갈까? 하고 토이로가 말하자 나는 고개를 끄덕였다.

교문을 빠져나간 우리는 여느 때처럼 나란히 걷기 시작했다. 그런데 왠지 모르게 평소보다 걷는 속도가 느린 것 같았다. 한동안 침묵도 이어졌고, 어쩐지 어색한 분위기가 감돌고 있었다.

"⋯⋯저기, 토이로. 아까 그 선배."

나는 불쑥 입을 열었다.

"응?"

"거절해도 되는 거였어?"

그것은 아까부터 마음에 걸렸던 문제였다.

"뭐? 아, 고백을?"

토이로가 되물어보자, 나는 끄덕끄덕 고개를 움직였다.

"어휴— 말도 안 돼. 있잖아, 아까 내가 학교 건물 뒤에 도착했을 때 그 사람은 혼자서 스트레칭을 하고 있었다니까? 그러더니 다짜고짜 처음 하는 말이 '스트레칭은 참 좋아! 근육과의 스킨십이거든'이었어. 이상한 사람이야."

"뭐야, 그게. 눈이 마주친 몬스터랑 싸움을 개시하기 전에 나오는 대사 같잖아?"

"아— 맞아, 그거야! 근육 마니아 선배가 승부를 걸어왔다! 같은 느낌?"

"응, 그래. 그럼 싸우고 나서는 '쿨다운은 근육과의 신뢰 관계를 쌓기 위한 행위야'라고 말하는 건가?"

그 말을 들은 토이로가 쿡쿡 웃음을 터뜨렸다. 상대가 즉시 같은 게임을 상상해준 것이 기뻐서, 나도 자연스럽게 미소를 지었다. 약간 어색했던 분위기가 부드럽게 풀렸다.

"게다가 말이지, 그 사람, 근육 캐릭터 담당에게는 금기라고 할 수 있는 담배 냄새가 풀풀 났어. 그 시점에서 안 되겠다 싶었지. 난 불량한 사람은 싫어하거든."

"진짜? 와, 뭐라고 말하기도 어려운 캐릭터 붕괴잖아. 일종의 자기모순 같은 건가……."

토이로와 나누는 대화는 평소와 다름없었다. 그렇게 생각하자 어쩐지 뱃속 깊은 곳에서 긴장이 풀리는 것이 느껴졌다.

하지만, 그래도 내 가슴속에 들러붙은 앙금 같은 것은 좀처럼 사라질 것 같지 않았다.

*

그날 밤 나는 불을 끄고 어두운 방 안에서 침대에 똑바로 누워 스마트폰 핸즈프리 기능으로 통화를 하고 있었다.

『음~ 그래, 마사이치. 네가 상상한 대로야. 이런 말 하기는 좀 그렇지만, 그런 녀석이 성공했다면 나도 가능하다──고 말하는 남자들은 실제로 많긴 해.』

게임도 안 켜서 조용해진 방 안에서 사루가야의 목소리가 메아리쳤다.

"……역시 그렇구나."

『그래. 굳이 너한테 말할 필요도 없다고 생각해서 입 다물고 있었는데……. 예를 들면 2반의 카스카베 같은 녀석이. 토이로가 마음에 든다고 친구한테 말한 것 같았어.』

"뭐? 카스카베? 그 녀석은 아마 우리 반의 카에데? 하고 사귀는 사이 아니었어?"

카에데는 토이로 그룹에 속한 여자애 중 한 명이었다. 토이로가 자주 이름으로만 부르기 때문에 그 성이 순간적으로 기억나지 않았다.

『사귀지는 않아. 카에데는 진심으로 좋아하나 본데, 카스카베는 좀 진지함이 부족해서 이 여자 저 여자 건드리며 자유롭게 노는 녀석이거든. 그런 녀석도 토이로를 노리고 있다는 거야.』

나는 무심코 신음하고 말았다. 자기 친구의 짝사랑 상대한테서 고백을 받는다는 것은, 토이로가 제일 기피하는 상황이었다. 그놈의 연애 관련 문제가 싫어서 나에게 위장 커플을 의뢰했던 것이다.

『상담에는 언제든지 응해줄게. 정보는 꽤 많이 가지고 있다고 자부하거든.』

그렇게 사루가야가 이야기를 끝맺더니 전화를 끊었다.

방 안이 정적에 휩싸였다.

방과 후 토이로와 함께 집에 돌아와서 가볍게 게임을 하고 저녁 식사 전에 헤어졌다. 그런데 그날은 혼자서는 아무것도 할 의욕이 나지 않았다. 밥 먹은 후에는 만화책을 읽었는데 집중이 되지 않았다. 나는 가만히 누워서 벽에 붙은 애니메이션 포스터를 멍하니 바라봤다. 그러다가 결국 불도 꺼버렸다.

무슨 일을 해도 내 머릿속은 토이로 생각으로 꽉 차 있었다.

아무리 임시여도 그렇지, 자신과 토이로가 사귄다는 것을 왜 다들 의심하고 계속 경시하는 걸까.

나는 어렴풋이, 아니, 대강은 그 원인을 알고 있었다.

인정하자.

애초에 나와 토이로는 교내 계급 피라미드에서의 위치가 하늘과 땅 차이였다. 그 입장상 연인으로서 서로 어울리지 않았다. 소꿉친구라는 정보는 숨기고 있고 토이로의 오타쿠 취미도 비공개이므로, 우리의 공통점은 아무리 찾아봐도 찾을 수 없었다. 그런 두 사람이 대체 왜 사귀는 걸까? 하고 위화감을 버리지 못하고 의심하는 학생들이 적지 않았다.

그리고 오늘, 실제로 토이로에게 고백하는 사람이 등장했다. 토이로가 피하려고 했던 사태였다. 가짜 남자 친구를 만들어 예방선을 쳤음에도 불구하고, 상대는 그 존재를 무시하고 토이로와 접촉했다.

자신은 도움이 되지 않았다. 토이로를 또다시 곤란하게 만들고 있었다. 심지어 평범하고 성격도 어두운 자신은, 사람들의 중심이 되어 반짝반짝 빛나는 밝은 토이로의 발목을 잡고 있었다.

──만약에 진짜로 사귀는 거라면, 저 애를 행복하게 해줄 의무가 있는 거야.

나카소네에게 그런 말을 들었을 때, 그 말이 내 마음을 꾹 누르는 감각을 맛봤다.

오래오래 이어진 질긴 인연의 연장선상에서 성립된 임시 커플 관계는 사실 싫지는 않았다. 개인적으로는 마음이 편안했다. 그러나 이 관계를 지속시킨다면, 언젠가는 돌이킬 수 없는 문제가 발생해버릴지도 모른다.

현재 나에게는 토이로를 행복하게 해줄 자신 따위는 없었다.

똑똑 노크하는 소리가 들렸다.

나는 의아해하면서 몸을 일으켰다. 이런 시간에 누가 온 걸까? 어머니는 귀를 기울이면 설거지하는 소리가 들렸고, 아버지는 아직 일하느라 퇴근을 안 하셨다.

세리나? 아니, 말도 안 된다. 그 녀석이 노크의 노 자도 모른다는 것은 잘 알고 있었다.

설마…… 토이로……?

"……네."

내가 경계하면서 짧게 대답하자, 달칵하고 문이 열렸다. 복도의 불빛을 등지고 얼굴에 어두운 그림자를 드리우고 있는 그 인물은.

"나야."

"너, 넌……."

예상도 못 했던 세리나 누나였다.

"그렇게 놀랄 필요 없잖아? 한집에 사는 사람이 방에 왔을 뿐인데."

세리나는 문 옆의 스위치를 눌러 불을 켜고 방 안으로 들어왔다. 방금 목욕했는지 촉촉한 머리카락에서는 트리트먼트의 꽃향기가 났고, 목에는 수건을 걸고 있었다.

"아니, 설마 너일 줄은 몰랐어. 노크하는 습관은 어디서 배운 거야?"

"엉? 너 지금 시비 거는 거냐? 노크 정도는 얼마든지 할 수 있거든? 무시하지 마."

"……노크 두 번은, 화장실 안에 사람이 있는지 확인할 때 두드리는 횟수인데."

"허? 나 참, 시시콜콜하게 뭘 그렇게 따져? 모처럼 누님이 와주셨는데. 그냥 여기가 화장실 비슷한 거 아냐? 어유, 냄새나."

"냄새가 왜 나? 아무튼 넌 변기도 없는 화장실에는 도대체 무슨 볼일로 왔어?"

나와 대화를 나누면서 세리나는 풀썩하고 내 침대에 앉았다. 나는 펄쩍 뛰듯이 일어나 멀리 떨어졌다. 그러자 세리나는 가만히 이쪽을 바라봤다.

"동생이 다 죽어가는 얼굴을 하고 있으니까 일부러 확인하러 와준 거다, 알았냐?"

"다 죽어가는……? 그게 너랑 무슨 상관인데."

"상관이 있지. 밥맛이 떨어지거든."

사실 오늘은 저녁을 먹을 때에도 토이로를 생각하면서 고민하고 있었다. 그게 표정이나 분위기로 드러났을지도 모른다. 누나는 그것이 신경에 거슬렸나 보다.

"토로 때문이지?"

이어서 세리나가 그런 말을 했다. 내가 "아닌데"라고 대답하자, 세리나는 흥 하고 코웃음을 쳤다.

"그 정도는 다 알아. 누나 동생 노릇을 몇 년이나 했는데. 너희 커플보다는 역사가 길거든?"

다 아신다고 합니다. 실제로도 정답이었기 때문에 영 껄끄러웠다. 나는 반박하지 못했다.

"네가 그렇게 심각하게 고민할 정도의 문제는, 아마 그 애랑 관련된 일일 테니까. 다른 일로 스트레스를 받을 만한 성격이 아니잖아? 고민할 것 같으면 그냥 그것을 피해서 지나간다. 하지만 그런 식으로도 버릴 수 없는 존재가 그 애잖아."

스트레스를 받지 않는 성격이란 것은 세리나도 마찬가지였다. 단, 결정적으로 그 대처법이 달랐다. 나는 스트레스 원인이 될 만한 것은 얼른 끊어내 버리고 상관하지 않는 타입인 반면에, 누나는 그 스트레스의 원인을 정면 돌파로 해결하는 타입이다.

그러나 근본적인 부분은 동일하기 때문에 우리 남매는 서로의 생각을 직감적으로 알아차릴 수 있었다.

"설령 토이로, 때문이어도. 너하고는 상관없어. 이것은 나 자신의 문제야."

내가 그렇게 말하자, 세리나는 "흐응——" 하고 눈을 가늘게 뜨면서 나를 봤다.

과연 무슨 대답이 돌아올까. 나는 마른침을 꿀꺽 삼키고 기다렸다. 그러자 세리나는 천천히 침대에서 일어났다.

"……그래, 네 마음대로 해도 돼. 너희들의 문제라고 단언한다면, 내가 괜히 끼어들어봤자 일이 꼬일 수도 있으니까."

그렇게 이야기하면서 문 쪽으로 돌아가기 시작했다.

누나가 그런 말 안 해도 내 마음대로 할 거야. 내가 그렇게 생각하고 있는데, 세리나가 이쪽을 돌아봤다.

"다만 딱 하나 해줄 말이 있어. 중요한 것은 자신의 마음이라는 거야. 자신이 진짜로 어떻게 하고 싶은지. 그것을 소중히 여기도록 해. 그 마음만은 절대 배신하지 말라고."

'신경 쓰이니까 진행 상황은 가르쳐줘'라는 말을 남기고 세리나는 방에서 나갔다. 처음처럼 불도 꺼줬기 때문에 나는 또다시 어두운 방 안에 남겨지게 되었다.

누나한테서 이런 조언을 듣는 날이 올 줄은 몰랐다. 나는 멍하니 입을 딱 벌리고 있었다.

그러다가 작게 한숨을 쉬었다.

내가 진짜로 어떻게 하고 싶은가——라고…….

결국 나는 토이로의 남자 친구 역할을 제대로 수행하지 못했다. 나와는 달리 그 게으른 여자애는, 나도 모르는 사이에 '쿠루미 토이로'라는 인간을 잘 갈고닦았던 것이다. 아무것도 안 했던 자신이 그 옆에 나란히 선다는 것은 처음부터 주제넘은 짓이었다.

……더 이상 토이로에게 폐를 끼칠 수는 없다.

커튼 너머로 스며드는 달빛을 바라보면서 나는 한동안 생각에 잠겨 있었다. 이윽고 가만히 있을 수 없게 되어서, 나는 실내복을 입은 채 밖으로 뛰쳐나왔다.

*

낮 동안에 뜨거워졌던 아스팔트의 열기가 녹아 흘러나

온 것처럼 미지근한 밤바람이 불고 있었다.

메시지를 보냈더니 토이로는 금방 알아채고 밖으로 나와 줬다. 스마트폰으로 게임이라도 하고 있었던 걸까. 현관에서 나타난 토이로는 실내용 추리닝을 입고 있었다. 누워 있었는지 머리가 부스스했는데, 내 시선을 눈치챈 것처럼 얼른 손가락으로 머리를 빗기 시작했다.

"뭐야, 무슨 일이야? 이런 밤중에? 갑자기 사랑스러운 여자 친구가 보고 싶어졌어?"

"정확히는 여자 친구, '임시'잖아. 아무튼 하고 싶은 이야기가 좀 있어서."

"……이야기?"

토이로의 눈동자 속에서 약간 불안한 그림자가 일렁이는 것 같았다. 마당을 지나 대문을 열고 도로로 나왔다.

나는 토이로의 얼굴을 보면서 살짝 숨을 들이마셨다 내쉬었다. 그리고 내 방에서 끊임없이 생각했던 내용을 천천히 입 밖에 내기 시작했다.

"역시 내가 남자 친구인 척하는 것은, 너에게 폐가 된다고 생각해……."

나와 토이로는 학교에서의 위치가 지나치게 달랐다. 이대로 같이 있어도, 내가 발목을 잡는 바람에 토이로의 평판이 나빠질 것이다. 친구에게도 괜히 의심만 계속 받을 테고. 그런 사실을 조심스러운 말로 전달했다.

"으―음. 난 별로 신경 안 쓰는데? 성격이 어둡다거나 너무 평범하다는 말을 들어도, 마사이치는 마사이치잖아. 그런 너와 함께 있는 것은 즐거워. 이 위장 커플 작전도, 네가 너이기 때문에 부탁한 거야."

토이로가 그렇게 말해주는 것은 순수하게 고마웠다. 가슴이 좀 찡한 느낌이 들었다.

하지만 이렇게 내가 짐 덩어리가 되는 상태를 계속 유지할 수도 없었다.

"그러니까 마사이치, 너도 신경 쓸 필요 없어. 미안해. 이상한 일에 끌어들여서."

토이로의 그 다정한 목소리에 나는 고개를 옆으로 흔들었다.

토이로가 임시 남자 친구인 나에게 무엇을 어디까지 바라는지는 모르겠다. 행복하게 해 달라……는 마음은 전혀 없을 테고, 그저 단순히 남자 퇴치용 부적처럼 곁에 있어 달라고 하는 걸지도 모른다.

그것만은 아무리 생각해봐도 알 수가 없었다. 그래서――.

"지금부터 하는 이야기는 순전히 내 생각이야."

나는 그렇게 전제를 달았다. 토이로가 꿀꺽 마른침을 삼켰다.

땀이 난 손바닥을 꽉 쥐면서 나는 입을 열었다.

"――나는 네 옆에 당당하게 나란히 설 수 있는 존재가 되고 싶어. 토이로, 너에게 걸맞은 남자가 되고 싶은 거야. 그러니까…… 나를, 네가 있는 위치까지 끌어올려줘."

실컷 고민하고 헤매다가 마지막에 내가 정말로 하고 싶은 것이 무엇인지 생각했을 때, 문득 떠오른 답이 이것이었다.

토이로가 나에게 뭘 어디까지 바라는지는 모르겠다. 그러나 나는 토이로를 위해서 할 수 있는 것은 해주고 싶었다. 행복하게 해주기를 바라진 않을지도 모르지만, 나는 가능하다면 토이로가 행복해지기를 바랐다.

이 부탁은 완전히 내가 토이로에게 일방적으로 부탁하는 것이었다.

"나, 나에게, 걸맞은 남자?"

토이로가 어리둥절하여 내 말을 반복해서 중얼거렸다.

"응. 남자 친구로서 걸맞은 남자. 외모라든가, 행동거지라든가. 학교에서 이 정도의 지위를 확립한 네가 직접 지도해준다면 나도 조금은 더 나은 사람이 되지 않을까? 하고 생각해서……. 무, 물론, 이것은 연인 작업을 수행하기 위해서야!"

이야기를 하다가 갑자기 부끄러워졌다. 나는 얼굴에 열이 오르는 것을 느끼면서 허둥지둥 설명을 덧붙였다.

"여, 연인 작업을 위해서란 것은 알겠는데, 저기, 하지만 괜찮아. 마사이치 너는 지금 이대로 있어도 돼. 내가 너란 사람이 어떤지 알면, 그걸로 족하잖아."

"아냐, 그건 안 돼. 커플로서 우리를 보고 주변 사람들이 느끼고 있는 위화감은 어떻게든 불식시켜야 해. 이렇게 늘 탐색을 당하는 하루하루 속에서 평화가 계속 이어지지는 않을 거야. 이 마조노 개조 계획은 지금 당장 실행해야 해."

이것은 나와 토이로가 앞으로 같이 있기 위한 작전이기도 했다.

커플로서 주변 사람들에게 인정받아, 당당하게 계속 임시 커플로 지내면서 둘이서 놀고 싶었다.

그것이 내 소원이었다.

그리고 만약에 그렇게 된다면, 오늘 방과 후 선배와 토이로가 대화했을 때 내가 느꼈던 가슴의 답답함도 해결되지 않을까. 나는 어렴풋이 그런 생각도 했다.

"나를 토이로에게 잘 어울리는 남자 친구로 만들어주세요."

나는 그렇게 말하고, 새삼스레 토이로를 똑바로 마주 보면서 고개를 꾸벅 숙였다.

☆

나, 나에게 걸맞은 남자? 옆에 나란히 설 수 있는 존재?

뜬금없이 그런 말을 듣는 바람에 내 머릿속은 패닉 상태가 되었다.

그, 그게 뭐야. 거의 고백이나 마찬가지잖아. 아니, 하지만, 임시 남자 친구라는 전제가 붙어 있으니까 그건 아닌가? 어쩐지 무척 간질간질하고 이상한 기분이었다.

집으로 돌아올 때, 또 마사이치의 방에서 게임을 했을 때 '오늘은 기운이 없어 보이네'라고 생각은 했었는데, 정말로 혼자 이것저것 고민하면서 끙끙거렸었나 보다.

하기야 마사이치는 학급 내에서는 눈에 띄지 않는 편이고, 여자들에게 인기 있는 타입도 아니었다. 솔직히 말하자면 우리 둘은 교실 안에서의 기본적인 위치도 달랐다. 사귄다고 공언한 다음부터는 나를 보고 킥킥 웃는 여자애도 있었다.

그래도 나는 그런 마사이치를 소꿉친구로서 좋아하고, 앞으로도 쭉 함께 있고 싶다고 생각했다. 그의 매력을 많이 알고 있으니까.

그러나 본인에게는 그것이 부담이었을지도 모른다. 무거운 짐을 지울 생각은 없었는데…… 그저 미안했다.

고개를 숙인 마사이치의 정수리. 옛날과 똑같은, 왠지 사랑스러워 보이는 오른쪽으로 소용돌이치는 가마. 나도 모르게 쓰다듬어주고 싶어지는 그 머리를 향해 나는 천천히 말을 걸었다.

"나에게 걸맞은 존재라니, 그건 너무 거창한 표현이야.

나를 뭐라고 생각하는 거야? 언제나 데굴데굴 굴러다니면서 어디서나 빈둥거리는 게으름의 여왕, 토이로 님이거든? 나에게 걸맞은 남자 친구는 아마도 베개일 거야."

스스로 이런 말을 하기도 좀 뭐하지만!

"아니, 물론 그런 숨겨진 모습도 있지만, 또 사회적으로는 사람들에게 둘러싸인 밝은 인기인이잖아? 그런 부분도 나에게는 이상형이자 동경의 대상이야."

고개를 든 마사이치가 똑바로 나를 보면서 말했다.

어, 어……?

도, 동경의 대상이라니, 난감하고 부끄럽잖아. 마사이치, 너는 그런 말 하는 캐릭터가 아니잖아!

……아니, 그는 그 정도로 진지한 것이다.

그렇게 생각하자 드디어 내 표정도 약간 굳어졌다.

"하지만, 마사이치. 너도 네가 하고 싶은 일이 많아서 바쁘잖아? 게임도 하고, 라이트노벨도 읽고."

"오타쿠 활동은 당연히 계속할 거야. 하지만 토이로, 네가 나를 지도해주기로 한 날에는 반드시 시간을 낼 거야. 지도를 얼마나 자주, 또 오래 하든지 상관없어. 나는 그 외의 자유 시간에 최선을 다해 오타쿠 활동을 할 거야."

"그, 그래? 그렇구나……."

너무나 강한 의지였다.

'물러날 마음은 없다'고 말하는 것 같았다.

……나에게 걸맞은 남자가 되겠단 말이지.

애초에 내가 뭐 대단한 인간이라고 그러나? 하는 생각도 들었지만, 아무튼 그 말을 들으니 순수하게 기뻤다. 솔직히 말해 가슴이 두근거렸다. 스스로 달라지겠다고 각오하고 이렇게 직접 상담하러 와주다니. 상당히 멋있었다.

아, 잠깐만. 내가 프로듀스를 한다는 것은, 얘가 내 취향의 남자가 된다는 뜻이잖아?!

전형적인 오타쿠 패션, 무거워 보이는 까만 머리카락, 인도어파로서 그동안 늘 게임이나 만화에만 관심이 있었던 마사이치가?

그렇게 생각하니 왠지 좀 재미있어졌다.

"고마워. 이런 나와 사귀어줘서. 일단 시작한다면 책임지고, 반드시 너를 아무한테도 무시당하지 않는 멋진 남자로 만들어줄게. 잘 따라올 수 있어?"

"오타쿠는 원래 뭔가에 관심만 가지면 지독하게 한 우물만 파거든? 꼭 성공할 거야."

내가 주먹을 내밀자, 마사이치가 주먹 쥔 손을 거기에 댔다. 둘이 함께 빙그레 웃었다.

이리하여 우리는 위장 커플 대작전의 부수적인 과제로서 마사이치 개조 계획도 수행하게 되었다.

돌이켜보니 무지무지 부끄러웠다.

토이로에게 부탁을 하고 나서 내 방으로 돌아온 나는 침대 시트에 얼굴을 푹 파묻고 홀로 "우으으윽" 하고 신음하고 말았다.

나를 토이로에게 걸맞은 남자 친구로 만들어주세요……라고? 맙소사.

떠올리기만 해도 얼굴이 뜨거워지고 온몸이 근질근질해졌다.

토이로에게 했던 그 부탁은 완전히 흑역사 확정이다. 앞으로 내 약점으로서 대대로 전해 내려가지 않기를 바랄 뿐이다.

그런데 당장이라도 삭제해버리고 싶은 기억이지만, 잊으면 안 되는 정보도 있었다. 그 후 우리는 그대로 거기 서서 앞으로의 계획을 이야기했던 것이다.

——최종 목표는 주변 사람들을 상대로 '내가 토이로와 대등하게 어울리는 남자란 사실'을 증명하는 것.

그래서 우리는 다음 달 초에 있는 교외학습을 최초의 결전 무대로 정해놓고, 그 준비를 하기로 했다.

교외학습은 메이호쿠 고교의 전통적인 행사였다. 학생들은 사복으로 등교하여 버스를 타고 이 현(縣)의 북쪽에 있는 커다란 자연공원으로 간다. 그리고 거기서 놀거나 이야기를 나누면서 자유로운 시간을 보내게 되어 있었다. 참가 대상은 1학년. 이제 슬슬 학교에 좀 익숙해진 신입생들의 친목을 도모하기 위한 이벤트라고 한다.

"뜬금없이 이미지 변신을 해서 학교에 나타나더라도 다들 '쟤 왜 저래?'하고 의아해할 테니까. 그보다는 처음 사복을 입고 친구들 앞에 등장했을 때 '어? 쟤가 저렇게 멋있는 애였나?'란 생각을 심어주는 것이 제일 좋다고 생각해. 있잖아, 의외로 남자 고등학생들은 학교에서는 잘난 척하고 다녀도 사복을 입으면 후줄근해지는 애들이 많거든? 그런 애들 속에서 단정한 모습으로 있으면, 단숨에 너를 보는 시선들이 달라질 거라고 생각해!"

교외학습을 무대로 선택해준 사람은 토이로였다.

나는 기본적으로 토이로의 제안을 받아들여 움직일 생각이었다. 그래서 응응 하고 동의하면서 그녀의 이야기를 듣고 있었다.

"그 교외학습 날 점심때 우리가 같이 당당하게 도시락을 먹으면서 주변 사람들에게 선남선녀 커플이라고 인정받는 거야. 그런 분위기 속에서 친구들에게 정식으로 너를 내 남자 친구로서 소개하는 게 좋을 것 같아."

"알았어. 결전의 날까지는 2주일 정도 남았네. 그때까지 준비해야겠다."

"좋아, 마사이치. 그렇게 결심했으면 내일에 대비해 빨리 자자!"

"응, 그래! 내일 꼭 일찍 일어나야 할 필요는 없지만! 그래도 어서 자자!"

당장 내일 방과 후부터 준비를 시작하기로 하고, 우리는 묘하게 들뜬 기분으로 헤어져 각자의 집으로 갔는데……

30분 후에 냉정해진 나는 침대에 푹 엎어진 것이었다.

*

그리고 다음 날 방과 후. 즉시 토이로의 인싸 지도가 시작됐다.

도대체 무슨 짓을 하려나 했는데…….

내 방에 온 토이로는 서둘러 가방 속에서 흉기를 꺼냈다.

"자, 자자자, 잠깐만! 그것으로 뭘 하려고?!"

"응?"

토이로가 어리둥절한 얼굴로 고개를 갸우뚱했다.

"토이로 씨, 일단 그 날붙이를 내려놓으시죠."

내가 손가락으로 가리키자, 토이로도 손에 들고 있는 가위를 내려다봤다.

"아— 응, 역시 커트부터 시작해야 할 것 같아서."

"커트?"

"이발 말이야, 이발. 누군가가 잘 모르는 사람을 평가할 때는 우선 외모부터 보고 평가하거든. 여기서 중요한 것은 청결감이야. 옷의 주름이라든가 얼굴의 기름기 같은 것도 문제지만, 우선은 그 덥수룩한 헤어스타일부터 해결하자. 저기, 마사이치. 머리를 너무 길게 기른 거 아냐?"

아마도 토이로는 내 머리카락을 자르기 위해 저 흉기를 들고 있나 보다.

"머리카락은 적당히 길렀다가 한꺼번에 자르는 게 낫잖아? 자주 가면 그만큼 이발하는 돈이 많이 들고. 한꺼번에 자르는 게 시간도 적게 들어서 합리적이야."

내가 그렇게 말하자, 토이로는 "우와……" 하고 눈살을 찌푸렸다.

"뭐, 뭐야. 왜……?"

"그 덥수룩한 머리는 너무 답답해 보여. 좀 불결하고. 무조건 산뜻하게 해줘야 해."

"그래……? 음, 머리카락을 자른다는 거지? 알았어."

처음부터 굳이 반론할 마음은 없었다. 나도 머리가 길어졌다는 생각은 했었고, 현재의 헤어스타일에 대한 애착도 없었다.

"산뜻하게 하면 된다는 거지?"

"응! 내가 지금부터 잘라줄게. 숱 가위도 가져왔어. 바닥에 깔 신문지 같은 것은 없니?"

"오케이, 알았어. 거기 스마트폰 좀 줄래? 이발 예약을 할게."

"소꿉친구인데 이렇게 의사소통이 안 될 수도 있나?!"

……아니, 저기요. 무서운 걸 어떡해요. 토이로 씨는 게임 플레이도 과감하게 대충대충 하는 경우가 많으니까.

"진짜 괜찮아? 네가 확! 잘라버려서 나 대머리 되는 거 아냐? 기운이 넘쳐서 내 대가리까지 잘라버리는 거 아냐?"

"내가 가위를 드는 게 그렇게 불안해? 이래 봬도 셀프 커트를 하면서 틈틈이 내 헤어스타일을 손보고 있거든? 그런데 너는 눈치를 못 채더라."

그러면서 토이로는 장난스러운 미소를 지으며 뾰로통하게 뺨을 부풀렸다. 연인 작업을 제대로 안 했다고 비난하는 걸까.

"게다가 이발소에 가면 돈이 들잖아? 앞으로 옷 같은 것도 사러 가야 하는데, 이런 데서 군자금을 낭비할 수는 없어."

실제로 금전적인 여유는 별로 없었다. 오타쿠 활동 자금을 이번 계획에 투자할 마음은 있었지만, 인싸 같은 외모를 꾸며내려면 도대체 돈이 얼마나 필요할지 상상도 안 갔다. 그래서 돈을 아낄 수 있는 데에서는 아끼고 싶었다.

"안심하고 나한테 맡겨. 싸게 해줄게."

"야, 네가 돈을 받는 거야?"

"농담이야, 농담."

둘이서 시끄럽게 떠들다 보니 어영부영 토이로의 뜻대로 되고 말았다. 나는 내 방의 바닥에 신문지를 깔고 준비했다. 교복을 벗고 티셔츠로 갈아입은 후 거기에 바르게 앉자, 토이로가 무릎걸음으로 내 등 뒤로 이동했다.

"청결감은 연출하면서도, 인상이 정반대로 달라지지는 않도록 할게. 노골적으로 이미지 변신을 노린 것처럼 보이기는 싫으니까. 자연스럽게 커트를 하고 가르마를 타기만 해도, 자, 이렇게 산뜻해졌습니다! 하는 거지. 아, 그런데 목덜미를 덮은 머리카락은 너무 길어서 좀 많이 잘라야겠다."

"네, 마음대로 하세요……."

처음에는 단두대에 올라간 심정이었지만 이제는 각오를 다졌다. 이 개조 계획은 결국 토이로에게 달려 있으니까. 나는 토이로를 믿을 수밖에 없다.

"좋아, 그럼 시작할게."

그런 목소리와 더불어 토이로의 서늘한 손가락이 내 머리카락 사이로 들어왔다. 몇 번 빗질하듯이 머리카락을 만지더니, 옆머리 끄트머리를 손가락 사이에 끼우고 가위를 천천히 움직여 찰칵! 소리를 냈다.

그 조심스러운 태도는 맨 처음에만 그랬다. 그다음부터

는 경쾌한 리듬으로 내 머리카락이 잘려 나갔다.

썩둑썩둑, 썩둑썩둑.

이, 이거, 괜찮은 건가? 너무 많이 자르는 거 아냐?

몹시 걱정됐지만, 거울이 없어서 확인도 할 수 없었다. 나는 체념하고 눈을 감았다.

잠시 후에는 머리의 무게 때문에 무의식중에 무게중심이 앞으로 쏠리게 되었다. 토이로가 내 머리 옆을 손으로 붙잡아 다시 자세를 똑바르게 해줬다. 나는 눈꺼풀을 들어올리다가──놀라서 눈을 부릅떴다.

뒤통수에 뭔가 말랑말랑한 것이 닿아 있었다. 놀라서 꼼짝도 할 수 없었다.

이, 이건, 토이로의…… 가슴인가?

또 앞으로 쓰러지지 않도록 토이로는 내 머리를 자기 몸 가까이 끌어당긴 듯했다. 그래서 내 뒤통수는 부드러운 쿠션에 가볍게 부딪치고 있었다.

나는 꼼짝도 못 하고 그대로 굳어버렸다.

옷감 너머로도 느껴지는 황홀한 부드러움. 처음 느끼는 감촉이었다.

평소에 토이로의 속옷 같은 것을 봤을 때는 '정말 반갑지 않은 서비스신이구나'라고 생각했었는데.

──어째서 나는 뒤통수에 신경을 집중시키고 있는 걸까…….

그러나 아무리 생각해봤자 소용없었다. 이 머리는 움직일 수 없었다. 토이로도 성장했구나~ 하고 기묘하게 감동하면서 나는 다시금 눈을 감았다.

그러자 내 마음속의 갈등은 눈치채지 못한 채 머리를 자르고 있던 토이로가 문득 손을 멈췄다.

왜 그러지? 하고 상황을 살펴려고 했다. 하지만 토이로가 내 뒤통수를 꾹 누르는 바람에 나는 뒤돌아볼 수 없었다. 그때 토이로가 다정한 손길로 내 머리를 쓰다듬었다.

"마사이치, 고마워. 내 이기적인 부탁을 들어주려고 이렇게까지 노력하고……."

그건 아마도 나와 토이로의 위장 커플 관계에 관한 이야기일 것이다.

뒤를 돌아볼 수 없으므로 나는 토이로가 어떤 표정을 짓고 있는지 알지 못했다. 조그맣게 중얼거린 그녀의 한마디에 대답해야 하나? 하고 고민했는데, 그보다 먼저 토이로의 가위가 움직임을 재개했다. 이제는 목덜미 쪽의 머리카락을 자르려는지 나에게서 몸을 뗐다. 가슴의 감촉도 사라져버렸다.

그 후 토이로는 평소처럼 발랄한 말투로 잡담을 했다. 적당히 대화하다 보니 시간이 흘러 이윽고 이발도 끝났다.

토이로에게 화장용 손거울을 받아 확인해봤다.

그러자 길고 덥수룩했던 내 머리카락은 진짜로 산뜻하

고 깔끔하게 정돈되어 있었다. 이제는 눈까지 내려오지 않는 앞머리를 결대로 왼쪽으로 넘겨서 은근히 유행에 따른 듯한 스타일이었다. 전체적으로 잘 빗질해서 촌스러운 분위기가 전혀 느껴지지 않았다. 그렇다고 극적으로 머리 길이가 달라진 것도 아니라, 저번에 비하면 그냥 좀 길어진 만큼 잘라냈나? 하는 수준이었다.

완벽했다.

"우와, 굉장하다. 이게 나야……?"

내가 감탄한 목소리로 그렇게 말하자, 토이로는 "자, 어떠냐!"란 소리를 내면서 의기양양한 표정을 지었다.

*

인간의 외모에서 중요한 것은 당연히 헤어스타일 하나만이 아니었다.

머리를 커트한 다음 날 방과 후, 나는 토이로에게 붙잡혀 며칠 만에 역 앞의 쇼핑몰에 오게 되었다.

"어제 내 옷장을 확인해봤더니 외출용 여름옷이 두 벌밖에 없었어."

어쩌면 타고난 미니멀리스트인 걸지도 모른다.

입구에 있는 층별 안내도를 보면서 원하는 가게를 찾던 토이로가 이쪽을 돌아봤다.

"넌 패션에 관심이 없어도 너무 없구나. 일단 사진은 전부 다 찍어왔어? 쓸 만한 옷이 있으면, 그거랑 매치하는 식으로도 옷을 고르고 싶은데."

그렇다, 지금 우리는 옷을 사러 온 것이었다.

패션. 그것은 인싸라면 누구나 신경 쓰는 부분이고, 또 진정한 오타쿠라면 무의식중에 소홀히 여기게 되는 약점이었다.

왜냐하면 앱 과금을 하거나 카드 팩을 사거나 만화책을 모으려고 하다 보면 번번이 한 달 용돈이 순식간에 사라져버리니까……. 하루하루 힘겹게 세뱃돈을 조금씩 쪼개어 쓰면서 어떻게든 살아가고 있다. 그 세뱃돈도 최근 들어서야 겨우 전액을 내가 자유롭게 쓸 수 있게 되었고.

어린 시절에 받았던 세뱃돈은 대부분 어머니에게 드렸다. '네가 충분히 클 때까지 엄마가 저금해놓을게'라는 말에 순수한 소년이었던 나는 네! 하고 기운차게 대답했었다. 그러다가 중학생이 돼서 물어봤더니 어머니가 '응? 세뱃돈? 그건 다 네 물건을 사는 데 썼지'라고 충격 고백을 했다. 그래서 나는 홀로 눈물을 흘렸었다. 사기 수법이 얼마나 무서운지 깨달았고, 하마터면 인간 자체를 불신하게 될 뻔했다.

그런데 오늘은 옷 사는 데 과금을 할 거라고 말씀드렸더니 어머니가 특별 보너스를 지급해주셨다. 아마도 내가 자발작적으로 옷을 사고 싶어 하는 것이 처음이라 감동하셨나 보다. 내 세뱃돈은 아직도 행방불명이지만, 일단 이번에는 어머니에게 감사하기로 했다.

내가 그런 생각을 하고 있는데, 토이로가 가고 싶은 가게의 위치를 확인했는지 "이쪽이야!" 하고 걸음을 뗐다.

"애초에 관심이 없기도 하지만, 옷 같은 것은 도대체 어떻게 골라야 하는지 전혀 모르겠어. 그래서 결국 부모님이 사주신 옷을 몇 년씩 계속 입게 되는데. ……내 사복이 촌스러워?"

"응, 아주 촌스러워."

토이로가 빛의 속도로 우리 어머니의 센스를 부정했다.

"마사이치, 네가 입고 다니는 옷은 기본적으로 전부 다 사이즈가 안 맞아. 일부러 오버사이즈를 선택해서 넉넉하고 헐렁하게 입는 것도 유행이지만, 너 같은 경우에는 완전히 옷이 너를 잡아먹고 있어. 패션의 세계에서는 큰 것이 작은 것을 대신해주지는 못하거든. 어, 그리고 일단 평소에 들고 다니는 그 어깨끈이 비정상적으로 긴 숄더백이랑, 엉덩이 호주머니에 체크무늬가 들어간 면바지는 그만 입자, 응? 그거 유치해 보여."

"아— 저기, 네 이야기가 무슨 뜻인지는 알겠는데. 그래도 어떤 옷을 입으면 좋을지……."

"그 문제는 이 패션 전도사, 신뢰와 실적을 자랑하는 토이로 씨에게 맡겨주세요!"

그러더니 교복 스커트 자락을 살짝 붙잡고 공손하게 절을 하는 토이로. 글쎄요, 제가 보기에는 그 패션 전도사님의 디폴트 복장이 트레이닝복인데요…….

에스컬레이터를 타고 4층으로 갔다.

"아, 여기야, 여기."

우리가 향한 가게는 에스컬레이터를 에워싸는 형태로 넓게 펼쳐져 있었다.

"어, 여기라고?"

그 가게는 누구나 아는 유명한 캐주얼웨어 양판점이었다. 상품 가격도 적당한데 착용감도 괜찮아서 나도 이 브랜드의 옷을 몇 벌 가지고 있지만, 멋쟁이 이미지와는 다소 거리가 먼 가게였다. 주로 인기 있는 제품은 속옷이라고 하고, 너무 유명하다 보니 다른 사람과 겹칠 가능성도 커서 그 옷은 입기 어렵다는 동급생의 이야기도 들은 적이 있었다.

나는 이 가게여도 괜찮은가? 하는 의문을 품고 토이로를 돌아봤다.

"응, 여기야. 너도 알지?"

"당연히 알지. 그런데 진짜 여기면 돼? 3층이 아니라?"

아까 에스컬레이터를 타고 지나쳐온 3층에는 온갖 계통의 영 캐주얼 옷가게가 널려 있었다. 게다가 나와 같은 교복을 입은 남자애들도 먼발치에서 여러 명 확인했으니까, 요즘 고등학생들은 저런 멋있는 가게에서 쇼핑하는구나~ 라는 지식을 얻었던 것이다.

"으음── 물론 그런 가게도 괜찮지만. 마사이치, 닌 소설 게임 캐릭터 옷은 열심히 갈아입혀도, 자기 옷차림에는 관심 없는 타입이잖아?"

토이로는 검지를 입가에 대고 생각에 잠긴 시늉을 하면서 말했다.

"응, 그건 그래."

특별히 내가 입고 싶은 옷이나 이상적인 패션이 있는 것도 아니었다. 오늘도 굳이 말하자면 '토이로에게 걸맞은 남자가 된다'는 목표의 최소 클리어 조건을 충족시키려고 여기 온 것이었다.

"그렇다면 무늬가 있는 옷이나 인기 브랜드의 옷을 굳이 선택할 필요는 없어. 무늬가 들어가거나 화려한 프린트가 있는 티셔츠나, 특이한 디자인의 옷은 멋지게 소화하기도 어렵고, 진짜 멋쟁이한테만 어울리거든. 헤어스타일이나 신발이나 피부나 액세서리 등등. 그런 모든 것에 신경 쓰는 사람이 아니면, 잔꾀를 부리는 게 티가 나서 오히려 촌스러워 보이는 거야. 그리고 솔직히 말하자면 남자 고등학생 중에서 그 정도로 신경 써서 멋을 부리는 사람은 정말 드물어. 그냥 옷에만 돈을 쓰고 만족하니까, 그 옷과 본인의 분위기가 따로 놀아서 영 아쉬운 느낌이 드는 거야. 이 상, 우리 여자들의 의견이었습니다."

흠, 그렇구나 하고 나는 토이로의 이야기에 귀를 기울였다. 역시 토이로처럼 잘나가는 여자들은 남자의 사복도 세심하게 체크하고 있는 모양이다. 저번에 데이트할 때 토이로의 성숙한 미인 같은 사복 차림도 봤기 때문에 충분히 설득력도 있었다.

나도 토이로의 도움이 없었다면 그냥 멋있어 보이는 옷만 사놓고 '난 이제 멋쟁이다!'라는 착각에 빠져버렸을지도 모른다.

"그리고 인기 브랜드 옷도 피하는 것이 좋아. 여기서 인기란 것은 학생들한테 인기가 있는 거야. 학생들은 다들 돈이 없으니까, 살 수 있는 브랜드도 한정되어 있어. 그래서 여럿이서 밥 먹으러 가면, 대부분 자주 보는 로고가 크게 박혀 있는 옷을 입고 있거든. 물론 그것이 유행이고 옷 자체도 괜찮으니까, 좋아하는 여자애들은 좋아하지만. 결국 별생각 없이 유행하는 옷을 입고 다니는 느낌이 들거든. 좀 유치하다고나 할까? 아, 그리고 기초 중의 기초를 재확인하자면. 프린트 티셔츠를 고르더라도 이상한 필기체 영어가 마구 쓰여 있는 옷은 고르면 안 돼. 진짜 중이병처럼 보이니까."

"그렇구나. 여자들이 상당히 엄격하게 남자의 복장을 평가하고 있다는 것은 알겠어."

아마도 지금 이 이야기를 듣고 가장 심하게 겁먹는 사람은, 어중간하게 멋 부리려고 애쓰는 남자가 아닐까. 차라리 나도 가끔 그렇듯이 휴일에 외출할 때도 교복을 입는 것이 제일 나은 작전일 것 같았다. 그러면 뭐 입을지 고민할 필요도 없고, 쉬는 날에도 동아리 활동을 하는 학생처럼 보이니까 위화감은 없는 것이다.

하지만 나도 잘나가는 남자 친구를 연기하려면 더 이상 그런 꼼수는 쓰지 못할 것이다. 내가 고민하는 표정을 짓자, 그걸 눈치챘는지 토이로가 얼른 말을 이었다.

"그래서 내가 아까 맨 처음에 그렇게 말했던 거야. 별로 관심도 없는데 굳이 그렇게까지 어려운 옷을 고르러 갈 필요는 없다고. 위에는 무지 티셔츠, 아니면 가슴 포켓이 달리거나 원 포인트 로고가 들어간 티셔츠를 입고, 밑에는 기능성 좋은 청바지 같은 것을 입으면 돼. simple is No.1이야. 멋있지는 않아도 촌스럽지도 않거든. 오히려 왠지 모르게 어른스러운 느낌이 들지. 남자 고등학생들, 특히 1학년들은 그걸 못 하는 애들이 많으니까 여자들이 높이 평가해줄 거야."

"무지, 심플…… 초기 아바타 코디?"

"그 표현은 좀 별로다. 게다가 초기 아바타는 팬티만 입고 있는 경우도 있잖아……."

게임 조작 캐릭터의 옷 갈아입히기가 가능한 설정인 경우에는, 맨 처음에는 대부분 기본적으로 초라한 꼴을 하고 있으니까. 초기 아이템으로 심플한 상의만 손에 넣어도 엄청나게 기쁠 수도 있다. 그런 착각의 기쁨이 그 후에 꾸미기 아이템에 대한 과금으로 이어지는 걸지도 모른다.

뭐, 어쨌든 그 문제는 일단 제쳐놓고. 나는 조금씩 토이로의 조언을 이해하게 되었다.

"흠. 그래서 이 양판점에 온 거구나."

"맞아. 보통 패스트패션 브랜드라고 하는데, 종류가 다양하고 가격이 저렴하니까 나도 잘 이용하고 있어. 요즘에는 두툼한 천으로 된 티셔츠가 좋아. 종잇장같이 약하진 않아서, 그거 하나만 상의로서 입어도 되니까 편리해."

"아, 너도 여기서 사는구나? 나도 이 체인점에서는 몇 번 옷을 사본 적이 있어."

"뭐? 마사이치, 너도 여기 자주 와?"

놀란 것처럼 눈을 깜빡거리는 토이로.

"실은 이런 가게에밖에 안 와. 직원이 나한테 말을 거는 게 싫어서."

"아— 하긴 그래. 여기서는 말을 안 걸지. 알아, 나도 나 혼자 천천히 구경하고 싶은 타입이거든. 3층에 있는 편집 숍 같은 데 들어가면, 직원이 나한테 착 달라붙어서 엄청나게 피곤해진다니까."

오~ 하고 나는 속으로 생각했다. 의외로 토이로가 동의해준 것이다.

"이해해주는 거야?! 응, 그거 싫지―. 옛날에 어머니랑 같이 쇼핑하러 갔을 때, 어머니가 옷을 구경하는 동안에 어쩌다 나 혼자 남자 옷을 구경하다가 그런 가게에 실수로 들어가 버린 적이 있었어. 그때 직원이 '이 옷, 참 괜찮죠―? 나도 한 벌 가지고 있어요―'라고 하는 거야. 나 참, 내가 왜 당신이랑 커플룩을 해야 하는데? 같은 옷을 입고 우연히 시내에서 마주치기라도 하면 얼마나 어색하겠어?"

"……어, 저기, 아주 정당한 의견이긴 한데. 난 그 정도의 적개심은 없어."

이상하네. 완전한 동의를 얻는 데에는 실패했다.

"그래, 아무튼 얼른 들어갈까?"

그렇게 말하더니 토이로가 턱짓으로 앞을 가리켰다. 우리는 유난히 밝은 가게 안으로 발을 들여놓았다.

"마사이치, 너는 날씬해서 몸매가 괜찮은 편이야. 아마 스키니도 어울릴 것 같은데―. 피부도 하얀 편이니까 흰색 면 티셔츠와 검은색 스키니 바지를 입고, 검은색 모자만 원 포인트로 브랜드 제품을 착용하면 충분히 멋있을 것 같아. 몸에 딱 붙는 바지는 사이즈만 맞으면 여성용을 사는 것이 훨씬 좋아. 종아리에서 발목까지 오는 실루엣이 날렵

해서 보기 좋거든."

토이로는 그렇게 말하면서 거침없이 골라 온 옷들을 나에게 건네줬다.

"아, 그런데 요새는 편안한 셰프 바지도 좋은데. 차분한 체크무늬 바지에 검은색 티셔츠를 넣어서 입고, 그 위에 얇은 코치 재킷을 걸치면 귀엽거든! 아— 그런데 마사이치, 네가 입으면 너무 열심히 패션에 신경 써서 실패한 것처럼 보일 수도 있으려나? 아무래도 평소에 멋을 부리던 사람이 아니면……. 음, 역시 무늬가 들어간 것은 관두자. 아아— 가을이었으면 재킷 코디가 잘 어울렸을 텐데—. 기장이 짧은 재킷에다가 두툼한 바지랑 부츠를 매치하면, 음, 옷이 너무 강렬해서 사람이 묻히는 느낌일까—?"

"……너 왠지 무척 즐거워 보인다?"

내 옷을 사러 온 건데, 이상하게도 짐꾼이 된 기분을 느끼면서 나는 그렇게 말했다.

"어, 정말? 아니, 그게— 남자애 옷을 골라주는 것은 처음이라—. 가슴이 두근두근하네. 내 남자 친구를 멋지게 꾸며줘야지—! 하는 생각이 들어서. 아, 저기, 이것도 좀 데이트 같지 않아? 방과 후 데이트?"

토이로는 진열대 사이의 통로를 이리저리 돌아다니면서 옷을 펼쳤다 개고, 또 내 몸에 대어보거나 자기 몸에 대어보기도 했다. 참 분주한 데이트구나.

그런데 오타쿠 활동 이외의 분야에서 이렇게 생기 넘치는 토이로는 보는 것은 처음 아닌가……?

순수하게 즐기면서 신이 난 토이로. 그 모습은 나도 싫지는 않았다.

"옷을 좋아하는구나. 중학교 때부터야?"

행거에 걸린 옷을 체크하는 토이로에게 내가 물어봤다.

"응, 그렇지. 중학교 입학한 다음부터 잡지 같은 것을 사서 공부하기 시작했어."

"오, 공부?"

"응. 너랑 마찬가지야. 인싸인 척 위장하기 위한 공부."

"그건——."

내가 이야기를 계속하려고 했을 때, 토이로가 살펴보고 있던 줄무늬 티셔츠를 툭! 하고 내 품속의 옷 더미 위에다 올려놨다.

"좋아, 그럼 시착하러 가볼까요!"

"시착? 이걸 한번 입어본다고?"

"당연하지. 옷 고를 때 디자인만큼이나 중요한 것은 사이즈인걸. 자, 가자, 가자——!"

토이로가 즐겁게 웃으며 내 어깨를 밀기 시작했다.

아까 그 이야기는 흐지부지된 상태로 우리는 피팅룸으로 향했다.

내가 신발을 벗고 피팅룸에 들어가자, 토이로가 커튼을

완전히 닫지 않고 그 틈새로 고개를 쑥 내밀어 안을 들여다보려고 했다.

"야, 너……."

"에이, 뭐 어때? 우리 사이에. 게다가 나는 여사 친구잖아."

"안 돼. 입고 나서 부를 테니까 밖에서 기다려."

아무리 사이가 좋아도, 이성에게 옷 갈아입는 장면을 보여주기는 좀 부끄러웠다. 최근에는 방 안에서도 토이로가 있을 때는 옷을 갈아입지 않으려고 하는 편이었다. "치—" 하고 어린애처럼 입술을 삐죽 내미는 토이로에게 나는 "절대로 훔쳐보지 마"라고 강경하게 말한 뒤 피팅룸 커튼을 쳤다.

아까 토이로가 거침없이 내 팔뚝 위에 걸쳐놔준 옷들을 확인해봤다. 바지가 세 벌, 티셔츠가 세 벌. 티셔츠도 현재 입고 있는 속옷 위에는 입어볼 수 있다고 했다. 나는 거울을 보면서 교복 와이셔츠를 벗기 시작했다.

속옷 위에 줄무늬 티셔츠를 걸치고 나서 바지 벨트를 풀었다. 새로 맞춘 지 얼마 안 된 교복은 아직 사이즈가 넉넉해서 미끄러지듯이 툭 떨어져버렸다. 나는 당장 토이로가 골라준 검은색 스키니에 발을 집어넣기 시작했다. 그러나 피부에 딱 달라붙을 정도로 통이 좁아서 좀처럼 입기 어려웠다.

평소 같으면 이런 옷은 절대로 안 고를 것이다. 기동성이 심하게 떨어지잖아……. 다들 이런 바지를 입고 밖에서 돌아다니다니, 위기감이 너무 부족한 거 아냐?

그런 생각을 하면서 내가 홀로 옷 입느라 고전하고 있었을 때. 갑자기 등 뒤에서 시선이 느껴졌다. 화들짝 놀라 그쪽을 돌아봤다.

"손님~? 착용감은 어떠신가요오~?"

직원 흉내를 내는 걸까. 평소보다 목소리의 톤이 높아진 토이로였다.

"야, 너…… 훔쳐보지 말라고 했잖아?"

나는 허둥지둥 바지를 끌어올리고 말했다. 가게 안이라 억지로 목소리를 낮추면서.

"응……? 훔쳐보지 말라고 해서 훔쳐본 건데……."

"아니, 훔쳐보라고 밑밥 깔아준 거 아니거든?! 무슨 개그맨 콤비도 아니고."

"개그맨이 아니어도 옛날이야기를 통해 배웠는데? 훔쳐보지 말란 소리를 들으면 훔쳐보라고. '은혜 갚은 두루미'가 그랬어."

"그 두루미도 훔쳐보길 바랐던 건 아니잖아?! 할아버지의 실수를 그대로 답습하지 마!"

결국 나도 모르게 큰 소리로 비판하고 말았다. 그러자 토이로가 커튼 밖에서 꾸벅꾸벅 고개를 숙였다. 직원에게 주의를 받았나 보다.

"아무튼 너 지퍼부터 올려. 까만 복서 팬티가 보이니까."

다시 나를 돌아보면서 토이로가 말했다.

"네, 네가 방해해서 그런 거잖아. 나 참……."

팬티 종류까지 지적당한 것이 몹시 부끄러웠다. 나는 애써 괜찮은 척하면서 스키니의 지퍼를 올렸다.

이런 것은 보통 여자가 더 부끄러워해야 하는 거 아닌가? 아니, 토이로는 예외인가……. 나는 내 방 침대에서 자주 무방비하게 팬티를 보여주고 있는 토이로의 모습을 떠올렸다. 음, 그래. 가끔은 나도 서비스를 해주자. 나는 그렇게 생각하고 겨우 마음을 진정시켰다.

"맨 처음은 스키니야? 좋다! 똑바로 이쪽을 봐, 응?"

나와 정면으로 마주 보게 된 토이로는 나를 발끝에서부터 머리끝까지 훑어봤다.

"이거 진짜 답답한데. 사이즈가 맞는 거야?"

내 질문에 토이로는 쪼그려 앉더니 살짝 스키니 천을 잡아당기기 시작했다.

"음, 이건 원래 이렇게 날씬한 하반신 실루엣을 보여주는 바지인걸. 저기, 좀 앉아볼래? 엉덩이나 무릎이 불편하진 않아?"

"으음― 여전히 답답하긴 한데…… 그렇다고 움직이기 불편한 정도는 아닌 것 같아."

"응, 신축성이 있으니까. 일단 입으면 괜찮지 않아? 사이즈도 맞는 것 같아. 검정 스키니는 어떤 티셔츠를 입어도 다 잘 어울리니까 편리한 아이템이야."

토이로는 좀 멀리 떨어져서 나의 전신을 체크한 후.

"좋아, 다음 옷으로 넘어갈까?"

그러더니 커튼을 쳤다.

"절대로 훔쳐보지 마!"

"아, 이건 예능 프로그램의 기본 패턴인가?"

"아니야!"

위험을 감지한 나는 최대한 빨리 옷을 갈아입기로 했다.

연한 색 청바지, 쿨 소재의 작업바지. 상의는 세 개의 티셔츠를 골라서 일단 전부 다 입어봤다. 지금 입고 있는 셔츠 위에다 입어보는 것은 허용되니까.

중간에 토이로가 반팔 코치 셔츠인지 뭔지를 가져와서 그것도 줄무늬 티셔츠 위에 걸쳐봤다.

"으음⋯⋯" 하고 토이로가 신음했다.

"마사이치, 옷에 대한 예산은 어느 정도랬지?"

"어머니한테서 받은 2만 엔. 개인적으로 가진 돈도 조금 있지만⋯⋯."

"꽤 많이 받았네? 그래도 가능한 한 돈을 남겨보자. 네 돈도 보존하는 게 좋아. 아무튼 당장 필요한 것은 교외학습에 입고 갈 옷이지."

어느새 10일 후로 다가온 당면 목표, 교외학습. 그때 입고 갈 옷을 제일 먼저 골라야 한다.

"네가 입었을 때 개인적으로 별로다~라고 생각했던 옷은 있었어?"

"아니, 없었어. 하지만 그중에 뭐가 좋으냐고 물어봐도 난 잘 몰라. 선택은 너한테 맡기고 싶은데."

"그래……."

토이로는 엄지와 검지 사이에 턱을 끼우고 한동안 생각에 잠기는 것 같았다.

"교외학습의 산이라는 배경과는 좀 안 어울리지만, 그래도 검정 스키니는 일단 사둘까? 어떤 패션에든 매치시킬 수 있고, 억지로 멋 부리려는 느낌 없이 자연스럽게 멋을 낼 수 있으니까. 그거 한 벌 사놓으면 절대로 후회는 안 할 거야. 다른 바지는 신발도 고려해야 하지만, 이 바지는 네가 가지고 있는 스니커즈랑도 어울릴 거야. 멋쟁이는 아니어도 안전한 패션이지."

"그렇구나. 예산도 고려한 거지? 신발까지 살 수는 없으니까……."

"응, 맞아. 작업바지도 멋있지만 이건 다음에 사기로 하고. 자, 그럼 상의는 두꺼운 흰색 면 티셔츠로 하자. 가슴 포켓이 달린 것. 900엔이니까 줄무늬도 살까? 다른 날 입으면 되니까."

"두꺼운 티셔츠가 좋은 거야?"

"그야 물론이지. 얇으면 남자라도 젖꼭지가 다 보이잖아?"

그런 말을 들으니 확실히 두꺼운 옷이 좋을 것 같았다. 내 젖꼭지가 보인다고 대체 누가 기뻐할까······.

"게다가 이건 넉넉한 실루엣의 면 티셔츠라서 여름에도 바람이 잘 통하니까 덥지는 않아. 땀 흘려도 티가 잘 안 나고. 나도 자주 턱인(tuck-in) 스타일로 입어. 아 그래, 맞다. 네가 이 옷을 사면 커플룩이네!"

"······턱인?"

"커플룩 말고 그쪽이 더 중요하니?! 옷자락을 바지나 치마 속에 넣어서 입는 스타일이야. 마치 배바지 입듯이. 너도 셔츠 앞자락만 속에 집어넣어서 입어봐. 그래도 귀여울걸?"

그렇구나. 그러고 보니 얼마 전에 데이트했을 때 토이로가 이 옷을 턱인 스타일인지 뭔지로 입고 왔었던 것 같다. 지갑에 넣어둔 스티커 사진에도 찍혀 있을 것이다.

······토이로와 커플룩을 입는다고.

뭐, 거기에 특별한 의미는 없고, 단순히 위장 커플의 연인 작업의 일환으로서 커플룩도 충분히 입을 수 있는 게 아닐까. 새삼스레 티셔츠를 내려다봤더니 뭐라 형용하기 어려운 간질간질한 느낌이 들긴 했어도.

실은 커플룩이라고 해봤자 흰색 무지 티셔츠일 뿐이지만!

그나저나 순조롭게 복장이 정해지고 있었다. 나는 가슴

이 좀 두근거렸다.

피팅룸을 나와 계산대로 향하면서 나는 입을 열었다.

"어, 이제는 모자가 필요하다고 했나──?" "자, 모처럼 여기까지 왔으니까──."

타이밍이 안 좋아서 토이로와 동시에 말하고 말았다. 토이로가 손을 내밀면서 '먼저 하시죠'라는 제스처를 해줬다.

"아니, 그냥. 이제는 자질구레한 것들을 보러 가야지~ 하고 생각해서. 모자 같은 것도 산다고 했지? 그리고 가방도. 그 외에는 또 뭐가 필요하지?"

"우와, 왜 이렇게 의욕이 넘쳐? 모든 것을 한꺼번에 찾으려고 할 필요는 없는데…… 저기, 휴식은 안 해도 돼?"

"괜찮아. ……나 자신이 얼마나 달라질 수 있을지, 좀 기대돼서 그래."

그 말에 토이로는 내 얼굴을 말똥말똥 쳐다봤다. 네가 그렇게 반응하니까 내가 왠지 부끄러워지잖아.

"그렇구나. 응, 그럼 모자를 고르러 가자! 3층에서 좀 비싼 검은색 야구 모자를 살까? 자질구레한 소품에 신경 쓰는 사람처럼 보이고 싶으니까. 그리고 백팩은 교외학습 당일에 내가 쓰는 스포츠 브랜드 백팩을 빌려줄게. 아, 아니다. 나는 새 가방을 샀으니까 그건 네가 가져도 돼."

"정말? 네가 그렇게까지 도와줄 필요는……."

"무슨 소리야. 난 여자 친구잖아."

"응, 임시!"

"오~ 그걸 강조하는 거야? 하지만 이미 마음만은 진짜 커플 같지 않아?"

토이로가 돌연 그런 말을 꺼냈다.

"진짜가 어떤지 모르니까. 잘 모르겠다."

내가 그렇게 대꾸하자, 토이로는 "그런가" 하고 헤실헤실 웃었다.

우리는 현재 임시 연인인데, 최근에는 예전보다 더 많이 함께 있게 되었다. 우리의 행동도 철저히 임시 관계를 유지하기 위해서라는 전제가 있긴 하지만, 어쨌든 하는 짓은 커플의 행동 그 자체였다. 실은 진짜 커플 같다는 착각에 빠질 듯한 순간이 있기도 하고, 없기도 하고. 그래서 이렇게 임시라는 관계를 이따금 강조하는 것이다.

"자, 정했으면 빨리 사 와."

토이로의 재촉을 받고 나는 계산대에 줄을 섰다. 기다리는 동안에 토이로는 자기 옷을 구경할 거라면서 떠났다.

토이로의 뒷모습을 보면서 문득 떠올렸다. 아까 토이로도 무슨 말을 하려고 하지 않았나? 그런데 결국 말을 안 했다는 것은, 별로 중요한 용건은 아니었다는 뜻일까.

잠시 생각을 해봤지만, 특별히 중요한 용건은 떠올리지 못했고…….

어느새 내 머릿속은 새 옷을 입은 내 모습으로 가득 차버렸다.

욕실에서 세수할 때 비누 말고 다른 세안제가 존재한다는 것도, 왁스에 이렇게 다양한 종류가 있다는 것도, 나는 전혀 몰랐다.

학교에서 돌아가는 길에 나는 토이로와 함께 드러그스토어에 갔다. 필요한 케어 용품을 마련하기 위해서였다. 어떤 제품을 사면 좋을지는 자주적으로 인터넷을 통해 검색해보긴 했는데, 막상 현지에 가서 살펴보니 종류가 너무 많았고 가격도 천차만별이라 무엇을 사면 좋을지 알 수가 없어서……. 결국 토이로에게 부탁해 조언을 받으면서 장바구니에 물건을 집어넣었다.

왁스는 토이로가 나의 개조 계획을 위해 점찍어뒀던 물건이 있었나 보다. 그래서 그것을 샀고. 내 조사에 의하면 향수가 필수 아이템이었는데, 향수는 안 좋아하는 사람도 있다면서 토이로가 말렸기 때문에 그 대신 추천받은 땀 억제 스프레이를 선택했다.

"아, 맞다. 실은 편의점에서 잡지도 샀는데, 이해가 안 가는 것투성이였어……."

드러그스토어에서 나오면서 나는 옆에 있는 토이로에게

말을 걸었다.

"응? 잡지?"

"참고 문헌으로 헤어스타일 책을 사봤는데. 다들 그런 머리 모양을 어떻게 만드는 걸까. 일단 공통적으로 왁스를 사용하는 것 같던데……."

내 말에 토이로는 "아—" 하고 소리를 길게 끌면서 눈살을 찌푸렸다.

"그런 것은 실제로 해보기 전에는 모를 거라고 생각해. 이번 주 토요일에 너에게 어울리는 머리 모양을 세팅해줄게. 저기, 실은 처음부터 내가 가르쳐줄 예정이었어."

"정말? 다행이다……."

내가 솔직하게 말하자, 토이로는 살짝 콧김을 불었다.

"마사이치. 아무래도 의욕이 좀 과한 것 같은데? 그렇게 어깨에 힘주고 애쓸 필요 없거든?"

"아냐, 괜찮아. 난 그냥 잡지나 좀 사고, SNS에서 잘나가는 것 같은 계정을 체크하는 게 다야."

"굳이 학교에서의 위치를 바꿀 필요는 없어. 복장이나 분위기를 통해 '저 녀석, 실은 센스 있는 거 아냐?'란 인식을 심어주면, 학교에서 아싸처럼 혼자 있어도 '어두운 녀석'이 아니라 '쿨한 녀석'이라고 평가받게 될 거야. 그러니까 좀 더 마음 편하게 하자, 응?"

"그렇구나. 쿨한 녀석이라고……."

좋다. 쿨하고 영리한 인간.

교실 창가의 맨 뒷자리에서 항상 누구와도 교류하지 않고 홀로 지내는 남자 고등학생. 결코 성격이 어두운 아싸는 아니고, 언제나 냉정하고 주변 사람들보다 좀 어른스러워서 약간 가까이 다가가기 어려운 분위기를 지니고 있다. 기본적으로 졸려 보이는 것도 포인트이다. 그런데 실제로 대화를 나눠보면 의외로 평범하고 사귀기 쉬운 사람이고.

단, 그 남자의 숨겨진 정체는 매일 밤 암흑가에서 활약하는 정보원이다.

나는 그런 캐릭터가 되고 싶다──라고 하는 거, 맞지?

                            *

교외학습이 다음 주로 다가와 교실의 분위기가 묘하게 들떠 있는 금요일.

그날 6교시 홈룸 시간에 사건이 발생했다.

"어─, 이번 교외학습은 새로 들어온 1학년생들의 친목을 다지기 위해 개최되는 이벤트이다. 학급 내에서도 평소에 이야기를 못 해본 친구와 꼭 친해지기를 바란다. 그래서 그 교외학습의 조 편성은 제비뽑기로 하려고 한다."

담임인 젊은 체육 교사──마스츠루 선생님의 그 한마디에 교실 전체가 순식간에 시끄러워졌다.

입학한 지 약 3개월이 지난 현재. 학급 내에서는 여러 그룹이 거의 확립되어 있었다. 당연히 이번 교외학습에서도 모두들 그 그룹의 사이좋은 멤버들끼리 함께 행동할 거라고 생각했었다.

그런데 눈치 없는 담임선생님이.

"내가 밤새워 제비를 만들어 왔으니까! 다들 감사하는 마음으로 뽑아라, 알았지—?"

그런 발언을 했다.

학생들은 선생님에 대한 분노와, 친한 친구와 떨어지게 된다는 불안감과 잘 모르는 사람과 같이 행동해야 한다는 당혹감 때문에 패닉 상태에 빠졌다.

이 와중에 태산과도 같이 가만히 상황을 관찰하고 있는 사람도 있었으니, 바로 잘 훈련된 아싸들이었다. 아싸는 처음부터 어디에도 소속되지 않았다. 이런 상황에서 동요할 이유가 없는 것이다.

실은 나도 그쪽 부류에 속해야 하는데…….

"……큰일 났네."

나는 조그맣게 중얼거리면서 힐끔 토이로를 봤다.

그날 개조 계획을 수행하기 위해 나는 토이로와 같이 행동할 예정이었다. 둘이서 도시락을 먹으면서 주변 사람들에게 커플이란 사실을 과시하려는 작전이었다.

아니, 저기요. 조 편성이 있다는 이야기는 금시초문인데요…….

그런 불평 한마디가 입에서 튀어나올 뻔했지만, 혼자 구시렁거려봤자 아무 소용도 없었다. 벌써 복도 쪽에 앉아 있는 사람들부터 차례대로 제비를 뽑기 시작했다. 나도 무거운 엉덩이를 들어 교단으로 이동했다.

"토이로, 넌 뭐야—? B조? 우와—, 충격. 난 F조인데—."

그런 목소리가 등 뒤에서 들려왔다.

토이로는 B조인가 보다. 그렇다면 나는——제비를 펼쳐봤더니, 그 종이에는 볼펜으로 휘갈겨 쓴 C라는 글자가 있었다.

……꽝이다.

내가 제자리로 돌아와 조용히 한숨을 쉬자, 옆에서 사루가야가 다가왔다.

"어이구, 표정이 왜 이리 어둡습니까. 마사이치 나리. 짐작컨대 사랑하는 여인과 다른 조가 되어버린 것 같습니다만?"

"아니야. 그 후에는 '귀찮은 놈이 시비 걸러 왔구나'란 표정으로 바뀌었을 거야."

"우와, 난감하네. 절친을 폭탄처럼 취급하다니. 어, 아무튼 이번에는 도와주지도 못할 것 같으니까. 그냥 귀찮은 짐 덩어리 취급도 순순히 받아들일 수밖에 없겠네."

그렇게 말하더니 사루가야는 주위를 힐끔 둘러봤다.

왜 저러지? 하고 나도 시끌시끌한 교실 안을 살펴봤다. 그랬더니 제비를 가지고 있는 학생들이 자리에 앉지 않고 교실 안에서 어슬렁어슬렁 돌아다니고 있었다.

"친한 친구들끼리 한 조가 되고 싶은 애들이 제비를 교환하러 돌아다니고 있는 거야. 그래서 서로 이동하고 싶은 조의 제비끼리 거래를 하면 다행인데, 어떤 녀석들은 점심밥을 대가로 거래하는 경우도 있어."

세상에, 어느새 그런 뒷거래가 주위에서 이루어지고 있었을 줄이야. 교단을 돌아봤더니 이미 제비를 다 나눠준 마스쓰루가 만족스럽게 제비뽑기 상자를 접고 있었다. 이봐요, 당신네 반이 지금 무법 지대가 됐다고요.

"뭐, 그런 식으로 제비 교환이 암묵적으로 이루어지고 있는데. 그래도 이번에는 너를 도와주기는 어려울 것 같아."

사루가야가 그렇게 말을 잇더니 턱짓으로 교실 뒤편을 가리켰다. 나도 힐끗 그쪽의 상황을 확인해봤다.

"토이로! 우리 같은 조가 됐어ㅡ. 제비를 교환해 달라고 했거든!"

"나도, 나도. 같이 자연을 만끽하자!"

"아, 그런데 토이로네 조의 제비는, 저쪽 남자애가 점심밥 두 끼랑 맞바꿔서 팔더라."

"아ㅡ 나도 그런 소리 들었어. 진짜 쩨쩨하지? 뭐, 그래도 샀지만."

여자애들 여러 명이 토이로를 둘러싸고 열심히 이야기하고 있었다. 그것만 들어도 상황은 어느 정도 알 수 있었다. 토이로네 조의 제비는 마치 인기 아티스트의 공연 티켓만큼이나 경쟁률이 높아진 것 같았다. 그래서 프리미엄을 붙인 뒷거래가 활발하게 이루어지고 있는 모양이다.

토이로는 눈꼬리가 밑으로 내려간 애매한 미소를 지으며 대응하고 있었다. 아, 저건 난처해하는 표정이다…….

"네가 도와주지 못한다고 말한 이유를 알 것 같다."

나는 이 교외학습 조 편성 사건을 외면하듯이 고개를 돌려 사루가야를 똑바로 봤다. 그러고 보니 결과적으로는 실패했지만, 이 녀석은 일단 나를 도와주려고 했었나 보다. 그 점에 관해서는 속으로 감사했다.

"어휴~ 진짜 난리도 아니야. 하지만 마사이치, 꼭 나쁜 소식만 있는 건 아니거든?"

그러면서 사루가야는 일부러 뜸을 들이며 이쪽을 보고 히죽히죽 웃었다.

"응? 뭔데, 여기서 좋은 소식이 있어?"

나는 수상쩍게 여기면서 사루가야에게 물어봤다.

"야, 너도 들으면 놀랄걸? 그게 말이죠~ 마사이치와 내가 둘 다 C조입니다! 잘 부탁한다. 지루한 이동 시간에 신나게 애니메이션 이야기를 하자."

"아——……. 그 '좋은 소식'이라는 거, '아무래도 좋은 소식'

이었구나."

"너무한 거 아냐?!"

매몰차게 대하는 것은 당연히 장난이었다. 그것은 사루가야도 알고 있어서 "자네, 그건 좀 아니지 않아?" 하고 웃으며 핀잔을 줬다.

솔직히 말해서 조금이라도 대화할 수 있는 상대가 있다는 것은 기뻤다. 없으면 없는 대로 괜찮지만…….

제일 좋은 것은 토이로와 한 조가 되는 것이었는데 이번에는 어쩔 수 없었다. 작전을 변경할지 토이로와 상의해봐야겠다.

시끄러웠던 교실도 차츰 조용해지기 시작했다.

"같은 제비를 가진 친구가 누구인지 미리 확인해둬라—" 하고 마스츠루가 말꼬리를 길게 끌면서 말했다.

이리하여 1학년 1반 조 편성 사건은 종식되는 것 같았다.

그러나 나에게는 조 편성 사건의 후속편이 남아 있었다—.

*

그날 방과 후, 나는 담당 구역인 안뜰 청소를 마치고 집에 갈 준비를 하려고 교실로 향했다.

벌써 일부 동아리에서는 활동이 시작됐나 보다. 취주악

부가 악기를 연주하는 소리, 야구부가 달리기하면서 내는 목소리가 열린 창문을 통해 들려왔다. 방과 후의 BGM이었다.

복도를 걷다 보니 많은 학생과 스쳐 지나갔다. 동아리 활동을 하러 가는 사람, 집으로 돌아가는 사람. 그 소년들과 소녀들의 대화 소리로 떠들썩해진 공간에서 나는 역류하는 것처럼 교실로 서둘러 걸어갔다.

"저기."

"…………."

"저기, 잠깐만."

"…………."

"야, 무시하지 마."

"…………."

"뭐, 뭐야, 왜 이렇게 철저히 무시해? 이봐, 마조노!"

어, 나?

깜짝 놀라 뒤를 돌아봤더니 그곳에는 토이로의 친구인 나카소네 우라라가 서 있었다. 가지런히 자른 금빛 앞머리 밑에서, 당혹스러운 듯이 흔들리고 있는 커다란 눈동자가 나를 바라보고 있었다.

처음부터 나카소네의 목소리는 알아들었다. 그러나 평소에 학교에서 토이로 말고 딴 여자가 나에게 말을 건 적이 없으므로, 설마 자신에게 말을 거는 줄은 몰랐다.

"으, 응. 왜?"

그런데 토이로가 없을 때 나카소네가 나에게 말을 거는 이유가 뭔지도 알 수 없었다.

"할 말이 있으니까 따라와."

그러더니 나카소네는 내 대답을 기다리지 않고 제멋대로 걷기 시작했다.

뭐지…….

왠지 무척 불길한 예감이 들었다. 저기요, 세이브 지점은 어디인가요……?

그런 내 심경에는 아랑곳하지도 않고 나카소네는 성큼성큼 걸음을 옮겼다. 혹시 안 들키지 않을까? 하고 시험 삼아 가만히 서 있었더니, 나카소네가 이쪽을 휙 돌아보며 날카롭게 쏘아봤다. 등에 눈이라도 달려 있나?

하는 수 없이 5m쯤 거리를 두고 나도 그 뒤를 따라갔다.

이윽고 도착한 곳은 우리 교실이 있는 3층의 동쪽 계단이었다. 이 시간에 학생들은 대부분 서쪽에 있는 승강구로 향하기 때문에 이 근처에는 사람이 별로 없었다. 거기서 멈춰 선 나카소네가 빙글 돌아서자, 우리는 마주 보게 되었다.

왜 이런 곳에 왔을까? 앗, 큰일 났다. 일부러 여기까지 유인한 건가?

함정일지도 몰라! 하고 주위를 두리번두리번 둘러봤지만 화살이 날아오지도 않았고, 물론 숨어 있었던 적들이 나를 포위하지도 않았다. 만화 속 세계였다면 엄청난 위기였을 텐데 현실이라서 살았다──고 생각했는데, 실은 그렇지도 않았다.

"야, 너. 정말로 토이로랑 사귀는 거 맞아?"

나보다 키가 작은데도 강한 압력을 발산하면서 나카소네가 한 발짝 이쪽으로 다가왔다. 팔을 뻗으면 서로에게 닿을 정도로 우리 사이가 가까워졌다.

"그, 그거야, 당연하지. 토이로한테서도 그건 들었잖아?"

한 걸음 뒤로 물러나면서 나는 그렇게 되물었다. 또 그 이야기야? 하고 무심코 새어 나올 뻔한 한숨을 목구멍 속으로 꾹 밀어 넣었다.

"들었지. 들었는데…… 그거, 진심이야?"

"진심이냐고? 아니, 그럼 우리의 이 뜨거운 관계를 그 외에 무슨 말로 표현하라는 거야?! 난감하네──라고 하면 돼?"

"정말 싫다."

짧은 말로 일축을 당했다. 하긴, 방금 그 말투는 내가 잘못했지.

그런데 아무리 '사귄다'고 평범하게 계속 주장해봤자 나카소네는 믿어주지 않는 것이다.

대체 왜 이러는 걸까. 내가 생각에 잠겨 있는데, 나카소네가 입을 열었다.

"만약에 너희가 정말로 사귄다면—."

나카소네는 잠깐 뜸을 들이더니 나를 똑바로 응시했다.

"진짜로 네가, 토이로를 행복하게 해줄 수 있어?"

쿵. 뇌의 안쪽에서 고동 소리가 들려왔다. 손발이 저릿저릿 미세하게 마비되는 듯한 감각을 느꼈다. 그 말은 몇 번을 들어도 매번 무겁게 내 가슴을 짓누르는 것이었다.

"할 수 있어? 그럼 그걸 증명해봐."

"증명? 나카소네. 네가 왜 그런 것에 신경 쓰는데?"

나는 그렇게 되물었다. 어째서 나카소네는 이 정도로 심하게 나에게 덤벼드는 걸까.

"그건…… 토이로가 내 친구이자, 내…… 동경의 대상이니까……."

"……동경의 대상이라고?"

방금까지 기세등등했던 태도와는 정반대로 조그맣게 중얼거리는 그 목소리. 나카소네는 마치 마음속에 숨겨뒀던 감정을 힘겹게 토해내는 것 같아서……, 이렇게 솔직한 말을 들을 줄 몰랐던 나는 의외라서 눈을 좀 크게 떴다.

동경의 대상.

그러고 보니 얼마 전에도 그런 말을 했었는데, 그게 도대체 무슨 뜻일까.

"토이로는 모든 사람의 중심이고, 언제나 환하게 빛나고, 얼굴도 엄청 예쁘고, 진짜로 반짝반짝한 여자애였어.

게다가 착하기도 하고…….."

나카소네는 서서히 고개를 숙였다. 그 표정이 머리카락에 가려져 안 보이게 되었다.

"난 중학교 시절에 이쪽으로 전학을 왔는데. 처음에는 친구도 없는 외톨이였어. 하기야 내 성격이 이러니까 남들도 접근하기 어려웠을 테지. 그런데 그때 같은 반이었던 토이로가 나에게 말을 걸어줬어. 친구가 되자고 해줬어. 돌이켜보면 그 애는 누구에게나 허물없이 말을 거는 타입이었으니까, 나에게 다가왔던 것도 전혀 특별한 일은 아니었을지도 모르지만. 그래도 그때 나는 기뻤어."

나는 조용히 맞장구를 쳤다.

"토이로의 행동을 흉내 내서, 전학을 온 학교에서도 조금씩 친구를 사귀게 되었어. 하지만 내가 토이로를 모델로 삼고 있는 것과는 달리, 토이로는 천성적으로 귀엽고 천진난만하고 모두에게 사랑받는 사람이었어. 그러니까 역시 그 애는 영원히 나의 동경의 대상인 거야. 계속 옆에서 지켜보고 싶고, 그 아이에 관해서는 뭐든지 다 알고 싶어. 전부 알고 싶다고."

"…………."

"그런데 최근에 네가 끼어든 다음부터는, 모두 토이로를 이상한 애 보듯이 바라보기 시작했어. 왜 스스로 자신의 가치를 깎는 짓을 하는 걸까? 솔직히 말해서 난 싫었어.

235

계속 동경의 대상으로 남아주기를 바랐어."

나카소네는 눈을 들어 나를 노려봤다.

"그런데 심지어 행복하게 해주지도 못한다고? 그럼 토이로에게 접근하지 말아줘."

그렇구나. 이야기를 들어보니 확실히 나카소네도 자기 나름의 생각이 있어서 나에게 시비를 걸었다는 것은 알 수 있었다.

나카소네도 토이로를 소중히 여기는 사람 중 하나인데, 아무래도 내가 그녀를 걱정하게 만들었던 모양이다.

그런데 참 직설적인 녀석이구나. 나는 그런 생각을 하면서 허리를 쭉 폈다.

"우선 하나 말하고 싶은 것은, 나카소네, 너도 알 테지만…… 단순히 나와 사귄다고 해서 그 녀석의 가치가 떨어지지는 않아. 쿠루미 토이로는 그렇게 하찮은 여자가 아니야."

내가 반박을 한 것이 의외였는지, 나카소네는 한순간 눈을 깜빡거렸다.

"그, 그건, 당연하잖아? 토이로의 평판이 너 같은 녀석 때문에 나빠질 리 없어."

"맞아. 그런데 반대로 나의 존재 덕분에 조금이라도 그 평판이 더 좋아진다면……. 지금 나는 그런 생각을 하면서 노력하고 있어."

똑바로 나카소네의 눈을 바라보면서 이야기했다. 이번에는 그 눈이 놀란 것처럼 커졌다.

"너도, 노력하고 있다고?"

그 말을 듣고 비로소 깨달았다. 의도한 것은 아니었지만, 실은 나카소네도 토이로 때문에 스스로 변하게 된 사람 중 하나였다. 뜻밖의 공통점이었다.

"응. 절찬 진행 중이야."

내가 그렇게 대답하자, 나카소네는 "그렇구나……" 하고 눈을 가늘게 뜨더니 천천히 내 온몸을 눈으로 훑었다.

"……그래, 아무튼 내가 하고 싶었던 이야기는 이거였어. 너에게 딱 하나만 말해둘게. 절대로 그 애를 슬프게 하지는 마."

그 음성은 좀 전에 비하면 아주 조금 따뜻해진 것 같았다.

나를 용인해준 걸까.

내가 "알았어"라고 대답하자, 나카소네는 휴 하고 한숨을 쉬었다.

"뭐, 애초에 그 애가 선택한 상대라면 인정할 수밖에 없지만. 너라면 바람도 안 피울 것 같으니까 아슬아슬하게 합격점인가. 하긴, 그렇게 예쁜 여자 친구가 있으면 당연히 사랑도 '잇토'일 수밖에 없지."

"……잇토*?"

---

*일본에서는 'it'을 '잇토'라고 발음한다.

잠깐만. 이제야 좀 차분하게 대화하게 된 줄 알았는데, 그 말을 전혀 이해할 수 없었다.

"잇토가 뭐야?"

"응? 잇토는 당연히 잇토지. 뭔 소리 하는 거야?"

"아니, 갑자기 영어 쓰지 마. 잘난 척하는 거야?"

나야말로 뭔 소리 하는 거냐고 물어보고 싶었다. What is it?

"아니, 영어 아닌데. 잇토 말이야. 스티커 사진 같은 데에 자주 쓰는 그거, 알잖아?"

"남의 스티커 사진은 구경할 일이 없는 인생이라서……."

내가 고개를 갸웃거리자, 나카소네는 검지를 날카롭게 세우더니 허공에 글자를 쓰기 시작했다. 아마도 한자 같았다. 반대쪽에서 보니 알 수가 없어서 나카소네 옆으로 이동해 가까스로 그 한자를 읽었다. 어

"아, 혹시. '일도(一途)'를 그렇게 읽은 거야?! 이런 경우에는 '한결같다'라는 뜻이니까 '이치즈'라고 읽어야 해!"

"뭐라고?!"

나카소네는 정확한 한자 읽는 법을 몰랐나 보다.

부끄러워서 그런지 그녀의 뺨부터 귀까지가 순식간에 빨갛게 변해버렸다.

"뭐 어때, 어차피 똑같은 거잖아!"

"아니, 똑같진 않지. 상대가 그 의미를 이해하지 못한 시

점에서 치명적으로……."

"아, 시끄러워!"

앗, 화났다.

전에도 속담의 뜻을 잘못 알고 있었으니까. 나카소네는 실은 똑똑한 녀석은 아닌가 보다. 이 정도면 '일기일회(一期一會)'도 '잇키잇카이'라고 음독을 해버리는 게 아닐까? ……옛날의 내가 그랬듯이.

"아무튼! 지금은 그게 중요한 게 아니라! 자, 이거 받아."

그렇게 대충 얼버무리듯이 말하더니 나카소네는 주머니 속에서 뭔가를 꺼냈다. 손가락 사이에 끼워진 그것은 오늘 홈룸 시간에 사용됐던 조 편성 제비였다.

"그게 뭐야?"

내가 물어보자, 나카소네는 그 제비를 나에게 건네줬다.

"B조 제비. 토이로와 같은 조야. 네가 뽑은 걸로 해둬."

"뭐? 그, 그래도 돼?"

도대체 왜 이러는 걸까. 일단 설명을 들어보려고 그 손을 밀어냈는데, 상대가 억지로 제비를 나에게 넘겨줬다.

"이건 카에데가 뽑은 제비야. 그런데 걔는 당일에는 2반의 카스카베와 같이 놀려고 하는 것 같아서. 양보해 달라고 했어. 어차피 다른 조가 되어도, 각 반이 단체로 이동할 때는 우리랑 같이 다닐 테니까. 애초에 나도 토이로하고는 다른 조이지만 같이 행동할 생각이거든. 솔직히 말해서 조는 아무 상관도 없어."

그것은 충격적인 발언이었다. 아무래도 인싸들에게 이조 편성이란 것은 있으나 마나 한 것이었나 보다. 그러나 나는 자기 조를 무시하고 여자들이 모여 있는 토이로네 조에 놀러 갈 용기는 없었으므로, 이렇게 제비를 받는 것은 큰 도움이 되었다.

"고마워……."

"됐어. 걔가 난처해서 그런 거니까. 제비를 뽑을 때 걔가 자꾸만 너를 훔쳐보고 있더라. 한 조가 되고 싶어 하는 것 같았어."

"그래? 넌 토이로를 참 소중히 여기는구나."

"당연한 거 아냐?!"

나카소네가 망설임 없이 긍정하면서 대답했다.

토이로에게 강한 동경심과 특별한 감정을 품고 있는 나카소네는 토이로를 위해서라면 뭐든지 해주고 싶어 하는 것 같았다. 정말로 소중히 여기는 것이리라.

——어쩌면 그 감정이 폭주하기 직전인 것 같기도 한데. 기분 탓인가?

저번에 토이로, 사루가야까지 포함해 넷이서 같이 점심을 먹었을 때가 생각났다. 그때 나카소네는 퀴즈라고 하면서 이것저것 물어봤는데, 돌이켜보면 그 질문은 꽤 깊이 사생활에 파고드는 것이었다.

퀴즈를 내는 척하면서 토이로에 관해 이것저것 알아내고 싶었던 게 아닐까……?

『그 아이에 관해서는 뭐든지 다 알고 싶어. 전부 알고 싶다고.』

좀 전에 들었던 그 말이 머릿속에서 재생되었다.

나카소네 우라라. 별로 똑똑하진 않은 날라리이자 토이로의 친구. 그런데 그 정체는 토이로의 열성팬. 요주의 인물로 기억해두는 편이 좋을지도 모른다.

"나 간다. 그 애를 잘 부탁해."

그러더니 볼일은 다 봤다는 듯이 나카소네는 내 곁을 떠났다.

실은 가슴이 두근거렸다. 오해를 풀기 위해 한마디 덧붙이자면 결코 사랑이나 연애 감정 같은 것은 아니고, 단지 서열 상위인 날라리에게 인정받았다는 것이 기묘한 흥분으로 변해 내 가슴속에서 폭발하고 있었던 것이다. 스스로 생각해봐도 한심한 일이지만…….

나카소네도 이제 교실로 돌아가려나 보다. 같은 방향으로 걸어가기도 좀 그래서 나는 일단 화장실로 대피하기로 했다. 남자 화장실에 들어가서 칸막이 문에 기대어 한숨을 쉬었다. 손에 쥐고 있던 B 제비를 펼쳐 잠시 들여다봤다.

당장 그 사람에게 맨 처음으로 이 마음을 전하고 싶었다.

──사루가야, 미안해. 나 다른 조가 됐어.

여자는 얼마든지 변신할 수 있다. 화장, 패션, 또는 성형. 이것은 언젠가 TV 프로그램에서 어느 연예인이 했던 말이다. 예쁘다, 멋있다, 이런 것은 만들어낼 수 있으니까 노력을 하면 할수록 자신을 바꿀 수 있다. 지금 당장 행동해라! ······등등.

남자인 나하고는 상관없는 이야기라고 생각했는데······.

"자, 완성! 이거 봐, 봐, 괜찮지 않아?"

토이로가 등 뒤에서 내 양어깨에 가볍게 손을 올려놨다. 나는 거울 속의 자신과 마주 봤다. 오른쪽을 보고, 왼쪽을 보고, 다시 정면을 보고. 헤어스타일, 또 얼굴과의 조화를 체크해봤다. 그리하여 내가 얼마나 딴사람처럼 달라졌는지 확인하고 저절로 감탄하여 탄성을 발하고 말았다.

토요일 낮. 웬일로 일찍부터 우리 집에 온 토이로가 나를 욕실로 데려가서 헤어스타일을 세팅해주고 있었다.

"우와, 진짜로 다르다. 왁스를 바른다고 했을 때는, 뾰족뾰족 고슴도치 머리가 될까 봐 불안했는데."

참고 문헌으로 구입했던 잡지에 실려 있는 모델의 헤어스타일과 거의 흡사해 보였다.

"왁스를 바른다고 꼭 뾰족뾰족해지는 것은 아니야. 그런 이미지를 떠올리는 것도 이해는 하는데. 마사이치, 너에게는 이런 헤어스타일이 어울릴 것 같다고 쭉 생각했었어. 구상 10년, 제작 10분. 오케이?"

"내 헤어스타일을 엄청 오래 묵혀놨구나?!"

내가 지적하자, 토이로는 기쁜 것처럼 방긋 웃었다.

"그런데 있잖아, 진짜로 잘 어울릴 거라고 생각했어. 네 머리카락은 직모이지만 부드러우니까 자연스럽게 띄워서 부풀려주고. 적당히 흐트러지게 모아주면서도, 또 너무 지저분해서 칠칠치 못한 느낌은 들지 않도록. 그래도 머리카락 끝은 역동적으로 세팅해서 확실하게 센스를 보여주려고 해봤어―. 자연스러움을 살리는 이 왁스도 상당히 쓰기 편했어. 후후, 내가 생각해봐도 완벽한 계획과 일처리야!"

토이로가 미세하게 정돈하려는 것처럼 내 머리카락을 조금씩 붙잡아 움직이면서 말했다.

"손가락 사이에도 왁스를 잘 발라서 처음에는 전체적으로 만진다. 맞지?"

좀 전에 토이로가 설명해준 왁스 사용법을 나는 복습하기 위해 반복해서 말했다.

"응, 맞아. 물을 약간 섞으면서 잘 풀어주고. 그런데 그 전에 드라이기로 미리 머리를 가능한 한 세팅해두는 것이 좋아. 그것을 나중에 왁스로 다듬어주는 방식이 좋을 거라고 생각해. 전에 커트를 했을 때, 그냥 말리기만 해도 살짝 볼륨감이 살아나도록 머리를 빗어놨거든. 모자를 써서 머리가 납작해졌을 때도 손가락으로 볼륨 조정을 해주면 괜찮을 거야."

토이로는 정말로 예전부터 내 헤어스타일을 상상했었던 모양이다. 나와 게임 같은 것을 하고 놀면서도, 그런 관점도 아울러 가지고 있었다니. 중학교 시절에 진짜로 열심히 공부해서 성장했나 보다.

아직도 내 방에서 게으르게 노는 토이로와의 갭 때문에 당황하는 경우도 있지만…….

"왁스랑 같이 샀던 세안제는 잘 사용하고 있니?"

토이로의 질문에 나는 생각을 중단했다.

"사용하고 있어. 네가 시킨 대로 아침저녁으로. 그건 여드름 예방 효과도 있지?"

"응, 맞아. 얼굴에 여드름이 있으면 눈에 띄고, 애초에 피지가 심한 피부는 별로 보기 좋지 않거든. 콧기름 같은 것도 좀 반들반들해진다 싶으면 기름종이로 닦아줘야 해."

"아, 오케이. 알았어."

이번 작전에 관해서는 토이로에게 하나부터 열까지 전적으로 신세를 지고 있었다. 진짜 토이로 덕분에 살았다.

"고마워. 여러모로."

나는 세면대 앞에서 토이로를 돌아보면서 인사를 했다.

"어휴, 아뇨, 천만에요. 그런데 문제는 당일 아침에는 내가 세팅을 도와줄 수 없다는 거야. 네가 열심히 기억해야 해."

"응. 어떻게든 할 수 있을 것 같아. 내일 또 혼자서 세팅을 해볼게."

교외학습은 어느새 며칠 후로 다가왔다. 이 헤어스타일은 내 사복 차림과 함께 공개하고 싶으니까, 연습하려면 마지막 일요일인 내일 해야 할 것이다.

"그래, 또 궁금한 것이 있으면 물어봐. ……그럼 오늘은 이제 어쩔래? 아직 점심때니까 밤이 되려면 멀었는데!"

토이로가 신이 난 목소리로 나에게 이야기했다.

"게임이라도 할래? 그럼 그 전에 과자 사러 가자! 모처럼 쉬는 날이니까, 차분히 자리를 잡고——."

그렇게 말을 잇는 토이로에게 나는 또 하나의 부탁을 해봤다.

"저기, 괜찮으면 지금부터 데이트하지 않을래?"

"뭐엇?! 데, 데이트?"

완벽하게 얼빠진 목소리였다. 동그랗게 뜬 그녀의 눈동자가 즉시 의심을 품은 것처럼 날카롭게 가늘어졌다.

"잠깐만, 연인 작업이란 측면에서 지금 그 태도는 이상하지 않아? 남자 친구가 여자 친구에게 데이트를 신청하는 것은 일반적인 일이잖아?"

"일반적인 커플이라면 그 데이트 신청에 숨겨진 의도가

있으면 안 되지. 마사이치. 도대체 무슨 속셈이야?"

토이로가 팔짱을 끼고 '자, 어서 자백해'라고 하는 것처럼 턱짓으로 나를 재촉했다.

"아니, 뭐 거창한 것은 아니고. 이왕 이렇게 네가 머리도 세팅해줬으니까, 잠깐 밖에 나가볼까? 하는 생각이 들어서. 그리고 다시 태어난 모습으로 막상 너와 함께 남들 앞에 나서면 긴장할 것 같으니까…… 요컨대 테스트 플레이를 해보고 싶다는 거야."

중요한 무대를 앞두고 딱 한 번이라도 좋으니까 새로운 모습으로 밖에 나가보고 싶었다. 자신이 주변 사람들에게 어떤 모습으로 인식될지 가볍게 시험해보고 싶었다. 그와 동시에 결전의 날까지 가능한 한 그 감각에 적응하고 싶었다.

토이로도 오늘은 휴일 낮이라 평소의 트레이닝복이 아니라, 7부 소매 셔츠와 데님 멜빵바지라는 캐주얼한 사복을 입고 있었다. 이 정도면 당장 외출할 수 있을 것이다.

"그렇구나……."

토이로는 조그맣게 중얼거리면서 잠시 생각에 잠기는 것 같았다.

"데이트를 하는 것은 좋은데. 마사이치, 너 너무 무리하는 거 아냐? 최근에 오타쿠 활동은 거의 못 했잖아? 오늘 하루 정도는 쉬어도 된다고 생각하는데……?"

"고마워. 하지만 그건 걱정할 필요 없어. 내가 하고 싶어서 하는 거니까."

"그래……?"

토이로는 손가락 사이에 턱을 끼우고 다시 한번 고민했지만, 곧 고개를 들고 내 얼굴을 쳐다봤다.

"좋아, 알았어! 데이트하러 가자! 나도 좀 더 너에게 조언해주고 싶은 것이 있고. 일찍 일어난 덕분에 아직은 시간도 좀 있으니까."

"응, 땡큐."

계획이 정해지자 우리 둘은 준비를 하려고 내 방으로 돌아갔다. 그러는 도중에도 토이로는 휴일인데 수면 부족이라고 중얼거렸다. 휴일인데 토이로답지 않게 일찍 일어났기 때문인지, 아까부터 틈틈이 수면이 부족하다는 사실을 강조하고 있었다.

오늘 토이로는 정오가 훨씬 넘어서 우리 집에 왔는데…….

나는 속으로 그렇게 생각했지만, 모처럼 좋아진 이 분위기에 찬물을 끼얹기도 미안해서 직접 말은 안 하고 묵묵히 준비를 시작했다.

*

데이트 테스트 플레이를 하자고 한 것까지는 좋았는데,

구체적으로 어디에 갈지는 정하지 않았다. 그래서 일단 나와 토이로는 각종 오락 시설이 대부분 갖춰져 있는 역 앞으로 가기로 했다.

구름 한 점 없이 쾌청한 날씨였다. 걷기만 해도 등에서 땀이 배어 나왔다. 저번에 산 야구 모자의 챙을 살짝 들어 올리고 나는 눈부신 하늘을 쏘아봤다.

계절이 한여름으로 변해가면서 태양의 힘이 조금씩 강해지는 것 같았다. 이제 슬슬 열사병 대책이 어쩌고저쩌고 하면서 시끄럽게 떠드는 시기가 올 것이다. 그런데 최근에는 여름 더위가 해마다 점점 더 심해지는 것 같지 않나? 머지않아 이 맑은 날씨를 단순히 '좋은 날씨'라고 표현하지 못하게 되는 날도 올 것 같았다.

"자, 그럼 어디로 갈까. 이렇게 더우면 실내가 좋을 텐데……."

이대로 쭉 걸어가면 평소에도 다니던 그 쇼핑몰에 도착해버릴 것이다.

하지만 이왕이면 평소와는 좀 다른 일을 해보고 싶은데…….

지금은 토요일 낮이기도 해서 역 앞 광장에는 사람들이 우글우글 모여 있었다. 우리는 혼잡한 인파를 피해 가까운 편의점 차양 밑으로 도망갔다.

"인싸들은 평소에 어디서 놀아?"

사회적으로는 현역 인싸로 활동하고 계시는 토이로 선배님에게 나는 질문을 던졌다.

"으음―, 주로 쇼핑하거나 카페에 가서 노는데, 푸드 코트 같은 데서 수다를 떨기도 해. 사람이 많을 때는 볼링장이나 노래방에 갈 때도 있고?"

"그렇구나. 볼링은 쳐본 적이 없고, 노래방은 왠지 싫어. 뭐든지 좋으니까 한 곡 불러! 하고 강요당해서, 마니아들만 아는 애니메이션 노래를 불렀다가 좌중을 경악하게 만들 것 같거든."

"뭐가 그렇게 구체적이야?!"

문득 생각난 것은 내가 드물게도 참가했던 중학교 2학년 때의 학교 축제 뒤풀이였다. 그때는 밥을 먹고 나서 다 함께 역으로 걸어가고 있었는데, 이대로 해산할 줄 알았더니 의외로 도착한 곳은 노래방이었다. 어느새 2차가 결정되었는지 거기서 빠져나갈 수 있는 분위기도 아니어서 결국 모두와 함께 노래방에 들어가고 말았다. 나는 애니메이션 노래밖에 부를 줄 모르는데…….

"아, 애니메이션 노래라도 모두가 알 만한 유명한 곡도 있잖아? 어린 시절에 봤던 애니메이션 노래라든가. 그런 것을 부르면 되잖아. 내 친구 중에도 그런 거 부르는 애들도 있는데?"

토이로가 그런 엉뚱한 조언을 해줬다.

"물론 추억의 애니메이션 노래도 좋아하지만, 아냐, 안 돼⋯⋯. 오직 인싸들에게만 그런 행위가 허용되는 거야. 평소에 애니메이션에는 관심 없는 녀석들이 어린이용 애니메이션 노래를 부름으로써 갭을 연출하여 좋은 평가를 받는 거라고. 쳇, 잘난 척하긴."

틀림없이 그렇게 하면 주위의 반응이 좋을 거라고 예상해서, 평소에 듣지도 않는 곡을 집에서 열심히 외운 것이리라. 나 참, 무슨 파티용 개인기도 아니고. 그런데 또 진심으로 그 애니메이션을 좋아하는 나 같은 사람이 그 노래를 부르면 이상하게도 주위의 반응이 싸늘해지는 것이다. 역시 오타쿠는 애니메이션 노래를 부르는구나~ 하고. 정말 이해가 안 간다.

"그, 그 말을 듣고 보니, 확실히⋯⋯. 아, 저기, 그럼, 애니메이션 커버곡인 J-POP 원곡을 부르는 것은 어때? 그 정도면 너나 다른 사람들도 다 알 거 아냐? 유명한 곡, 어, 예를 들면 〈날개를 주세요〉 같은 것."

"바보야, 그렇게 록의 영혼이 깃든 곡을 어떻게 불러? 부와 명예보다도 날개를 원한다니, 그건 너무 멋지잖아. 나는 그렇게 정열적인 이야기를 노래할 수 없어."

중학교 시절에 음악 수업에서 이 노래의 존재를 알게 되었을 때 나는 그 가사에 충격을 받았던 것을 지금도 기억하고 있다. 날개보다는 아무래도 카드 구입이나 게임 과금을 위한 돈을 원하는 나 같은 인간은, 아직 이 노래를 부를 자격이 없다.

"넌 도대체 어디에 중점을 두는 거야……? 저기, 그것 말고도 최근에는 애니메이션 노래 중에 커버된 곡이 많이 있지 않아? 순수한 오타쿠가 어쩌다 인싸들의 노래방 모임에 끼어들었을 때는 그런 노래들로 버티는 수밖에 없어."

토이로도 사정은 이해해주는 것 같았다. 요즘 애니메이션 OP이나 ED으로 J-POP 커버 곡이 사용되는 경우가 자주 있는데, 이것은 긴급 사태에 직면한 오타쿠를 구제하기 위한 제작사의 배려였을지도 모른다……고 나는 내 멋대로 상상을 했다.

"저기, 그런데. 그거 아니거든? 볼링장이나 노래방에 가는 것은 여러 사람이 어울려 놀 때의 이야기이고. 데이트 할 때는 또 그게 아니야."

토이로의 그 말을 듣고 나는 그제야 진짜 주제를 기억해냈다. 토이로는 검지를 입가에 대고 생각에 잠긴 얼굴로 이야기를 계속했다.

"데이트는, 음, 글쎄―. 쇼핑은 얼마 전에 했으니까…… 점심을 먹거나 영화를 보러 가는 건 어떨까? 하지만 점심은 집에서 먹고 왔고, 영화를 본다면 모처럼 멋지게 꾸미고 나온 것이 무의미해지고. 오늘은 카페 같은 곳으로 갈까?"

"카, 카페? 자의식이 강한 멋쟁이 젊은이들이 모이는 그 장소 말이야? 스리벅스인지 포벅스인지 뭔지 하는…….
잠깐만, 난 Mac이나 Surface도 없고, 개인 북 커버를 씌
운 문고본도 안 가지고 왔는데?!"

"필요 없어! 그런 인텔리 아이템은!"

"게다가 그런 가게에서는 주문하려면 마법의 주문을 외
워야 하잖아? 초보자에게는 어려운 일이라고 인터넷에서
도 화제가 되고 있다고."

"마사이치……. 카페가 그렇게 거북해? 그럼 더더욱 그
런 가게에 가봐야지! 우리가 늘 가는 쇼핑몰에 가면, 거기
1층에 있을 거야."

Let's go! 하고 한 손을 번쩍 들고 걸음을 옮기는 토이로.

"너 지금 날 괴롭히려는 거야?"

진짜로 수치를 당할 것 같은데……?

"괜찮아. 특별히 커스텀을 하지만 않으면 마법의 주문은
생략할 수 있으니까. 어렵다는 이미지가 생긴 것은, 익숙
하지 않은 영어가 메뉴에 많이 적혀 있기 때문이야. 하지
만 음료 자체는 국어로도 잘 적혀 있고, 사이즈도 좀 표기
가 특이하기는 해도 작은 것부터 순서대로 나열되어 있으
니까. 그냥 먹고 싶은 음료를 사이즈와 함께 주문하면 돼."

"그래……?"

"그래, 그렇다니까. 지금은 나도 옆에 있으니까 괜찮잖
아, 응?"

그런 이야기를 나누면서 걷다 보니 금방 쇼핑몰에 도착했다. 카페는 도로에 면한 1층에 있었는데, 점포 입구는 쇼핑몰 내부에 있는 것 같았다.

"저쪽으로 들어갈까?"

토이로에게 이끌리다시피 하면서 카페 옆에 있는 건물 입구까지 왔다. 자동문이 열리자 차가운 공기가 밖으로 빠져나왔다.

토이로가 선두에 서서 성큼성큼 나아가더니 카페로 들어갔다. 거기서 갑자기 토이로가 멈춰 섰다. 그리고 가게 안을 한 바퀴 둘러봤다.

"어? 왜, 주문은 저쪽에서 하는 거 아냐?"

멈춰 선 토이로를 향해 나는 카운터를 턱으로 가리키면서 물어봤다.

"이런 가게에서는 주문하기 전에 우선 자리부터 잡아야해. 음료는 받았는데 앉을 자리가 없으면 슬프잖아? 물론테이크아웃할 때는 상관없지만."

"아~ 그런 규칙이 있구나."

현재 시각은 오후 3시. 마침 쇼핑하다가 지친 손님들이 쉬려고 하는 시간인지 가게 안은 상당히 혼잡했다. 방금 토이로가 말했던 것처럼 우리보다 먼저 온 여자 손님이 가방을 좌석을 놔두고, 지갑만 들고 계산대로 향하고 있었다.

"앗, 저기 벽 쪽에 있는 자리가 비었어! 가자!"

그렇게 말하면서 토이로가 그쪽을 가리켰다. 우리는 서둘러 걸어가서 그 소파 좌석을 차지했다.

"내가 먼저 주문할게. 혹시 메뉴를 보고 주문하기 어려울 것 같으면, 그때는 '추천 메뉴는 뭔가요?'라든가 '요즘 인기 있는 메뉴는 뭔가요?'라고 적당히 말하면 돼."

아, 그런가. 물어보는 것은 한순간의 수치, 물어보지 않는 것은 평생의 수치. 직원에게 가르쳐 달라고 하면 되는 거구나.

하지만 다른 사람들이 '저 녀석은 저런 것도 몰라?' '형씨~ 여기 처음 왔어?'라고 생각하는 게 너무너무 부끄러워서 싫단 말이야. 그걸 이해해줬으면 좋겠다.

뭐, 어쨌든 이렇게 자리에 와서 앉는 동안에 작전은 생각해뒀다.

둘이서 주문을 하러 카운터로 갔다. 운 좋게도 사람들이 줄을 서 있지는 않았다. 토이로가 한 발 앞으로 나서서 직원 앞에 섰다.

"여기 이 계절 한정 메뉴인 프라푸치노, 톨 사이즈요."

당당하고 깔끔한 주문이었다. 역시 대단하다.

나는 힐끔 카운터 옆에 세워져 있는 광고판을 봤다. 계절 한정 프라푸치노는 백도(白桃) 맛이구나. 좋아. 나도 토이로보다 더 멋지게 주문해야지.

토이로가 지갑을 꺼내면서 오른쪽으로 이동하자 드디어

내 차례가 되었다.

직원이 무슨 말을 하기도 전에 나는 얼른 입을 열었다.

"나도 같은 것으로, 하나요."

"아, 네. 사이즈는 뭐로 하시겠어요?"

"똑같이."

"네, 알겠습니다—."

휴.

나는 아무 일도 없었던 것처럼 자연스럽게 옆으로 빠졌다.

그러자 계산을 마친 토이로가 곁눈질로 나를 째려봤다.

"얍삽하긴."

"지혜를 짜낸 거지."

이런 경우에는 순순히 칭찬해줬으면 좋겠다. 토이로가 이것저것 알려준 지식을 거의 다 활용하지 못해서 미안하긴 한데, 그래도 이것이 안전한 방법이었다.

실은 이 정도로도 심장이 벌렁벌렁했지만…….

음료가 완성되기를 기다리면서 나는 홀로 남몰래 가슴을 쓸어내렸다.

"얍삽하게 주문해서 먹는 백도 프라푸치노는 어때, 맛있어?"

"너도 참 끈질기다…….."

우리는 자리에 앉아서 방금 사 온 음료를 마시기 시작했다. 복숭아 프라푸치노는 싱싱한 과육이 듬뿍 들어가 있어서, 굵은 빨대를 통해 그것이 입으로 들어왔다. 그 과육을 씹을 때마다 달콤함이 입안에 한가득 퍼졌다. 음료 선택도 토이로를 흉내 내서 하기를 잘했구나.

"앗, 어, 어쩌지? 사진 찍고 싶었는데 먼저 마셔버렸네."

그렇게 말하더니 토이로가 허둥지둥 스마트폰을 꺼내서 프라푸치노를 향해 카메라를 들이대기 시작했다.

나는 집에서부터 쓰고 온 모자를 벗어 테이블에 올려놨다. 머리카락이 납작하게 머리에 붙어 있었으므로 손으로 붙잡고 전체적으로 주물러주면서 볼륨을 살렸다. 그러자 왁스 덕분에 금방 그럴싸한 내추럴 헤어가 부활했다. 시원한 바람이 두피까지 들어오게 되었다. 가게 안에 있는 동안에는 모자를 벗어두기로 했다.

그제야 겨우 한숨 돌릴 수 있었다.

"어때? 새 옷을 입고 시내를 돌아다닌 감상은."

어느새 사진 촬영을 마친 토이로가 스마트폰을 만지작거리면서 나에게 물었다.

"음, 글쎄. 왠지 평소보다 더 당당하게 걸어 다닐 수 있었던 것 같아. 토이로가 골라준 옷이라서 그런가? 이게 이상할 리 없다는 것은 알고 있으니까. 침착해질 수 있었어."

나는 잠시 생각해보고 나서 그렇게 대답했다. 이것이 스스로 고른 옷이었다면 이상하지 않을까? 하고 내내 쭈뼛거리고 안절부절못했을 것이다.

"우와, 나 엄청나게 신뢰받고 있네? 다음에 너 때문에 속상한 일이 있으면 일부러 이상한 옷을 입혀줘야겠다. '쟤는 패션 센스가 생기는 것 같더니 어째 희한한 방향으로 가고 있네?'란 소리를 듣게 해줄 거야."

"그러지 마~. 패션에 관해서는 거의 아무것도 모를 가능성이 있으니까, 농담이라도 그런 말은 하지 마~."

내가 몸을 움츠리고 겁먹은 시늉을 하자, 토이로는 깔깔 웃었다. 그러나 곧 정색하면서 다소 진지한 말투로 말했다.

"그런데 마사이치. 너는 좀 더 자신감을 가지는 게 좋아."

"좀 더……?"

"응. 이것도 마사이치 개조 계획이니까. 그 구부정한 자세랑 가끔 거동이 수상해지는 습관 같은 것은 고쳐야 해. 당당하게……라고 말은 해도, 아직은 좀 자신감이 없어 보여."

몸에 걸치고 있는 것만 바꿔봤자 아직 부족했다. 문제는 나 자신에게 산더미처럼 남아 있는 것 같았다. 본디 마이너스에서 출발했으므로 그게 당연하지만, 아무튼 인싸로 가는 길은 상당히 험난했다.

"내 등이 그렇게 구부정해?"

"응, 완전히 그 자세로 굳어졌어. 오랜 세월에 걸쳐."

나는 자리에 앉은 채 허리를 쭉 폈다. 그러자 상상보다 훨씬 더 눈높이가 높아졌다.

평소에 이 정도로 허리가 구부러져 있었구나……

"이건…… 진짜로 의식하지 않으면 못 고치겠다. 거동이 수상한 것도 신경을 써야겠고."

"내가 지켜보다가 주의를 줄게. 똑바로 고개를 들고 가슴을 펴지 않으면, 아무래도 사람이 어두워 보이거든. 나도 중학교 시절에는 가끔 일부러 거울을 보면서 구부정한 자세를 고치려고 신경 썼었어."

"아. 그런 것도 했어?"

나는 의외여서 그렇게 물어봤다. 인싸의 대표자인 토이로도 자세를 교정하느라 노력했던 걸까. 별로 신경 써서 본 적이 없었기 때문에 실제로 토이로의 자세가 구부정했었는지 어쨌는지는 기억이 안 났다.

"응, 했지. 가능한 한 허리를 쭉 펴고 걸으려고 연습도 했어. 그리고 나 같은 경우에는 웃는 얼굴도 연습했어. 친구랑 대화할 때는 웃는 표정을 지어야 할 필요도 있잖아? 그래서 거울을 보고 웃는 연습을 했어."

과거를 회상하는 것처럼 눈을 가늘게 뜨고 이야기하는 토이로. 그렇게 세세한 노력을 계속함으로써 토이로는 지금의 지위를 구축한 걸지도 모른다.

"중학교 시절에 학교에서는 어떻게 지냈어?"

나는 문득 궁금해져서 물어봤다. 내가 모르는 토이로가 거기에 있을 것 같았다.

"그냥 평범했는데? 우연히 좋은 친구도 만나서 즐겁게 지냈어. 마사이치, 넌?"

"나도 똑같았지. 지금이랑 대충 비슷했어."

"중학교에서는 중이병 같은 게 발병하지는 않았고?"

"아──……. 그것은, 약간 씁쓸한 추억이네요……."

"어떤 설정의 중이병이었어? 자, 고백해봐!"

쭙 하고 빨대를 통해 큰 과육을 빨아들이더니 토이로가 나에게 물어봤다.

설정이라니, 아니, 물론 있긴 있었는데…….

"나는…… 절멸했다고 알려진 바람술사의 생존자로서, 학교를 점거하려고 하는 테러리스트를 멋지게 물리치는──."

과거의 기억이 되살아났다. 어느 날 방과 후에 나는 몰래 교무실에서 열쇠를 슬쩍해서 옥상에 침입해 바람을 느꼈었다. 그런데 그 장면을 누군가가 목격했고, 그리하여 다음 날부터는 투신자살로 죽은 학생 귀신이 출몰한다는 소문이 퍼져서 옥상이 졸지에 심령 체험 장소가 되어버렸다. 학교의 7대 불가사의 중 하나의 정체는 나다.

"아──……."

동정하는 듯한 눈빛으로 나를 보지 마!

"그러는 너는?"

중이병의 참고 문헌이라고 할 수 있는 라이트노벨을 즐겨 읽는 토이로. 그녀에게도 그런 시기는 있었을 것이다.

"으음―. 마사이치, 너처럼 안타까운 방식으로 발병하지는 않았지만. '노스트라다무스의 인류 멸망의 예언이 빗나간 것은, 내가 태어나는 미래를 바꾸지 못했기 때문이다!'라고 믿었어. 그 외에도 이런저런 예언이 빗나간 것은 전부 다 내가 이 세계에 작용하고 있기 때문이라고 생각했었지."

"엄청난 스케일이네!"

나도 모르게 한마디 했다.

"그런데 원래 예언이란 것은 빗나가는 것이 전제되어 있으니까. 중이병도 단순한 망상일 뿐이지."

토이로는 등받이에 몸을 기대고 쓴웃음을 지으며 이야기했다.

그러나 나는 동조하지 않고, 턱에 손가락을 대고 잠시 생각에 잠겼다.

"단순한 망상…… 하지만 망상보다도 현실에 가까운 것 같은데. 병을 앓는 기간에는 전력을 다해 그 설정과 함께 살아가니까. 굳이 말하자면 '청춘'이지. 중이병이란 것은, 약간 정도에서 벗어난 길을 전력으로 질주한 청춘이라고 해야 하지 않을까?"

"뭔가 진지해 보이는 고찰이 시작됐는데?!"

토이로가 당황한 것처럼 말했다.

"적어도 1~2년은 나는 바람술사로서 살아왔거든."

"그 환상을 청춘이라고 주장하다니, 과연 중이병은 '병'이라고 할 만하구나. 정상이 아니야……."

"그런 식으로 말하면 꿈도 희망도 없지……."

"병이 나아서 다행이야."

토이로는 나를 불쌍히 여기는 것처럼 부드러운 음성으로 말했다. 으음, 하기야 고교생이 되거나 성인이 되어도 지속될 가능성이 있는 병이라고 하니까, 나는 그나마 나은 편이지.

다만 그것이 설령 중이병이어도, 그런 식으로 뭔가에 열중하는 자기 자신이란 것은 의외로 싫지는 않는데……라고 나는 생각했다.

문득 정신을 차려 보니 양옆 테이블에 있는 손님은 이미 바뀌어 있었다. 나는 가볍게 기지개를 켜고 주위를 둘러봤다. 시계를 봤더니 우리가 가게에 들어온 지 벌써 한 시간 이상이 지났다.

이러니저러니 해도 우리는 카페에서 계속 수다를 떨었던 것이다. 학교 이야기, 게임 이야기, 만화 이야기. 화제는 끊이지 않고 생겨났으므로, 우리는 이따금 농담도 하면

서 웃고 떠들며 오래오래 대화를 이어 나갔다. 맨 처음에
는 지나치게 낮다고 생각했던 소파 좌석의 테이블과 의자
도 이제는 아주 편안하게 느껴졌다.

빨대를 쭈우욱 빨았더니 좀 단맛이 나는 미지근한 물이
입안에 들어왔다. 프라푸치노는 벌써 옛날에 사라졌고 어
느새 얼음도 다 녹아버린 것 같았다.

"아, 어쩔래? 새로 주문할까? 아니면 꽤 오래 있었으니
까 슬슬 나갈래?"

마찬가지로 비어버린 컵을 흔들면서 토이로가 나에게
물었다.

"그러게. 어디 가고 싶은 곳은 있어?"

나는 그렇게 말하면서 도로에 면한 창문 밖으로 시선을
던졌다.

아직 눈 부신 햇살이 아스팔트를 비추고 있는 시간대.
일정한 간격을 두고 자라난 플라타너스의 푸른 잎이 바람
에 살랑살랑 흔들리고 있었다. 지나가는 사람들은 많았는
데, 가족이나 친구들끼리 모여 다니는 것이 눈에 띄었다.

"평소와는 좀 다른 일을 해보고 싶은 거지? ……그럼 아
직은 날도 밝으니까, 가볍게 산책이라도 할까?"

그런 토이로의 제안에 따라 우리는 자리에서 일어나 카
페 밖으로 나왔다. 조금 멀리 돌아서 집에 가기로 하고, 역
광장 가장자리로 걷기 시작했다.

나는 아까 토이로가 지적했던 대로 등을 쭉 펴고 걸으려고 했다. 평소보다 훨씬 눈높이가 높아졌다. 이 정도면 바람을 가르고 걸어간다는 표현이 잘 어울릴 것 같았다.

그리고 있는데 근처의 사립 고등학교 교복을 입은 여자애들이 스쳐 지나갔다. 그 두 사람의 시선이 이쪽을 향하는 것을 나는 눈치챘다. 틀림없이 토이로에게 눈을 빼앗긴 것이리라. 그렇게 생각했는데…….

『와― 좋겠다, 나도 남자 친구 사귀고 싶어.』

『응, 그렇지―? 어디 좋은 사람 없나―. 연애하고 싶어―.』

등 뒤에서 돌연 그런 대화 소리가 희미하게 들려왔다. 나는 내 귀를 의심했다.

……주변에 우리들 외에 커플 같은 2인조는…… 없지?

'나도'란 것은, 저 여자애는 나와 토이로를 보고 '남자 친구 사귀고 싶다'고 생각했다는 뜻인가?

그렇다면 다시 말해 나를 '토이로의 남자 친구'라고 인식했다는 것이다.

처음 본 사람들에게 토이로의 남자 친구로서 인정을 받았다.

단순히 그것 자체가 너무 기뻤는데 또 부끄럽기도 해서, 나는 무의식중에 못 들은 척을 했다. 그 목소리가 작았기 때문에 아마 내 옆에서 걷고 있는 토이로는 눈치채지 못한 것 같았다.

──방금 그 경험은 나의 자신감으로 삼으면 된다.

나는 모자를 더 깊게 눌러쓰면서 슬쩍 히죽히죽 웃었다.

역 광장을 지나 큰길로 접어들었다. 간선 도로의 횡단보도를 건너고 있는데 마침 신호등이 깜빡거리기 시작했다.

"아, 큰일 났다."

토이로가 허둥지둥 뛰기 시작하자 나도 그 뒤를 따랐다. 그런데.

"앗, 꺄악!"

서두르다가 양쪽 신발이 서로 걸리는 바람에 토이로가 비틀거렸다.

"어!"

앞으로 넘어질 것 같은 토이로의 팔을 내가 반사적으로 붙잡았다. 그래서 간신히 넘어지기 전에 토이로의 몸을 지탱했다.

그동안 신호는 빨간색으로 바뀌고 말았다.

"어서 가자."

나는 그렇게 말하고 토이로의 손목을 붙잡은 채 뛰어서 횡단보도를 끝까지 건너갔다. 잡고 있던 손을 놨더니, 토이로는 무릎을 손으로 짚고 숨을 헉헉 몰아쉬기 시작했다. 콜록콜록 기침도 했다. 나는 당황하여 토이로의 얼굴을 들여다보면서 그 등을 쓸어줬다.

"괜찮아?"

토이로는 몇 번이나 눈을 꼭 감고 괴로운 것처럼 기침했지만, 이윽고 고개를 들더니 헤헤 웃었다.

"어휴, 미안해. 괜찮아. 그냥 좀 목이 막혀서 사레들린 거야."

"정말로 괜찮아? 몸은 어때?"

"괜찮아, 걱정 마. 자, 가자!"

그렇게 말하더니 토이로는 허리를 펴고 손을 내밀어 내 손가락을 꼭 잡았다.

그대로 발을 한 걸음 내디뎠다.

"야, 야. 손은 왜 잡아?"

내가 움직이지 않고 가만히 서 있자, 서로의 팔이 팽팽하게 당겨지면서 토이로가 이쪽으로 끌리듯 돌아왔다. 그녀는 이쪽을 돌아보고 입술을 삐죽거렸다.

"왜긴 왜야. 아까 하던 짓을 계속하자는 거지. 마사이치, 네가 먼저 잡았잖아?"

"아니, 아까는 네가 넘어질 것 같아서 그랬지. 이제는 괜찮잖아?"

"뭐—? 에이, 뭐 어때. 안 잡아주면 나 넘어진다? 난 가녀린 소녀이니까."

콜록콜록 헛기침하는 토이로. 연기하는 티가 난다…….

나는 살짝 한숨을 내쉬었다. 그리고 대답 없이 손을 붙잡은 채 걸음을 뗐다.

토이로가 에헤헤 하고 즐겁게 웃으면서 가벼운 발걸음으로 얼른 따라왔다.

──좀 전에 나는 그냥 손목만 잡았는데…….

지금은 토이로의 가느다란 손가락이 내 손가락 사이사이로 들어와 손을 꽉 잡고 있었다. 만화에서 본 적이 있었다. 이것은 소위 '커플 손깍지'라는 거다. 갑자기 손에서 땀이 안 나나? 하고 신경 쓰이기 시작했다.

아무튼 연약한 소녀를 내버려 둘 수는 없으니까. 나도 가능한 한 의식을 안 하려고 노력하면서 손은 계속 잡고 있었다. 그로 인해 생겨나는 정체불명의 충족감 비슷한 것도, 지금은 애써 의식하지 않으려고 했다.

*

주택가를 빠져나오자 자연공원 산책로가 나왔다. 놀이기구 쪽에서 와~ 꺄아~ 하고 아이들이 떠드는 소리가 들려왔다.

점점 더 저녁 해가 강하게 빛나는 시간대. 저녁의 정각을 알리는 벨소리가 울릴 때까지 그들은 최선을 다해 계속 놀 것이다.

"어이구~ 기운도 좋네."

토이로가 늘어지는 말투로 말했다. 마치 툇마루에 앉아

있는 할머니 같은 그 말투에 나는 풉 하고 웃음을 터뜨리고 말았다.

"그러게, 기운이 넘쳐흐르는 것 같지? 저렇게 여럿이 모여서 떠들썩하게 노는 것도 즐거운 걸까."

"틀림없이 즐거울 거야. 우리는 저런 추억이 거의 없지만."

"밖에서 놀 때는 기본적으로 우리 둘이서 저 앞에 있는 강가로 갔었지."

"사람이 적어서 조용하고 좋잖아. 일단 나는 즐거웠는데? 마사이치, 너와 함께 보냈던 그 시간. 5시가 돼서 귀가를 재촉하는 차임벨 소리가 울리는 것이 무서웠어. 울리지 마— 하고 생각했어."

"중학교 때 야외수업 시간에 관공서를 견학하러 가서 알게 됐는데, 그 차임벨이 매일 울리는 것도 다 이유가 있대. 경보 발령을 할 때 스피커가 제대로 작동하는지 시험하기 위해서래. 차임벨이 안 울리면 안 되는 거지."

"그, 그랬구나! 어휴, 안 되겠네. 마음껏 울려주세요!"

우와, 순진하긴! 나는 또다시 웃음을 터뜨리고 말았다.

토이로와 이야기를 하면 질리지도 않았고, 불쾌함이 전혀 느껴지지 않아서인지 묘하게 마음이 평온해졌다. 그것도 토이로의 인기 요소 중 하나일지도 모른다. 지금은 **옛날과는 달리** 토이로의 주변에는 많은 사람이 모여 있었다.

산책로를 걷다 보니 이윽고 졸졸 강물 흐르는 소리가 귀에 들리게 되었다.

예의 강변에 온 것이다.

'예의'라고 표현하면 뭔가 특별한 일이 있었던 것 같은 느낌이 드는데, 그래, 실제로 있었다. 그곳은 내 인생의 첫 고백을 받은 곳이었다. 그것도 가짜 고백⋯⋯.

뭐, 그곳은 그렇게 조금 씁쓸한 추억의 장소이면서도 또 예전부터 우리가 자주 놀던 장소이기도 했다. 자연스럽게 우리 두 사람은 물소리 쪽으로 발길을 돌렸다.

이전보다 좀 자라난 것 같은 잡초를 신발로 헤치면서 나아갔다. 강물과 닿아 있는 넓적한 바위가 있는 곳까지. 장마철이 끝나자 수위도 안정적으로 낮아진 강물은 잔잔하고 깨끗했다. 강가의 수풀 위에서는 실잠자리 두 마리가 빠르게 이동하다가 공중에서 정지하기를 반복하고 있었다.

우리는 나란히 바위 위에 앉았다. 내가 별생각 없이 책상다리를 하고 앉자, 토이로도 두 무릎을 모아 다리를 삼각형으로 세우면서 바위에 발을 올리고 앉았다. 그 타이밍에 손이 풀렸다. 나는 돌연 갈 곳을 잃어버린 손을 스스로 조그맣게 꽉 쥐었다.

"아, 차라도 마실래? 먹다 남은 거지만."

그러더니 토이로가 자기 가방 속을 들여다봤다. 약 절반으로 줄어든 차 페트병을 꺼내어 나에게 건네줬다.

"오, 땡큐—."

나는 감사히 그것을 받아 입을 댔다. 나도 모르는 사이에 목이 말랐었나 보다. 미지근한 차가 꿀떡꿀떡 쉽게 목구멍으로 넘어갔다. 맛있게 느껴졌다.

페트병을 토이로에게 돌려주자, 토이로도 한 모금 마시고 뚜껑을 닫았다. "언제든지 마셔"라고 하더니 바위 위에 올려놨다.

그제야 겨우 우리는 한숨 돌렸다.

"오늘은 고생했어."

토이로가 그런 말을 했다.

"너도 고생했어. 같이 다녀줘서 고마워."

내가 그렇게 대답하자, 토이로는 고개를 열심히 옆으로 흔들었다.

"아냐, 전혀 고마워할 필요 없어. 오히려 내가 더 고맙지. 단지 커플을 연기하기 위해 이 정도로 진지하게 노력해주다니."

"아냐, 아냐. 이렇게 나를 점점 멋있게 만들어줘서 고마워."

그런 내 말을 끝으로 갑자기 대화가 끊겼다. 의아하여 옆을 돌아봤더니, 토이로가 턱을 손가락 사이에 끼우고 심각한 얼굴로 고개를 살짝 기울이고 있었다.

"상위권의 하위권…… 중위권의 상위권……."

"뭐?"

"아니, 처음부터 내 목표는 그저 멀쩡한 차림을 한 평범한 남자애였거든. 평범하긴 해도, 주위의 다른 사람 중에는 그것도 못 하는 애들이 많으니까 상대적으로 좋은 평가를 받게 된다~는 식으로. 그러니까 절대로 네가 점점 멋있어진 것은 아니야. 혹시 나 때문에 착각하게 된 거라면, 미안해!"

"그, 그건, 나도 알거든?!"

그야 물론 내가 절세 미남으로 다시 태어났——고 생각하진 않았지만. 아무리 애써도 중위권의 상위권까지밖에 못 올라가는 건가…… 하고 내심 충격을 받기도 했다. 아니, 중위권의 상위권도 충분히 굉장하지만.

"결코 문제가 있다는 것은 아니야, 알지? 오히려 남들 앞에 당당하게 나설 수 있는 정상적인 모습이란 것은 무척 중요한 거니까. 마사이치, 너도 그 옷을 잘 소화하고 있고."

"정말?"

"정말이지. 잘 어울리거든? 응, 일단 분위기 미남이라고는 할 수 있어."

분위기 미남이라니……. 잘 모르겠지만 아마도 나를 칭찬해주는 것 같았다. 애초에 나처럼 어둠 속에 숨어 사는 인간에게는, 그것은 너무 눈부신 표현이었다.

늘 그렇듯이 부드럽게 미소 짓는 토이로 옆에서 나는 좀 간질간질한 느낌을 받았다.

우리는 또 교대로 차를 마셨다.

졸졸 흐르는 물소리가 들리는 가운데 토이로가 문득 입을 열었다.

"마사이치. 너는 왜 나와 가짜 커플이 되는 계약에 동의해준 거야?"

그것은 갑작스러운 질문이었다. 그러나 그 대답은 내 가슴속에 분명히 존재했다.

"너에게는 빚을 졌으니까."

"빚……?"

토이로가 의아하다는 듯이 고개를 갸우뚱했다.

그래, 넌 아무리 생각해도 모를 테지. 내가 그동안 쭉 혼자서 감사했던 거니까.

"뭔데? 궁금해."

그러면서 토이로는 가만히 나를 바라보며 눈빛으로 재촉했다.

굳이 숨겨야 하는 것도 아니었다. 조금 부끄럽긴 하지만, 그래도 토이로에게는 이야기할 수 있었다.

"음, 이제는 다 지나간 일이지만……. 중학교 때 실은 애니메이션이나 만화나 라이트노벨 같은──오타쿠 활동을 그만둘까 망설인 시기가 있었어."

"어, 진짜?! 네가 오타쿠를 관둔다는 것은 엄청나게 중대한 일이잖아!"

"맞아. ……꽤 심각하게, 고민했었어."

오타쿠를 관두느냐 마느냐 하는 것은 따지고 보면 별것 아닐지도 모르지만, 나에게는 매우 중대한 일이었다. 그것은 토이로도 이해해줬다. 뭐야, 겨우 그런 일로? 하고 비웃지는 않았다.

"그저 좋아하는 것에 열중하는 것뿐인데, 세상 사람들의 편견은 너무 심하잖아? 2차원 문화가 만연한 요즘 시대에도 여전히 오타쿠에 대해서는 아직도 좀 어둡고 이상한 녀석이라고 인식하는 사람들이 있으니까. 나 자신에 대한 자신감이 없어지고 학교에 있는 것도 힘들어져서, 그냥 관둘까, 내가 좋아하는 것을 포기할까 하고 생각했었어."

"아…… 그랬구나…….."

토이로가 심각하게 얼굴을 흐렸다.

결코 분위기를 어둡게 만들고 싶었던 것은 아니다. 나는 얼른 이야기를 계속했다.

"그런데 바로 그 시기에, 네가 내 방에 와서 내 취미에 관심을 보여줬어. 이건 뭐야? 저건 뭐야? 하고 이것저것 물어보더니. 수많은 작품에 나와 함께 푹 빠져줬어."

좋아하는 애니메이션에 관한 질문을 받거나, 게임 공략 방법을 가르쳐 달라고 부탁을 받는 것이 정말로 기뻤었다.

그동안 오타쿠 친구가 없어서, 그런 이야기를 할 상대에게 굶주려 있었던 걸지도 모른다. 게다가 토이로는 단순히 이야기를 듣기만 하는 것이 아니라 실제로 그 애니메이션을 보거나 게임을 플레이해주기도 하는 타입이었다. 나와 함께 그 오타쿠 취미를 공유하면서 신나게 놀아주는 것은 진심으로 행복한 일이었다.

"아― 맞아, 진짜로 푹 빠져버렸지. 애니메이션도 라이트노벨도 만화도 재미있는 것이 너무 많은걸. 마사이치, 너랑 함께 게임을 하는 시간은 솔직히 말해서 아주 즐겁고. 나도 근본적으로 오타쿠 기질이 있었던 걸지도 몰라."

아하핫 하고 웃으며 머리를 긁적거리는 토이로.

"그런 것이 기뻤어. 나 말고도 그 취미에 진지하게 푹 빠져주는 사람이 있어서, 나는 나 자신이 하는 일에 자신감을 가질 수 있게 되었어. 그다음부터는 좋아하는 일을 하는 하루하루가 훨씬 더 즐거워졌고. 비유 같은 것이 아니라, 실제로 내 시야가 확 밝아졌어."

구원을 받았다……는 기분을 강하게 느꼈다. 이제는 자신이 좋아하는 것을 전력으로 좋아한다! 하고 말할 수 있다. 당시에는 그저 내가 약했던 것이다. 오타쿠라고 할 수도 없는 한심한 남자였다. 나도 모르게 훗 하고 자조적인 미소를 짓고 말았다.

"뭐, 대충 그런 이유로 너에게 몰래 감사하고 있었어."

나는 그렇게 말을 맺었다.

그동안 쭉 토이로에게 감사하면서, 또 동시에 이 사건을 커다란 빚이라고 생각했었다.

그러니까 이번 위장 커플 작전에도 당연히 협력하려고 했다. 카드 추첨을 도와준다는 대가가 없었어도. 지금도 가능한 한 토이로에게 도움이 되어주고 싶어서 내 나름대로 최선을 다하는 중이었다.

만약에 토이로가 곤란해진다면 이번에는 내가 도와줘야지. 나는 그렇게 속으로 결심했던 것이다──.

☆

어─, 으음, 마사이치의 고백을 들은 나는 속으로 놀라움의 탄성을 연발하고 있었다.

"그, 그랬구나."

마사이치가 그렇게 좋아하는 오타쿠 취미 때문에 고민했었다니. 더구나 그 고민을 내가 나도 모르는 사이에 해결해줬다니. 그래서 마사이치가 몰래 나에게 계속 감사했었다니.

깜짝 놀랐다!

마사이치에 관해서는 거의 뭐든지 다 안다고 생각했었다. 그런데 방금 그 이야기는 전부 처음 들었다. 경악할 노릇이었다.

하지만, 하지만. 그보다 더 중요한 문제는.

오히려 내가 마사이치에게 고마워한다는 것이었다——.

마사이치가 이야기를 마치자 묘한 침묵이 생겨났다. 어색한 것처럼 몸을 배배 꼬고 있는 그를 보면서 나는 서둘러 입을 열었다.

"가, 가르쳐줘서 고마워! 그런데 말이지, 그건 빚이라고 생각할 필요 없어. 나도 오타쿠 활동은 즐기고 있고. 또 나도 너한테 여러모로 구원을 받았으니까."

"구원을 받았다고……?"

"응, 구원을 받았어!"

의아한 표정을 짓는 마사이치 앞에서 나는 힘차게 고개를 끄덕였다.

"너도 알다시피 어린 시절에 나는 자주 아팠잖아. 지금은 거의 괜찮아졌지만. 특히 날 때부터 천식이 심해서 자주 입원하기도 했었지."

내가 그렇게 말하자 마사이치는 고개를 끄덕끄덕 위아래로 흔들었다.

그야 당연히 마사이치도 잘 알고 있을 것이다. 지금은 나보다도 마사이치가 내 건강에 신경을 써주고 있으니까.

"아까 횡단보도를 건너려고 뛰었을 때도, 그 후에 네가 엄청나게 걱정해줬잖아."

"걱정하는 게 당연하지. 네가 그렇게 기침을 했고, 옛날에는 그러다가 쓰러진 적도 있잖아?"

"아하하, 고마워. 하지만 지금은 보다시피 아주 건강해."

나는 양팔로 알통을 자랑하는 포즈를 취했다.

실제로 지금은 거의 아무렇지도 않았다. 몸이 잘 성장해 준 거라고 생각한다. 이따금 몹시 피곤해질 때는 있지만, 그래도 중학교 시절에는 학교 행사인 겨울 마라톤에도 참가했었다.

"그런데 옛날에는 그것 때문에 고민하기도 했어. 초등학교 때 방과 후에 친구들이 모두 공원에서 놀기로 약속했을 때도 나는 갈 수가 없어서. 보통 학교에서 사이좋게 지내는 친구들 그룹 내에서도, 방과 후에는 놀지 못한다는 이유로 나 혼자만 은근히 따돌림을 당하는 기분도 들었거든. 그래서 나는 왜 친구들처럼 놀지 못하는 걸까? 하고 자주 생각했었어."

"응……."

마사이치가 조용히 맞장구를 쳐줬다.

평범한 초등학생 여자아이에게 그것은 상당히 괴로운 상황이었다. 솔직히 말하자면 학교에도 가기 싫었다. 엄마한테 걱정 끼치기 싫어서 꼬박꼬박 매일 등교하긴 했지만.

"그런 시기에 근처, 아니, 이웃집에 살던 마사이치는 나한테 밖에 나가서 놀자고 한 적이 거의 없었어. 그때는 게임만 하는 것이 아니라 트럼프나 오셀로나 미니카 놀이 같은 것도 했었지, 아마? 아무튼 다양한 놀이를 했는데 대부분은 실내에서 하는 놀이였어. 어쩌다 나가더라도 마당까지만 나갔고. 언제 '밖에 나가서 놀고 싶어!'란 이야기가 나왔다가 나 때문에 실망하게 될까…… 하고 내심 조마조마했는데, 이웃집 마사이치는 질리지도 않고 계속 나와 같이 방 안에서 놀아줬어."

"이웃집 마사이치는 극도의 인도어파였나 보네."

"그런가 봐. 초등학교 고학년이 되었을 때 드디어 엄마가 '잠깐은 밖에 나가서 놀아도 된다'라고 하셔서. 한껏 들뜬 내가 마사이치한테 같이 놀자고 했더니, 걔는 외출하기 싫다고 해서 깜짝 놀랐는걸. 그 시절에는 주위의 다른 애들은 모두들 밖에 나갈래! 나갈래! 하고 난리 치는 느낌이었으니까."

그래도 밖에 나가고 싶다고 부탁해서 간신히 마사이치를 데리고 처음 나가본 곳이 바로 이 강가였다. 여기서 벌레와 물고기를 잡거나 물속에 들어가서 놀았다. 특히 여름방학 때는 몇 번이나 왔는지 모른다.

"그 무렵부터 나는 오타쿠 기질이 있었어. 실내에서 하는 놀이가 좋았거든. 정확히 말하자면 학교에서는 토이로, 너 말고는 친구가 없었지. 혼자서는 밖에 나갈 일도 없고. 철저히 집에서 할 수 있는 일들만 했던 것은, 내가 그런 놀이밖에 몰랐기 때문이야."

"그랬구나. 그런 점이 나한테는 잘 맞았던 거네. 체질과

277

기질이 둘 다 나의 조건과 잘 매치됐던 거야."

내가 그렇게 이야기하자, 마사이치는 "매치……?" 하고 조그맣게 중얼거리면서 고개를 반대쪽으로 홱 돌렸다. 오, 부끄러워하는 건가?

"아니, 그 기질 말인데. 넌 중학생이 된 다음부터 어느새 인싸로 환생했잖아. 그쪽이 더 잘 맞았던 거 아냐?"

"아—, 그건 아니야. 그것은 인싸 위장이지."

"인싸 위장?"

되풀이하여 물어보는 마사이치를 향해 나는 요란하게 고개를 끄덕거렸다. "설명해주마" 하고 검지를 곧게 세우고 가볍게 어험! 헛기침을 했다.

"인싸 위장이란 무엇이냐. 말 그대로 인싸 기질을 일부러 연출해서 진정한 인싸들 속에 녹아드는 것을 가리키는 말이야. 그것은 철저한 눈속임에 불과해. 내가 정말로 좋아하는 것은, 너와 함께하는 것처럼 오타쿠 활동을 하는 시간이야."

"그래? 하지만 그렇다면 왜 인싸인 척 연기한 거야? 내가 지금 자신을 바꾸려고 노력하는 상황이라서 알게 된 건데, 이거 힘든 일이잖아. 시간과 돈도 많이 빼앗기고."

특별히 인싸가 되고 싶은 것도 아니라면 도대체 왜 일부러 그런 짓을 한 걸까? 그것은 자연스러운 의문일 것이다. 물론 이유는 있었다.

"어, 그게─. 우리 엄마가 말이지. 내가 중학생이 되었을 때 주변 아이들과 잘 지내는지 갑자기 걱정하시기 시작한 거야. 자기가 너무 엄격하게 대하는 바람에 딸이 친구도 못 만들고 학교에서 겉도는 존재가 되어버렸으면 어쩌나? 하는 죄책감도 아마 있었을 테지만. 내가 너하고만 같이 노는 거 아닌가? 하고 떠보려고 하기도 하고, 우선은 자기가 먼저 다른 엄마와 친구가 될 테니까 너는 그 자녀하고 친하게 지내라고 강요하기도 하고. 물론 엄마가 그렇게 걱정하시는 것도 이해는 갔어. 그래서 나도 이것저것 공부하고 외모에도 신경 써서 친구가 많이 생길 수 있도록 노력하게 된 거야."

그러려고 많은 시간을 투자하여 노력을 계속해왔다. 그 결과 간신히 지금처럼 인싸 같은 위치에 서서 나름대로 즐거운 학교생활을 보내게 되었다.

"그렇구나. 그런 이유가 있어서……. 노력했던 거구나."

마사이치가 진심 어린 말투로 그렇게 말해줬다.

그래, 분명히 나는 노력했다. 그런데 '노력한 만큼 결과가 나오는 분야'에서 노력하는 것은 싫어하지 않았다. 그러니까 괜한 동정이나 배려 같은 것은 필요 없다.

"난 내가 하고 싶은 일을 했던 것뿐이야. 하지만, 어, 그러다가 이번에는 너까지 휘말리게 해버렸네."

"그건 신경 쓰지 않아도 돼."

마사이치는 가벼운 말투로 말하더니 "휴" 하고 숨을 내쉬면서 기지개를 켰다.

"고마워. 토이로. 너에 관해 많은 것을 이야기해줘서. 이렇게 친밀한 사이인데도 의외로 모르는 것이 있었구나."

"나야말로 고맙지. 응, 맞아. 깜짝 놀랐어. 네가 고민하고 있었다는 것을 난 눈치채지 못했어."

"나도 중학교 시절에 네가 변신했다는 것을 몰랐는걸. 넌 학교에서는 어떤 식으로 지냈어?"

"아—, 나도 너의 중학교 생활이 어떤 느낌이었는지 궁금해! 왠지 그 부분만 뻥 뚫린 공백 같아. 아, 있잖아. 우리 서로 졸업 앨범을 보여주지 않을래? 이왕이면 어린 시절 사진도 오랜만에 보고 싶다."

"부모님이 찍어주신 옛날 사진 중에는 우리가 같이 찍은 게 많았잖아. 졸업 앨범은…… 나는 학급 사진에만 찍혀 있지만, 그거라도 괜찮다면 보여줄게."

"뭐……?"

멀리서 까마귀가 울고, 5시를 알리는 멜로디가 하늘에 울려 퍼졌다. 옛날에는 너무나 싫었던 정각 차임벨 소리였는데, 이렇게 다시 들으니까 왠지 향수를 자극했다. 나도 벌써 나이가 든 건가? 그런 생각이 들었다.

기억 속에서는 마치 암갈색 같은 빛바랜 색깔로 떠올랐던 강가의 풍경. 그것이 지금은 선명하게 눈에 박혀 있었다. 어쩐지 너무 눈부셔서 눈물이 나올 것 같았다.

"아름답다."

석양빛으로 물든 세계를 바라보던 마사이치가 조그맣게
중얼거렸다.

"응, 그러게."

눈을 한 번 꼭 감았다가 나도 그렇게 대답을 했다.

이렇게 별것도 아닌 대화를 나눌 수 있는 상대가 내 곁
에 있어준다. 어린 시절과 다름없이 같이 있어준다. 그것
만으로도 아주 크나큰 만족감이 느껴졌다. 지금 여기에 있
는 두 사람의 세계는, 나에게는 이미 완벽하게 완성된 것
이었다.

이제 곧 해가 지고 주위는 어두워질 것이다. 그 전에 강
가를 떠나야 한다.

정각 차임벨에는 익숙해졌지만, 역시 시간은 가장 큰 적
이구나~ 하고 나는 생각했다.

☆

그날 밤 나는 욕조에 몸을 담근 채 오늘 있었던 일을 떠
올려봤다. 상당히 깊이 있는 이야기를 나눴고, 몰랐던 사
실을 알게 되어서 기뻤다. 어쩐지 옛날이 그리워져서 어린
시절의 사진도 찾아봐야겠다는 생각이 들었다.

"아, 그런데. 남들이 우리를 사귀는 사이라고 생각했었지—."

데이트도 즐거웠는데, 그 후 놀라운 일도 있었다.

카페를 나와서 역 광장을 걸어가고 있을 때였다. 스쳐 지나가던 여자애들이 우리를 보고 자기들끼리 소곤거렸던 것이다. 목소리가 작아서 마사이치는 듣지 못했을 테지만, 그 애들은 우리를 보고 '남자 친구 사귀고 싶다'는 이야기를 했었다.

그것은 다시 말해 나와 마사이치가 이상적인 커플처럼 보였다는 뜻이다. 즉, 마사이치라는 남자애를 보고 커플에 대한 동경심을 품었던 것이다.

후후후. 저기요, 두 분. 그를 이렇게 멋지게 프로듀스한 사람은 바로 저랍니다?

머리카락을 잘 정돈해주면 외모는 나쁘지 않았다. 또 몸매도 좋아서 날씬하기에 어떤 옷을 입어도 잘 어울렸다. 마사이치 자체가 본디 잘 가꾸면 반짝반짝 빛날 만한 원석이었던 것이다.

아까 중위권의 상위권이라고 했더니 그는 의기소침해진 것 같았지만, 나는 상위권의 하위권부터는 TV에 나오는 연예인 수준을 상상했다. 아니, 그런데 평균보다 위인데도 만족을 못 하다니……. 그만큼 이번 마사이치 개조 계획에 진지하게 임하고 있다는 뜻일까.

아무튼 지금처럼 사복을 입은 마사이치라면 학교에서도 어느 정도 남들의 이목을 끌게 될 것이다.

살짝 허리를 아래로 미끄러뜨려서 턱 밑까지 몸을 물속에 푹 담갔다. 따뜻한 목욕물 덕분에 몸의 긴장이 풀린 걸까. 힘이 빠진 것처럼 저절로 한숨이 흘러나왔다.

남들의 이목을 끈다고 해봤자 결국 그것은 외모만 봤을 때의 단순한 결과에 불과하다. 설령 그런 식으로 주변 사람들이 뭐라고 수군거리더라도, 그건 오로지 객관적인 의견일 뿐이지 그 이상도 그 이하도 아니다. 하기야 타인의 시선을 특히 중시하는 사람도 제법 많은 것 같지만…….

물론 현재의 마사이치는 이전보다 훨씬 더 멋있어져서 이상형에 가까웠다.

하지만 내가 보기에는 마사이치는 이미지 변신을 하든 말든 간에 그 자체로서 충분히 멋진 남자였다.

이번에는 엉덩이도 미끄러뜨려 뽀글뽀글 입까지 물속에 집어넣었다. 수도꼭지에서 물방울이 떨어져 찰박! 하는 소리가 욕실에 울려 퍼졌다.

마사이치. 이러다가 패션 같은 것에 눈뜨게 되는 게 아닐까. 평소에 늘 사던 만화나 카드 팩은 뒷전으로 미뤄두고 헤어스타일 잡지를 샀을 정도이니까. 그리고 보니 얼마 전에 '오타쿠는 원래 뭔가에 관심만 가지면 지독하게 한 우물만 판다'란 말을 했었지.

──그래서 지금은 좀, 무서웠다…….

그를 그렇게 만든 원인인 내가 그런 생각을 하면 안 되는 거겠지만──.

목욕을 마친 나는 머리카락이 촉촉하게 젖은 상태로 일본식 방의 벽장 안에서 옛날 앨범을 꺼냈다.

나와 마사이치는 부모님끼리도 사이가 좋았다. 그래서 어린 시절의 사진은 두 장씩 현상해 서로에게 건네줬었다. 틀림없이 같은 사진이 마사이치의 집에도 있을 테지만, 그냥 다음에 내가 들고 가서 마사이치의 방에서 같이 보면 되지~ 하고 미리 준비하기로 했다.

먼지를 뒤집어쓴 쇼핑백 안에서 몇 권의 앨범을 부스럭부스럭 꺼낸 뒤, 나는 다다미 바닥 위에 털퍼덕 앉았다. 목욕을 마치고 갈아입은 여름용 반바지는 허벅지까지 다 드러나 있어서 서늘한 다다미가 기분 좋게 느껴졌다.

당장 첫 번째 앨범을 펼치자, 화질이 안 좋은 오래된 사진이 1페이지에 여섯 장 나열되어 있었다.

내가 혼자 손가락으로 브이 자를 만드는 사진. 가족과 함께 웃고 있는 사진. 그리고 마사이치와 같이 노는 사진.

──그립네.

페이지를 팔락, 팔락 넘겼다.

둘이서 나무 블록을 가지고 놀고, 그림책을 읽고. 생일케이크를 먹고, 또 기모노를 입고 서로 손을 잡은 채 시치고산*을 맞이하여 신사에 가기도 하고. 음악회나 운동회나 소풍 출발하기 전 등등, 학교 행사를 할 때에도 반드시 둘이서 사진을 찍었었다.

──마사이치. 이때는 얼굴도 엄청나게 귀여웠구나.

그리고 우리가 마당에서 소꿉놀이 같은 것을 하는 사진이 있었고, 또 같은 마당의 비닐 수영장에서 놀고 있는 사진도 있었다.

"──어?"

나는 무의식중에 눈을 부릅떴다. 앨범을 확 들어 올리고 그 수영장 사진을 뚫어져라 응시했다.

앉아서 코끼리 물뿌리개를 들고 있는 마사이치와, 수영장 가장자리에 서 있는 나.

별 특징도 없는 일상을 촬영한 사진 한 장이었다. 오른쪽 아래에 오렌지색으로 표시된 날짜를 보면 초등학교 1학년 때의 사진인 것 같았다.

그 사진 속에서──나는 웃통을 벗고 있었다.

나는 탁! 하고 앨범을 덮었다. 그리고 당장 반바지 주머니 속에서 스마트폰을 꺼내 마사이치에게 메시지를 보냈다.

『저기, 역시 앨범 감상회는 중지하자! 마사이치 개조 계획도 있으니까, 지금 우리가 봐야 하는 것은 미래야. 우리

---

*일본의 전통 명절. 3세, 5세, 7세가 된 어린이의 건강한 성장을 축하하기 위해 신사나 절에 찾아간다.

두 사람의 눈부신 미래.』

그 메시지를 송신하자 즉시 답장이 왔다.

『그래? 오랜만에 보고 싶었는데. 하지만 서로의 집에 사진은 있으니까, 그냥 나중에 시간 날 때 보면 되겠다.』

꺅―! 하고 소리를 지를 뻔했다.

역효과였다. 이 수영장 사진만 빼낸 앨범을 들고 가서 같이 구경했어야 했다. 어쩌면 마사이치가 혼자 자기 집에서 앨범을 뒤적거리다가 이 사진을 발견할지도 모른다.

별로 상상하고 싶진 않았지만, 마사이치가 자기 방에서 홀로 내 알몸 사진을 보는 장면이 내 머릿속에 떠올랐다. 그 순간 얼굴 안쪽이 확 뜨거워졌다.

"포르노잖아, 포르노! 어휴, 왜 이런 사진을 찍은 거야?!"

아니, 애초에 왜 딸을 상반신 누드 상태로 놀게 만든 거죠? 엄마?!

아마 나이도 어리고 신체도 발달하지 않았으니까 문제없다고 판단했을 것이다. 그러고 보니 가끔은 목욕도 같이 했던 기분도 드는데. 너무 대범했던 거 아냐?

나도 옛날에는 태연하게 잘 놀았지만. 지금 와서 보니까 순수하게 부끄러웠다. 그야 그렇잖아? 전부 다 찍혔으니까…….

여기서 경찰에 신고해야 할 상대는 마사이치일까, 아니면 사진을 찍은 부모님일까. 아니, 그보다는 먼저 이 세계에 현존하는 이 사진(아마도 두 장)을 몰래 말살하는 것이 급선무일까. 이런 생각을 하는 동안에 마사이치가 먼저 사진을 봐버리면 어쩌지?

온갖 생각이 머릿속에서 빙글빙글 돌았다.

"아, 아무튼 지금은, 마사이치의 관심을 사진에서 딴 데로 돌려야 해!"

머릿속이 뒤죽박죽인 상태에서 홀로 그렇게 선언한 뒤 나는 마사이치의 방으로 가려고 벌떡 일어났다. 미지근한 초여름 밤의 공기 속에서 얇은 옷만 입은 채 밖으로 뛰쳐나가자, 조금이나마 시원한 바람이 불어와 내 몸을 부드럽게 감쌌다.

하지만 뜨거워진 얼굴은 좀처럼 식을 것 같지 않았다.

*

깊은 생각을 할 때는 침대에 눕는 것이 어느새 기본 스타일이 되었다.

목욕을 끝낸 나는 불도 안 켜고 침대에 누워 오늘의 데이트를 회상했다.

토이로가 골라준 낯선 옷을 입고 밖으로 나갈 때는 긴장했었다. 평소에 착용하지 않는 야구 모자와 딱 붙는 바지의 위화감도 물론 굉장했지만, 제일 신경 쓰였던 것은 주위 사람들의 시선이었다. 내 곁에 있는 사람이 외모가 수려한 토이로이기 때문이었을까? 오늘은 평소보다 더 자주 이쪽을 힐끔힐끔 보는 주위의 시선이 느껴졌었다.

여고생들이 우리를 보고 수군거렸으니까 조금은 수확이 있었다고도 할 수 있으리라. 하지만 교외학습에서 동급생들 앞에 나서는 것은 아직도 불안했다. 그들은 학교에서의 나를 알고 있으니까, 사복 차림을 평가할 때에도 우선 평소의 내 위치를 반드시 고려할 것이다. 거기서 생겨나는 갭——위화감을 없애는 것이 과연 가능할까? 나는 잘 모르겠다.

하지만 적어도 오늘 테스트 플레이를 해볼 수 있었던 것은 정말 다행이었다.

계속 이런 식으로 더더욱 토이로에게 어울리는 존재가 되고 싶다.

그러면…… 좀 더 이 관계를, 유지할 수 있을지도——.

거기까지 생각했을 때 나는 휴 하고 짧게 숨소리를 냈다.

애초에 우리는 처음부터 그런 **계약**이었다.

이것은 임시 관계. 가짜인 두 사람은 언젠가 반드시 끝을 맞이하게 될 것이다.

충분히 잘 알고 있었을 텐데.

그런데 '질긴 인연으로 맺어진 소꿉친구'와는 좀 다른 이 관계가 되었기 때문에 비로소 알게 된 것도 많아서——.

　토이로의 속마음에 관한 이야기도 들었고, 나는 더욱 토이로를 소중히 여기게 되었다.

　끝내고 싶지 않았다. 그러나 가짜 계약을 맺은 나에게는, 그 관계를 진행할 자격은 없었다.

　언젠가 우리는 예전처럼 소꿉친구였던 두 사람으로 돌아갈 것이다.

　왠지 그것이 지금은 몹시 괴로웠다.

　한동안 그런 생각을 계속했기 때문일까. 머리맡에서 스마트폰이 부르르 진동했을 때 '그 애다'라고 직감했다.

　『저기, 역시 앨범 감상회는 중지하자! 마사이치 개조 계획도 있으니까, 지금 우리가 봐야 하는 것은 미래야. 우리 두 사람의 눈부신 미래.』

　뜬금없이 무슨 소리인가 했는데, 그러고 보니 오늘 강변에서 '앨범을 보고 싶다'는 이야기를 했던 것이 기억났다.

　토이로는 본격적으로 그 감상회를 검토해줬나 보다.

　둘이서 추억을 이야기하면서 앨범의 페이지를 넘기는 것도 나쁘진 않겠다고 생각했는데, 토이로의 말처럼 확실히 최근에는 바쁘긴 했다. 나는 아쉽지만 어쩔 수 없다는 식으로 답장을 보냈다.

그런데 오늘의 대화를 통해 어린 시절의 기억이 잔뜩 되살아났다. 좀 더 과거의 추억에 젖어보고 싶었다. 그런 마음이 꿈틀꿈틀 고개를 드는 바람에 나는 천천히 침대에서 몸을 일으켰다.

2층 안쪽에 있는 창고 같은 방으로 향했다. 앨범은 그 방의 벽장 속에 있었다. 골판지 상자에 들어간 채로. 그런데 막상 벽장을 열어 보니까, 문제의 그 상자는 이불이나 히터 같은 커다란 짐들 뒤에 파묻혀 있었다.

나는 한순간 망설였지만, 곧 결심하고 맨 앞에 있는 겨울용 깃털 이불에 손을 댔다. 한동안 짐들과 격투를 벌이다가.

"······아, 찾았다. 이거다."

나는 앨범 발굴에 성공했다. '마사이치, 초등학교 1학년~'이라고 꼼꼼하게 표지에 적어둔 것이 보였다. 이 시기에는 틀림없이 토이로랑 놀았을 테니까, 같이 찍은 사진도 있을 것이다.

아마도 손님이 오셨는지 아래층이 시끄러워졌다. 복도를 쿵쾅쿵쾅 서둘러 걷는 소리가 들려왔다. 하지만 나하고는 상관없을 것이다. 이런 시각에 방문하는 사람은 십중팔구 세리나의 날라리 친구일 테니까.

그런 생각을 하면서 나는 바닥에 책상다리로 편안하게 앉아──앨범의 첫 번째 페이지를 펼쳤다.

<11> 남자 친구 공개는 두 사람을 위하여

　교외학습이 내일로 다가온 월요일.

　그날 점심시간에는 평소와는 다른 종류의 시끄러움이 교실에 가득 차 있었다.

　"악, 망했다. 벌써 내일이잖아. 입고 갈 옷이 없어!"

　"어쩌지? 날씨는 맑을까? 피부 타는 거 싫은데. 소풍 같은 거― 너무 싫어―."

　"야, 과자는 어쩔래? 바나나는 간식이라고 할 수 있나요―?"

　우리 반의 시끌벅적한 녀석들이 평소보다도 더 요란했다. 게다가 오늘은 얌전한 그룹 멤버들도 수군수군하면서 좀 들뜬 것처럼 보였다. 그 시끄러움은 평소와는 달리 공통적인 흥분감 같은 것을 지니고 있었다.

　고등학교 들어와서 처음 경험하는 행사인 교외학습. 오늘 수업은 오전에 다 끝났고, 주의사항 전달 및 스케줄표 확인을 위해 오후에는 체육관에서 모두가 모이기로 했다. 그런 비일상적인 분위기도 학생들을 안절부절못하게 만드는 것이리라.

　그러나 아싸인 나는 같이 떠들 만한 상대도 없으니까 이

292 있잖아, 우리 차라리 사귈까? 1

런 상황에서도 냉정하게 분석을 할 수 있었다.

입을 옷이 없다고 말하는 인싸는 아마도 평범한 오타쿠보다도 더 많은 옷을 가지고 있을 테고, 이건 소풍이 아니라 교외학습이고, 바나나는 간식이라고 할 수 있냐고 물어보는 녀석은 틀림없이 당일에는 바나나를 가져오지 않을 것이다. 그리고 내가 실제로 바나나를 가져가서 먹으면 "우와, 쟤 좀 봐, 진짜로 바나나를 먹고 있잖아?" 하고 수군거리며 킥킥 웃을 것이다.

도대체 뭐가 어때서. 바나나는 우수한 영양 보급 식품이고 배도 부르다. 과자와는 달리 과일이므로 밤에 먹어도 죄책감이 안 들고, 손에 기름기가 묻지도 않으니까 게임하면서 먹기도 편하다. 밤새워 RPG를 할 때는 자주 신세를 지기도 했다.

되살아난 중학교 시절의 불쾌한 기억을 떨쳐내려고 나는 고개를 흔들었다.

불길한 것은 생각하지 말자.

내일은 나에게는 중요한 결전의 하루가 될 테니까.

솔직히 말해 시간이 지날수록 속이 울렁거리는 감각이 강해지고 있었다. 소란스러운 교실 안에서 가장 안절부절못하고 있는 사람은 실은 나일지도 모른다.

＊

마침내 결전의 당일.

날씨는 쾌청. 교외학습을 하기 딱 좋은 날이었다.

나는 미리 준비했던 옷을 입고 등교했다. 그리고 승강구로 가지 않고 운동장으로 들어갔다. 곧바로 전세 버스를 타고 출발하기 위해 집합 장소가 바깥으로 정해진 것이었다.

시각은 통상 수업이 있는 날보다 한 시간쯤 더 빠른 오전 7시 반이었다. 밤사이에 식은 공기가 시원한 바람이 되어 뺨을 스치고 지나갔다. 지금은 기분 좋게 느껴졌지만, 해가 높이 떠오를수록 점점 기온이 상승하여 무더워질 것이다. U턴해서 집으로 돌아가고 싶은 기분이 들었다.

주위에는 나와 같은 1학년생들이 모여서 우르르 걷고 있었다. 전원이 사복을 입고 있는 것이 왠지 신선했다. 이윽고 운동장으로 다가가자, 와글와글 왁자지껄 평소보다 더 흥분한 학생들이 떠드는 소리가 들려왔다.

나는 운동장의 흙바닥 위에 섰다. 거기서 잠깐 머뭇거렸지만, 그래도 집단 속으로 들어갔다. 너무 일찍 온 걸까. 아직 학생들은 제대로 줄을 서지 않았다. 나는 우리 반 학생들이 모여 있는 듯한 곳까지 인파를 피해 걸어갔다.

그러는 사이에 뭔가 평소와는 다른 감각을 느꼈다.

푹푹 내 몸을 찌르는 주위의 시선이 느껴졌다……

누군가가 나를 쳐다본다는 것은 직감적으로 알게 되는

법이다. 그런데 그 빈도가 과거에 한 번도 체감해본 적이 없을 정도로 높았다. 마치 지나가는 사람들 모두가 힐끔힐끔 나를 보는 것 같았다…….

왠지 어색해진 기분으로 나는 우리 반 집합 장소에 도착했다. 평소처럼 같은 반 친구들 사이에 끼어들지는 않고 좀 떨어진 곳에서 멈춰 섰다. 야구 모자를 들어 올리고, 어느새 배어 나온 이마의 땀을 팔뚝으로 닦았다.

문득 정신을 차려 보니 우리 반 애들이 고개를 돌려 나를 바라보고 있었다. 내가 눈살을 찌푸리자, 그들은 허둥지둥 다시 앞을 보더니 소곤소곤 대화하기 시작했다.

『저거 누구야……? 어, 마조노야?!』

『맞아, 틀림없이 마조노야. 아침부터 저렇게 우울한 눈빛으로 돌아다니는 녀석은 마조노밖에 없어.』

『그런데 마조노가 저렇게 분위기가 괜찮은 녀석이었나?』

『……그럼, 걔가 아닌가?』

……난처하네.

내가 너무 일찍 도착했나 보다. 세수하고 머리도 잘 세팅하고 싶어서 의욕적으로 일찍 일어났는데, 그새 좀 익숙해져서 의외로 준비 시간이 덜 걸렸던 것이다.

나는 달리 갈 곳도 없어 그곳에 계속 머무르면서 은근히 귀를 쫑긋 세우고 있었다. 그런데 그때.

"마사이치, 안녕!"

돌연 등 뒤에서 누가 내 어깨를 두드렸다. 돌아봤더니 아침의 토이로에게는 어울리지 않는(편견이다) 상쾌한 미소를 짓는 토이로가 서 있었다. 이렇게 졸린 와중에도 용케 그런 아름다운 미소를 짓는구나…….

"으, 응, 안녕……."

"안녕―. 날씨가 참 좋다, 그렇지―?"

내 대답에 토이로는 또다시 기쁜 것처럼 웃었다.

"야, 너 아침에는 졸려서 비몽사몽 하는 거 아니었어?"

나와 토이로가 위장 커플이 되고 나서도 같이 등교하지 않은 것은, 토이로가 지각하는 버릇이 있기 때문이다. 내가 깨워줄까? 하고 제안해본 적도 있지만, 토이로는 애초에 잘 못 일어나는 사람이라서 나까지 덩달아 지각하게 될 가능성이 있으므로『난 괜찮으니까 너 먼저 가――』라고 토이로가 멋진 대사를 읊었던 과거가 있었다.

"아― 응, 그건 그런데. 평소보다 더 열심히 머리와 얼굴을 만지면서 준비하다 보니 저절로 머리가 맑아졌어."

오늘 토이로는 하늘하늘한 꽃무늬 와이드 팬츠와 옷자락을 안에 집어넣은 흰색 티셔츠를 입고 있었다. 머리는 동그랗게 말아 올린 교외학습 스타일이었다. 이것도 자연스러운 화장의 범주에 들어갈 테지만, 그래도 평소보다는 좀 더 화장도 진해 보였다. 백팩 손잡이에는 흰색 모자가 매달려 있었다.

내가 토이로의 복장을 살펴보는 동안에 그녀도 또 내 패션을 체크하고 있었나 보다. 가볍게 내 곁으로 한 걸음 더 다가오더니 손을 내밀었다.

"이 옷은 앞부분만 턱인 스타일로 입는 게 더 귀여워 보일지도 몰라."

그러더니 내 티셔츠 옷자락을 붙잡고 바지 앞쪽으로 집어넣으려고 했다. 토이로의 손가락이 내 배의 맨살에 닿자, 나도 모르게 가슴이 두근거렸다.

"내, 내가 할게, 내가 할래."

내가 그렇게 막아봤지만, 바지 속으로 토이로의 손이 쑥 들어오더니 억지로 앞부분만 턱인 스타일로 만들어버렸다. 그녀는 나를 쳐다보고 장난스럽게 빙그레 웃었다.

——쳇, 뭐야. 좀 귀엽잖아? 내 임시 여자 친구…….

문득 주위의 분위기가 아까보다 더 심하게 술렁거리는 것이 느껴졌다. 내가 돌아보자, 모두들 일제히 얼굴을 반대쪽으로 돌렸다.

"마사이치, 너 인기 많구나?"

토이로가 히죽 웃더니 재미있어하는 말투로 말했다.

"네가 이상한 짓을 해서 그래."

학교에서 인기 있는 미소녀가, 자기 남자 친구라고 소문난 남자와 공공연하게 커플 같은 짓을 하면 당연히 누구나 주목할 수밖에 없지 않을까.

"으응─? 이게 내 탓이라고? 마사이치, 너 등교했을 때 자기를 쳐다보는 친구들의 시선을 느끼지 못했어?"

"아─, 그건 분명히 느꼈지. 여기까지 걸어오는 동안에 엄청난 시선을 느꼈어."

내가 그렇게 말하자 토이로가 고개를 끄덕거렸다.

"그건 주변 사람들이 네 복장을 인정해줬다는 증거야. 좀 신경 쓰이는 옷을 입은 사람이 있으면, 저걸 참고할 수 없을까? 하고 힐끔힐끔 보게 되거든. 저 멋있어 보이는 사람은 누구지? 하고 쳐다보는 시선도 있었을 거라고 생각해."

내가, 인정받고 있는 걸까? 스스로는 아직 자신이 없는데, 주위의 시선을 느낀 것은 사실이었다. 처음부터 의심하지도 않았지만 아마 토이로의 코디가 정답이었나 보다.

"그런데 애초부터 별로 의욕이 과하지 않은 절제된 스타일의 멋을 추구한 거니까. 대놓고 이미지 변신! 뭔가 이상한데? 하는 느낌은 나지 않아. 그러니까 '내 사복은 원래 이렇습니다'란 식으로 당당하게 행동하면 돼. 알았지?"

"응, 알았어."

"등이 좀 구부정해."

그 말을 듣고 나는 등을 곧게 폈다. 토이로는 만족스럽게 고개를 끄덕였다.

"아, 그리고 이건 말이지. 목에 걸면 좋을 거야. 아빠한테 받아온 거야."

토이로가 주머니에서 뭔가를 꺼내 건네줬다. 그것은 목걸이……인가? 검정 그물 형태의 고리 끄트머리에 조그만 은색 구체가 달려 있었다.

"이게 뭐야?"

"운동선수 같은 사람들이 착용한 모습은 본 적 있지? 자기(磁氣) 건강 목걸이인데, 패션 아이템으로 써도 괜찮거든. 일반적인 액세서리와는 달리 화려하지도 않고 눈에 띄지도 않지만, 목 주변의 허전함을 없애주는 효과가 있어. 은근한 멋을 내서 세세한 부분까지 신경 쓰는 것처럼 보이니까. 마사이치, 오늘 네 패션에는 잘 어울리지 않을까~ 하고 생각해서. 아침에 열심히 찾아서 들고 온 거야."

"그랬구나. 고마워……."

토이로는 자기도 준비를 하느라 바쁜 와중에 내 패션에 관해서도 진지하게 생각해준 것 같았다. 너무 고마워서 고개를 들 수 없었다.

내가 목 뒤로 팔을 둘러 그 목걸이를 착용하려고 했는데.

"아, 그리고 마지막으로."

토이로가 그렇게 말을 이으면서 살며시 내 귓가에 입술을 가까이 댔다. 살랑 하고 그녀의 숨결이 내 귓구멍을 어루만졌다.

"오늘은 연인 작업, 진심으로 할 거야."

어쩌면 아까 내 바지 속에 제멋대로 옷자락을 집어넣었던 그때부터, 주위에 대한 토이로의 어필은 이미 시작됐던 걸지도 모른다.

하기야 처음부터 그런 목적으로 오늘을 위해서 나는 변신하려고 노력했던 거니까.

내가 고개를 끄덕이자, 토이로는 입꼬리를 끌어 올리고 자신만만한 미소를 지었다.

*

버스에서 내렸더니 매미의 대합창이 그 일대를 꽉 채우고 있었다. 발효된 수액 냄새일까. 희미한 단내가 섞여 있는 농후한 산의 냄새가 풍겨왔다.

교외학습의 무대가 된 자연공원은 우리 현의 북쪽에 있는 산의 기슭에 있었다. 좀 넓게 펼쳐진 주차장에서는 어디를 둘러봐도 초록, 초록, 초록이 가득했다. 그곳에 300명이 넘는 학생들이 줄줄이 내려서기 시작했다. 이 정도면 진한 산의 공기도 옅어지지 않을까.

……그런데 이상하다.

공원에 도착하고 나서 얼마 후, 신기하게도 나는 이 인구 밀집 지대에 홀로 오도카니 서 있게 되었다.

"……덥네."

나는 혼잣말을 중얼거리며 이마의 땀을 닦았다.

냉정하게 생각해보면 충분히 이해가 가는 사태였다. 토이로네 조는 애초에 토이로랑 같이 놀려고 모여든 여자애들로 형성되어 있었다. 그것도 조 편성 규칙조차 무시하고 모여든 여자애들로 자연스럽게 총 일곱 명의 집단이 만들어진 것이다.

 그런 꽃밭 속에, 남자라는 이질적인 존재 하나가 잘 융화될 리 없었으니……

 조 편성 규칙이란 것은 있으나 마나 한 것이다. 그런 암묵적인 약속은 나하고는 상관없다고 생각했는데, 지금 보니 아싸한테도 완벽하게 적용되는 것이었나 보다.

 토이로는 고맙게도 나와 같이 행동해주려고 했지만, 주위에 모인 멤버 중에는 토이로와 같은 조가 되기 위해 뇌물까지 준 사람도 있었다. 그 노력을 무시할 수는 없었다. 그러니까 지금은 그 여자애들과 같이 있어주라고 나는 토이로에게 권했다.

 "정말 미안해! 그 대신 도시락은 꼭 너랑 같이 먹으면서 연인 작업을 실행할게."

 "응, 알았어."

 내가 토이로에게 걸맞은 남자란 것을 증명한다──는 작전은 지금 당장 강행해야 할 필요도 없었다. 우리가 사이좋게 지내는 모습을 남들에게 보여주는 것은, 오히려 점심시간이 더 사람들의 이목을 끌어서 효과적일 것이다.

몰래 그런 대화를 마치고 토이로는 내 곁을 떠났다.

결국 솔로가 되어버린 나는 사람들이 많이 모이는 광장이나 시냇물 쪽은 피해서, 숲을 따라 이어지는 산책 코스를 걷기 시작했다. 이쪽에는 사람은 별로 안 올 것이다.

토이로하고는 점심시간 전에 만나기로 약속했다. 그때까지는 이 근처에서, 급격히 날씨가 나빠져서 이 산에서 조난을 당하는 '나의 고교 생활 ~육지의 고도(孤島)에서 서바이벌 편~'이라도 적당히 망상하면서 놀아야겠다. 와, 제목만 봐도 엄청나게 두근거린다.

그런 생각을 하면서 나는 가까이 있는 벤치에 앉아 새 지저귀는 소리를 들으며 눈을 감고 있었다. 학교의 재미없는 행사도 나 자신의 노력에 따라서는 유의미한 시간이 된다──고 생각했는데.

『잘 들어. 이 풀은 먹을 수 있어. 여기 이 나무의 뿌리도. 이쪽 나무의 열매는 신맛이 나니까 타액이 분비돼서 갈증을 가라앉힐 수 있어. 산은 자연의 샐러드 바인 거야!』

『마사이치, 너 굉장하다! 먹을 것이 없어서 난감했는데, 이것으로 어떻게든 버틸 수 있을 것 같아…….』

"아─, 배고파─. 빨리 도시락 먹고 싶다─. 아 참, 매점에서 컵라면도 팔던데."

"맞아, 진짜 배고파─. 간식으로 과자를 잔뜩 가져왔는데, 우선 그것부터 먹을까?"

그래그래, 과자. 나무 열매보다는 과자를 먹는 게 훨씬 더 맛있을 거야──아, 으응?

내가 디스커버리 채널 같은 영상에서 얻었던 지식에, 중간부터 외부의 목소리가 불쑥 끼어들었다.

눈을 살짝 떠봤더니 어느새 내가 있었던 산책 코스에는 다른 학생들이 여러 명 와 있었다. 왜 이렇게 아무것도 없는 장소에 온 거야? 광장이나 시냇물 쪽이 포화 상태라서 나머지 사람들이 이쪽으로 흘러 들어온 건가?

귀한 망상의 시간을 방해받고 말았다. 어쩔 수 없이 나는 또 다른 조용한 장소를 찾으려고 일어났다.

그때 몸을 일으킨 나의 등을 누군가가 콕콕 찔렀다.

내가 깜짝 놀라 어깨를 들썩이면서 황급히 그쪽을 돌아보자, 그곳에는 부드러운 금빛 머리카락을 포니테일로 묶은 나카소네가 서 있었다.

"안녕."

짧은 한마디로 나카소네는 나에게 인사를 했다. 날씬한 실루엣의 연청색 청바지와 프릴이 달린 흰색 반소매 셔츠, 오프숄더라서 훤히 드러난 흰 피부가 태양 빛을 받아 눈부시게 빛났다.

"아, 뭐야. 너였어……?"

내가 가볍게 숨을 내쉬면서 말하자, 나카소네는 미간에 주름을 잡았다.

"뭐냐? 아~ 토이로가 아니라서 미안하게 됐네요."

"그런 뜻으로 말한 게 아닌데……. 어? 맞다. 걔는?"

토이로와 같이 행동하는 거 아니었어? 잠깐만, 나카소네는 어째서 혼자 여기에 있는 거지? 토이로뿐만 아니라 다른 여자애들도 눈에 띄지 않았다.

"저기 저쪽에―. 언덕을 좀 올라가면 경치 좋은 곳이 있대. 그래서 다들 그쪽으로 갔어. 작년에 여기 온 선배가 가르쳐줬나 봐."

그렇게 대답하면서 나카소네는 내가 앉아 있던 벤치에 앉았다. 적당히 거리를 두고.

아하, 그렇구나. 아무것도 없는 이 산책 코스로 학생들이 흘러 들어온 이유를 알 것 같았다. ……응, 그래서 너는 왜 혼자인데?

내가 또다시 의문을 표시하려고 했을 때.

"……아."

문득 상대의 발이 내 시야에 들어왔다.

굽 있는 샌들을 신은 맨발. 그 새끼발가락의 아래쪽 옆이 붉게 부어 있었다.

"산에 오는데 왜 그런 신발을 신고 온 거야?"

"아니, 그게―, 이 샌들, 예쁘잖아? 친구들이 다 모이니까. 지금 제일 내 마음에 드는 패션으로 하고 싶었어."

"그러다가 다쳐서 혼자 남게 되면 오히려 손해잖아……."

나는 그렇게 이야기하면서 옆에 놔뒀던 백팩에서 지갑을 꺼냈다. 지갑의 카드 포켓 중 하나에는 반창고가 들어 있었다. 나는 반창고를 두 개 꺼내서 나카소네에게 내밀었다.

"오~ 너 이런 것을 가지고 다녀?"

나카소네는 놀란 것처럼 동그래진 눈으로 나를 쳐다봤다.

"어, 응."

날마다 고강도 특훈을 계속하다 보면 손가락을 다치는 경우도 있으니까. 컨트롤러의 3D 스틱 때문에.

반창고를 받은 나카소네는 짧게 "고마워"라고 중얼거렸다.

"저기, 그런데 혼자 있는 것은 너도 마찬가지잖아?"

"아ㅡ, 그건ㅡ…… 미안."

토이로와 같은 조의 제비를 일부러 찾아준 사람이 나카소네였다. 그런데 결국 따로따로 행동하게 되었으니, 나카소네를 볼 면목이 없었다.

"아니 뭐, 분위기가 그렇게 됐잖아? 남자가 거기에 머무르기는 쉽지 않지."

그런데 나카소네는 온화한 말투로 그렇게 대답해줬다. 의외로……라고 말하면 좀 실례일지도 모르지만, 제대로 내 입장과 사정까지 고려해주는 것 같았다. 사람은 겉모습만 보고는 모르는 것이다. 결국 대화를 해보지 않으면 그 사람의 본질은 모르는 거구나 하고 생각했다.

"지금은 우리 둘 다 솔로 휴식 타임을 즐기고 있는 거구나."

내가 그렇게 이야기하자, 나카소네는 "으음" 하고 가볍게 신음하더니 말을 이었다.

"그렇지. 하지만 '솔로'라고 해봤자, 그 애들 성격상──."

나카소네가 그런 말을 꺼냈을 때.

"우라라─!"

멀리서 목소리가 들려왔다. 그쪽을 봤더니, 산책 코스 언덕길 저 끝에서 토이로가 한껏 몸을 쭉 펴고 손을 흔들고 있었다. 다른 조원들과 함께 이쪽으로 내려오고 있었다.

"아, 역시 일찍 돌아왔구나. 그냥 좀 더 경치를 구경해도 되는데……."

씁쓸한 미소를 짓는 나카소네. 하지만 그쪽을 보는 그 눈매는 왠지 기뻐 보였다. 조원들이 나카소네를 배려하여 서둘러 돌아왔나 보다.

토이로와의 커플 작전은 정오에 결행하기로 정해놓았다. 또 나는 토이로가 지금까지 쌓아온 친구와의 관계도 소중히 여기길 바랐다. 그래서 지금은 이곳을 떠나기로 했다.

나는 일어나서 백팩을 짊어지고, 저쪽 20미터쯤 앞에 있는 산책 코스의 출구로 향했다. 그러자 등 뒤에서 나카소네의 목소리가 들려왔다.

"이봐, 너—."

응? 내가 뒤를 돌아보자, 나카소네가 몸을 좀 젖히면서 나의 전신을 훑어보는 것처럼 눈을 가늘게 뜨고 있었다.

"……야, 너. 사복 차림은 나쁘지 않은 편이네. 의외로."

으, 응. 무슨 말을 하려나 했더니…….

왠지 쑥스러워져서 나는 고개만 까딱하여 인사한 뒤 그곳을 떠났다.

*

"마사이치, 덥다. 그렇지?"

정오 직전에 내가 광장에 서서 스마트폰을 들여다보고 있는데 앞쪽에서 누가 그렇게 산뜻하게 말을 걸었다.

"응, 덥네. 토이로."

"저쪽에 있는 나무 그늘로 갈까?"

내가 고개를 들자, 토이로는 자기 뺨을 향해 손부채질하는 시늉을 하면서 나머지 한 손으로 광장과 하이킹 코스의 경계선상에 있는 나무를 가리켰다. 그곳에는 연인 작업을 수행하기에 딱 좋아 보이는 굵은 나무뿌리가 튀어나와 있었다. 정확히 두 사람이 그곳에 나란히 앉을 수 있을 것 같았다.

"하지만 저기에는 벌레가 있을 것 같은데."

나는 그런 말을 조그맣게 중얼거렸다. 머리 위에도 나뭇가지와 잎사귀가 우거져 있어서, 도시락을 먹는 동안에 벌레가 뚝 떨어질 것 같아 불안했다.

"벌레? 아, 투구벌레 같은 거? 아까 남자애가 저쪽에서 난리를 치던데?"

"너 진짜 낙천적이구나! 보통 벌레라고 하면 거미나 쐐기 같은 거잖아……."

"아, 그쪽 계통? 마사이치, 너 그런 거 무서워하는 타입이었어?"

"아니, 네가 싫어할 것 같아서."

내가 그렇게 말하자 토이로는 히죽 웃으며 이쪽을 봤다. 그리고 팔꿈치로 쿡쿡 내 팔을 찔렀다.

"어유, 센스 있으시네요? 남자 친구 씨. 연인 작업이 벌써 시작됐나 봐요. 위에서 벌레가 떨어지면 네가 치워주면 되잖아? 자, 가자."

토이로는 가자, 가자! 하고 한 손을 번쩍 들고 나아가기 시작했다.

오전에 그렇게 여기저기 돌아다녔으면서. 기운이 넘치는 녀석이구나……

나는 한발 늦게 토이로의 뒤를 따라갔다.

나무뿌리 근처에 도착한 우리는 어깨에 멘 백팩을 내려놓고 둘이서 나란히 앉았다.

"그러고 보니 아까 너 우라라랑 이야기하고 있었지? 무슨 이야기 했어?"

배낭 속을 뒤지면서 토이로가 문득 생각났다는 듯이 질문을 던졌다.

"별것은 아니고. 그냥 잡담이었어. 산책로를 따라 언덕으로 올라가면 경치가 엄청 좋다더라— 하는 이야기."

"잡담을 했다고? 우라라랑 마사이치, 네가?"

토이로가 의심으로 가득 찬 눈으로 이쪽을 흘겨봤다.

"……수상해."

"뭐가?"

"혹시 양심에 거리끼는 것은 없어? 도시에서 멀리 떨어진 산속에서 남녀가 밀회하다니. 상황에 따라서는 이거 특종일 수도 있다고?"

"물론 도시에서 멀리 떨어진 것은 사실이지만, 사람들은 넘쳐나잖아……? 밀회도 아니야. 진짜로 별것 아닌 평범한 이야기만 했다고. 게다가 금방 너희들이 언덕에서 내려왔는걸."

토이로는 내 얼굴을 보면서 "흐음—" 하고 입술을 삐죽거렸다. 왜 이래? 이것도 연인 작업의 일환인가? 임시 커플의 질투를 연기하는 건가?

"에이, 그래. 남자 친구가 여자 친구의 친구랑 사이좋게 지내는 것은 좋은 일이니까."

그러더니 토이로는 다시 배낭 속으로 시선을 돌렸다.

분명히 연기일 텐데도 좀 진심이 느껴진 것 같기도 했다. 그냥 내 착각일까. 나는 약간 고개를 갸웃거렸다.

토요일 날 카페에서 토이로가 말했었다. 오늘의 도시락은 자신에게 맡겨 달라고. 이것도 사랑 넘치는 커플을 연출하기 위한 것이라면서.

그래서 점심은 전적으로 토이로에게 맡겨났는데……

"짠―! 마사이치, 도시락이야. 두 개나 돼서 무거웠거든?"

"아, 미안. 눈치를 챘으면 좋았을 텐데. 고마워."

토이로가 도시락 주머니 두 개를 꺼내더니 그중에서 더 큰 남색 주머니를 이쪽으로 내밀었다.

나는 그것을 받아서 얼른 주머니 끈을 풀고 도시락을 무릎 위에 올려놨다. 뚜껑을 열려고 하다가――일단 손을 멈추고 토이로를 바라봤다. 그러자 몸을 좀 앞으로 숙이고 내 반응을 살펴보던 토이로가 고개를 살짝 갸우뚱했다.

"어, 왜?"

"아니, 인제 와서 생각해보니까 궁금해서. 너 요리를 할 줄 알아?"

토이로가 음식을 만들었다는 이야기는 한 번도 들어보지 못했다. 10년이 넘게 같이 있었는데도. 내 방에서 굴러다니는 게으름뱅이 소녀가 요리하는 모습은 상상도 가지 않았다.

"그건 실례잖아! 가끔은 내가 직접 요리를 하거든?!"

"뜨거운 물을 붓고 기다리기만 하는 것은 요리가 아니야. 알지?"

"지금 나를 무시하는 거지? 나는 달걀도 넣는 타입이거든?!"

저기요, 그런 것은 물어본 적 없는데요. 자신 있는 요리가 뭔지나 가르쳐주시죠.

큰일 났다. 먹을 것은 하나도 안 가져왔는데? 편의점에서 뭔가 사오는 게 좋았을까…….

"아, 걱정하지 마. 내용물은 정말로 멀쩡하니까. 엄마가 감수해주셨어."

토이로가 황급히 설명을 덧붙였다.

"그, 그래? 믿는다?"

이러고 있어봤자 진전이 없다. 나는 도시락 뚜껑을 열었다.

그 순간 눈에 들어온 반찬은 의외로 훌륭했다. 매콤달콤해 보이는 붉은 양념이 묻은 닭튀김, 앙증맞은 새우튀김, 시금치나물, 계란말이. 빈곳은 방울토마토와 브로콜리로 채워져 있었고, 하얀 쌀밥 한가운데에는 매실장아찌가 놓여 있었다.

"작품명은 THE 알록달록 영양 만점 도시락 ~남자 친구에 대한 사랑과 어제저녁의 잔반을 담아서~야."

"어제 먹다 남은 거였냐!"

쳇, 도시락 이름으로 대놓고 고백하다니. 하지만 그건 토이로의 어머니가 만든 음식일 테니까. 어찌 보면 안심이 되기도 했다.

"쯧쯧, 그게 아니죠. 마사이치 군. 얕보면 안 됩니다. 놀랍게도—, 그 계란말이는 내가 죽을힘을 다해 아침 일찍 일어나서 구운, 내 의욕의 결정체인 계란말이입니다!"

"어, 진짜?"

나는 놀라서 가만히 그 노란색 계란말이를 내려다봤다. 두 개를 나란히 눕혀놓은 그것들은 확실히 모양새는 좀 흐트러져서 볼품없긴 한데⋯⋯.

"그리고 그 밥도 내가 지은 거야."

"이건 밥솥한테 감사해야겠네. 좋아, 일단 계란말이부터 먹어볼까?"

잘 먹겠습니다 하고 두 손을 모아 인사한 뒤, 나는 당장 젓가락으로 계란말이를 집었다. 한 입 깨물어 먹어봤다.

"⋯⋯오, 이건."

너무 달지도 않고 짜지도 않고 더없이 완벽하게 간이 되어 있었다. 폭신폭신한 식감. 이로 물기만 해도 맛이 배어 나오는 것 같았다. 이 계란말이를 메인 반찬으로 도시락을 구성해도 될 정도로 훌륭했다.

솔직히 말해 깜짝 놀랐다.

"맛있어?"

토이로가 약간 불안해하는 얼굴로 물어봤다. 나는 고개를 힘차게 끄덕였다.

"맛있어! 와, 진짜로. 식당에서 팔 것 같은 계란말이야."

그러면서 나머지 절반을 입속에 집어넣었다. 도시락이라 크기가 작다 보니, 한 개가 두 입이면 끝나버리는 것이 아쉬웠다. 계란말이는 이제 한 개밖에 안 남았다.

"헤헷, 난 마음만 먹으면 뭐든지 잘하거든. 엄마한테 재료 분량을 물어봐서 만든 거야. 그건 메모해놨으니까 언제든지 만들어줄게."

"진짜로 다음에 또 만들어주면 좋겠다. 이건."

지금까지 잘난 척 떠들어댔지만 실은 나도 요리를 잘하는 편은 아니었다. 가끔 부모님이 볼일이 있어 집을 비웠을 때 적당히 고기나 채소를 볶아 먹는 수준이었다.

그러니까 이렇게 진짜로 맛있다고 생각되는 음식을 만든다는 것에 대해서는 순수하게 감탄했다.

……토이로, 이 녀석. 어느새 이런 것도 할 줄 알게 된 거야?

"고마워. 일부러 일찍 일어나서 만들어줘서."

내 말에 토이로는 에헤헤 하고 웃었다. 수줍은 듯이 귀밑머리를 긁적거리면서.

"아, 아니—, 저기, 이건 여자 친구로서 당연히 할 만한 일이니까. 아, 다른 것도 어서 먹어봐. 그 양념치킨이란 것도 맛있어."

토이로도 도시락 뚜껑을 열었다. 둘이서 드디어 점심을 먹게 되었다.

"좀 매운 이 닭튀김의 이름이 그거였어? 한국 음식이야?"

"응, 맞아. 엄마가 양념치킨에 푹 빠져서—. 최근에는 틈만 나면 밥상에 올라와. 뭐, 그래도 맛있으니까 괜찮지만—."

그런 잡담을 하면서 우리 둘은 일부러 반찬을 교환하기도 하고, 페트병에 든 음료수를 나눠 마시기도 했다. 또 토이로가 내 모자를 훌렁 벗겨서 자기 머리에 쓰기도 했다. 그렇게 우리는 당당하게 커플로서 행동해봤다. 그러자 예상대로 많은 시선이 이쪽으로 쏟아지기 시작했다.

드디어 이 교외학습의 진짜 목적, 우리 커플을 공개하는 시간이 온 것이다.

지금까지도 우리 둘이 함께 하교하거나 쉬는 시간에 같이 놀았던 적은 있지만, 이렇게 제법 노골적으로 연애질을 하는 장면을 당당하게 보여주는 것은 처음이었다. 태연한 표정을 지으려고 애썼지만 실제로 평정심을 유지하기는 어려워서 손바닥이 땀으로 흠뻑 젖었다.

그 와중에 토이로가 속삭이는 듯한 음성으로 말했다.

"마사이치, 손님이 왔어."

보니까 저 앞에서 여자애들 둘이 똑바로 이쪽으로 다가오고 있었다.

"토~이로!"

구릿빛 피부를 지닌 키 큰 소녀가 싱글싱글 웃으며 말을 걸었다.

"아―! 카낫치, 유이, 오랜만이다! 우리 중3 이후로는 처음 이야기하는 건가? 너희 둘 다 3반이지?"

"맞아, 맞아. 3반. 반이 다르니까 거의 만나지도 못하네."

아마도 중학교 때 토이로가 알고 지냈던 사람인가 보다. 힐끔 이쪽도 쳐다보는 것 같아서 나는 고개만 살짝 끄덕여 인사했다.

그러자 이번에는 나머지 한 사람, 키가 작은 검은 머리 소녀가 입을 열었다.

"만나진 못해도 토이로의 소문은 자주 들었거든? 최근에 남자 친구가 생겼다면서. 교외학습까지 와서도 같이 노는 거야? 와, 뜨거운 커플이네―."

도대체 어떻게 반응하면 좋을까. 난감해진 내가 옆을 훔쳐봤더니, 토이로는 활짝 웃고 있었다.

"아하하, 부럽지―? 응, 어때? 우리 잘 어울려?"

"우와, 지금 자랑하는 거야? 네네, 잘 어울려요. 토이로랑은 달리 차분해 보이는 사람이라 균형이 잘 맞을 것 같은데?"

"오, 뭐야? 갑자기 나를 디스하는 거야? 응?"

"아하하, 농담이야, 농담. 안 그래도 날씨가 더워 죽겠는데, 더 이상 뜨겁게 만들지 말아줘—."

그렇게 말하더니 서로 마주 보고 웃는 여자들.

나와 토이로가 잘 어울린다고? 내가 상대의 표정을 살피려고 그쪽으로 고개를 돌렸을 때, 키 큰 여자가 불쑥 뭔가를 내밀었다.

"자, 이거. 남자 친구 씨. 둘이서 같이 먹어."

그것은 낱개로 된 초콜릿 과자였다. 약간 녹은 것처럼 보였는데……. 나는 고맙다고 인사하고 그것을 받았다. 그러자 그 두 사람은 "실례가 많았습니다" 하고 손을 흔들며 돌아갔다.

"방금 들었어? 잘 어울린대."

친구의 뒷모습이 멀어지자 토이로가 이쪽을 획 돌아봤다. 다리를 꼬고 한쪽 무릎에 팔꿈치를 올리더니, 그 손으로 턱을 괸 포즈를 취하면서 의기양양한 미소를 지었다.

"응. 그런 말을 했지."

실제로 그렇게 말했다. 게다가 그들이 나를 무시하고 토이로하고만 이야기하고 끝날 줄 알았는데, 마지막에 나에게 과자를 줬을 때는 더더욱 놀랐다.

"작전은 순조롭게 진행되고 있는 것 같네."

"네가 골라준 패션 덕분일까?"

"옷뿐만이 아니라 분위기도 제법 괜찮아. 마사이치, 네 노력 덕분이기도 해. 곁에 여자애가 있어도 그다지 위화감은 안 느껴질 정도야."

그렇게 높이 평가받다니……. 칭찬에는 별로 익숙하지 않아서 오히려 불안해졌다.

어라, 나 혹시 속고 있는 거 아냐? 이대로 '잘 어울려, 잘 어울려~' 하고 나를 치켜세워주다가, 수상한 행운 파워를 지닌 돌 목걸이 같은 물건을 강매하려는 게 아닐까?

내가 자리에 앉은 채 자신의 몸을 새삼스럽게 내려다보자, 토이로가 조그만 목소리로 말을 이었다.

"저거 봐, 다음 손님이 왔어."

두 번째 방문객은 좀 전까지 토이로와 함께 행동했던 우리 반 친구들이었다. 다른 애들보다는 좀 더 나와 토이로의 관계에 깊이 관여하고 있는 나카소네도 한 걸음 뒤에서 따라오고 있었다.

그 여자애들은 따로 빠져나와서 나와 같이 도시락을 먹고 있는 토이로를 보고 놀리기 시작했다.

"오늘 하루만 용서해주라, 응?! 이렇게 교외학습까지 하러 나왔는데, 얘는 혼자 행동하는 것을 너무 좋아해서……. 그냥 내버려 두면 추억 하나 없이 끝나버린단 말이야."

토이로는 친구들의 표적을 나로 바꾸려고 했다. 야, 야!

하고 당황했는데, 여자애들은 "아하하" 하고 소리 내어 웃었다.

"마조노, 너는 왜 평소에 혼자 있어? 친구는 필요 없니?"

여자 중 하나가 나에게 말을 걸었다.

"글쎄, 난 게임 같은 것을 좋아하니까. 친구는 꼭 필요하 진 않아."

"어—, 정말? 아니, 그런데 너 사복 입으니까 진짜 멀쩡 해 보이는데? 게임 좋아하고 친구는 없어요~라고 말해봤 자 믿음이 안 가."

"아, 그렇지—? 제법 괜찮은 편이지? 내가 관심 가지는 이유도 알 것 같지 않아?"

뻔뻔한 토이로의 그 한마디에 또다시 친구들의 즐거운 웃음소리가 터져 나왔다.

좀 부끄럽긴 했지만 나도 그들과 함께 웃었다……고 생 각한다. 적어도 나 혼자 따로 놀지는 않았다.

그런데 방금 나는 게임을 좋아하니까 친구는 없어도 된 다는 식으로 말했는데, '취미가 같고 마음도 맞는 친구가 있으면 더 좋다'는 것이 솔직한 심정이었다.

"아~ 얘들아, 안녕? 다들 즐거워 보이네. 나도 좀 끼워 주지 않을래?"

이어서 찾아온 손님은 귀에 익은 목소리의 남자였다.

"마사이치, 어때? 친구를 배신하고 손에 넣은 이 하렘은.

아~ 맞다. 넌 이미 파트너로 정해놓은 상대가 있었지? 그럼 여자들한테 둘러싸여 '누구를 고를까요~' 하는 그 위치는 나한테 양보해줘."

다른 조가 되어서 오늘은 그동안 딱히 이야기할 기회가 없었던 사루가야였다.

"그럼 안녕, 토이로." "나중에 보자—." "남자 친구랑 잘 놀아—."

그런 말을 남기고 줄줄이 발길을 돌려 떠나가는 여자들. 순식간에 손님은 사루가야 혼자만 남아서, 노골적으로 슬퍼하는 얼굴로 주위를 둘러보고 있었다. 역시 에로 원숭이는 굉장하구나. 어느새 여자들한테 이 정도로 심각한 기피 대상이 되다니⋯⋯.

"다른 조로 가서 미안해. 네가 일부러 신경 써줬는데."

내가 그렇게 말하자 사루가야는 고개를 좌우로 흔들었다.

"아냐, 괜찮아. 친구의 사랑은 그 무엇보다도 존중해줘야 하는 거니까. 토이로야, 이 녀석을 잘 부탁한다. 알았지이?!"

"그럼, 알지이!"

토이로는 사루가야의 어미를 흉내 내면서 주먹을 불끈 쥐었다.

"와, 믿음직하네. 그런데 토이로, 마사이치의 이 패션도 네 작품이야?"

사루가야가 눈치 빠르게 그런 질문을 했다. 토이로가 힐끔 이쪽을 보는 것이 느껴졌다.

무엇이 토이로의 마음에 걸리는지는 나도 직감적으로 상상할 수 있었다. 난 지금 '원래부터 사복은 이런 스타일로 입습니다'란 식으로 행동하고 있는데, 중학교 시절부터 알고 지낸 사루가야에게 그런 것이 과연 통할까. 그 점을 잘 판단하기 어려운 것이리라.

그래서 여기선 내가 대신 대답하기로 했다.

"응, 맞아. 토이로가 고른 거야. 어때?"

내가 뼛속까지 오타쿠이자 아싸 기질이라는 것은 사루가야도 잘 알고 있었다. 그 사실을 알면서도 이렇게 친근하게 대해주는 몇 안 되는 친구였다. 그에게는 굳이 숨길 필요는 없고, 애초에 중학교 때 겨우 몇 번이긴 해도 같이 놀았었기 때문에 그는 이미 옛날의 내 사복 차림을 봤었다.

"상당히 괜찮아 보이는데? 차분하면서도 캐주얼한 느낌이야. 내가 형이 있어서 아는데, 꼭 대학생 같은 차림이네."

"맞아, 맞아. 그것을 노린 거야! 특별히 대놓고 멋을 부린 것은 아니지만, 남자 고등학생들 속에 섞여 있으면 다소 어른스러워 보이는 느낌으로."

자기가 원하던 감상을 들었나 보다. 토이로는 좀 높아진 목소리로 끼어들었다.

"아하, 그랬구나. 토이로, 너 이 정도면 성공했다? 나도 별로 화려하게 차려입는 편은 아니니까. 상당히 좋다고 생각했어."

실제로 사루가야는 평소에도 그다지 화려한 옷은 입지 않았다. 오늘도 하얀색 무지 반팔 와이셔츠와 연청색 청바지를 입고 있었다. 동급생들과는 다른 계통이기는 해도 얼굴 자체가 괜찮으니까 어떤 옷을 입어도 잘 어울리는구나 하고 생각했었는데. 의외로 그 단순한 복장이 사루가야를 어른스러운 미남으로 만들어줬던 걸지도 모른다.

그때 사루가야가 갑자기 소리를 낮추고 입을 움직였다.

"너무 분위기가 괜찮아서, 저거 봐. 구경꾼도 있는 것 같아."

그 시선이 한순간 그의 등 뒤로 향했다.

나도 사루가야의 몸통 너머로 그쪽을 봤다.

그러자 여기서 약 20m쯤 떨어진 광장 한가운데 근처에서 이쪽을 보는 사람이 있었다. 옆쪽에 줄무늬가 들어간 면 추리닝 같은 바지와 스포츠 브랜드 로고가 크게 박힌 티셔츠를 입은 사람이었다.

"저 녀석은……."

가끔 이름을 들었기 때문에 자연스럽게 그 얼굴도 기억하고 있었다. 저건 분명히 2반의 카스카베인지 뭔지 하는 녀석이었다.

카스카베는 토이로를 노린다는 소문이 있었다. 토이로의 친구인 카에데라는 여자애와 깊은 관계를 맺고 있음에도 불구하고.

　나는 얼른 눈을 뗐는데, 상대는 아직도 우리가 있는 곳을 가만히 노려보는 것 같았다. 이쪽으로 오려는 걸까?

　어쩌면 나와 사루가야가 사라지고 토이로만 혼자 남기를 기다리고 있는 걸지도 모른다.

　——그렇다면, 지금 당장 어떻게든 해야 한다!

　망설임은 없었다.

　"토~이로!"

　나는 그렇게 말을 걸면서 내 야구 모자를 벗었다. 그리고 머리카락을 동그랗게 묶은 토이로의 머리 위에 모자를 씌워줬다.

　"앗, 가, 갑자기, 왜 이래?"

　푹 내려간 모자챙을 손가락으로 들어 올리면서 토이로가 이쪽을 쳐다봤다.

　"아니, 그냥—. 네가 쓰면 잘 어울릴 것 같아서."

　그러면서 나는 그 모자 쓴 머리를 가볍게 쓰다듬어줬다. '연인 작업'이라고 입 모양으로만 전달하면서.

　"어, 저, 저기—, 그렇게 갑자기 칭찬받으니까 부끄러운데. 나 어때?"

　토이로는 한순간 당황하는 모습을 보였지만, 곧 턱에 손가락을 대고 눈을 귀엽게 치뜨는 포즈를 취하더니.

"하지만 이건 네가 쓰는 것이 더 멋있으니까! 자, 받아."

모자를 나에게 돌려줬다. 내 머리에 씌워주고 나서 손가락으로 내 앞머리를 살살 만져 정돈해줬다.

"좋아, 됐다."

나는 토이로가 해주는 대로 얌전히 있으면서 다시 은근슬쩍 광장 쪽을 바라봤다.

그러자 저 멀리 이동하면서 작아지는 카스카베의 뒷모습이 눈에 띄었다.

아무리 그래도 뻔뻔하게 연애질하는 이 커플 분위기 속에는 뛰어들면 안 되겠다고 생각해준 걸까. 내가 토이로와 잘 어울려서 도저히 끼어들 틈이 안 보인다고 생각해줬다면 그게 제일 좋을 테지만, 글쎄, 과연 어떨까. 아무튼 저 녀석은 어찌어찌 물리치는 데 성공했다.

나는 휴 하고 한숨을 쉬었다.

토이로에게는 이미 나라는 남자 친구가 있다. 그러니 딴 사람을 찾아봐라——.

떠나가는 뒷모습을 향해 나는 속으로 그렇게 말했다.

"토이로, 넌 마사이치가 있으면 안심해도 되겠다. 그럼 방해꾼도 이만 사라져줄게."

그러더니 사루가야도 이곳을 떠났다.

어느새 소곤소곤 이야기하는 목소리나 우리를 푹푹 찌

르던 시선은 사라져버렸다. 사람들이 나와 토이로가 커플이란 사실을 인정했기 때문에, 방해하면 안 된다는 분위기가 형성된 걸까.

그 후에도 토이로의 친구들 몇 팀이 와서 우리를 놀리고 갔지만 특별히 이상한 시선은 느껴지지 않았다. 나는 토이로의 남자 친구 역할을 제대로 수행했다. 이따금 대화에 무사히 끼어들기도 했다.

내가 살면서 토이로 이외의 여자와 정상적으로 대화하는 순간이 오게 될 줄이야. 지금까지는 기껏해야 앞자리 여자애랑 "마조노, 프린트 넘겨줘" "아, 응" 같은 대화밖에 안 했었는데. 내가 수업 시간에 자고 있었을 때.

이 정도면 오늘의 계획은 성공했다고 해도 될 것이다.

나는 토이로 덕분에 멋지게 좋은 방향으로 개조된 것 같았다.

"슬슬 점심시간도 끝나 가는데. 오후부터도 자유 시간인가? 조 멤버들한테 돌아가지 않아도 돼?"

"괜찮아. 너랑 같이 있을 거라고 이야기하고 왔어."

"정말? 그럼 다행이지만……."

나는 그렇게 대꾸하면서 백팩을 들고 나무뿌리 위에서 일어났다.

"응? 어디 가?"

"아, 잠깐 화장실 가서 머리 좀 만지고 올게. 내내 모자

를 썼더니 머리카락이 눌려서 납작해졌거든. 왁스도 가져
왔으니까."

내 말에 토이로가 깜짝 놀란 것처럼 눈을 크게 떴다. 그
러더니 눈살을 찌푸렸다.

"모처럼 이런 대자연의 공간에 왔는데, 굳이 머리를 만
질 필요는……."

"아니, 버스 탈 때라든가 그런 때는 모자를 벗잖아. 그
러니까 가능한 한 괜찮은 상태로 해두고 싶어. 금방 갔다
올게."

나는 광장 한구석에 있는 화장실로 향했다. 걸음을 뗐을
때 문득 토이로의 방금 전 표정이 머릿속에 되살아났다.
약간 딱딱하게 굳어진 표정이었다…….

──그거, 가지고 왔었지?

나는 그런 생각에 잠긴 채 걸음을 옮기면서, 백팩 속을
부스럭부스럭 뒤져서 뭔가가 잘 들어 있는지 확인했다.

☆

가슴이 따끔 하고 아팠다.

방금 그것은 실수였을까? 어쩌면 나는 상당히 위험한 표
정을 지었을지도 모른다. 들키지 않았으면 좋으련만…….

다른 사람은 몰라도, 나는 절대로 그런 반응을 보여주면

안 되는 거였는데——.

모자를 벗고 머리카락을 손가락으로 쓸며 멀어져가는 마사이치의 뒷모습을 바라보면서 나는 조그맣게 숨을 내쉬었다.

나는 절대로 그런 생각을 하면 안 되는데——라는 생각을 되풀이하는 와중에 내 마음속은 이미 어떤 감정으로 거의 꽉 차 있었다.

마사이치 개조 계획은 대체로 성공적이었다. 그는 외모가 크게 달라졌고, 오늘은 주변 사람들 속에도 잘 녹아들어 있었다.

그것은 매우 기쁜 일이었고, 고마웠고, 마사이치의 노력도 충분히 인정했다. 그런데 나는 몰래 '그렇게까지 애쓸 필요 없어'란 감정을 계속 품고 있었다.

노력하고 있는 본인 앞에서 그런 말은 죽어도 할 수 없고, 처음에는 자신도 신나게 협력했으니까 뭐라고 할 말이 없지만.

마사이치는 나를 위해 변하겠다고 말해줬는데, 사실 나는 처음부터 마사이치를 소중하게 여겼다. 그리고 내가 정말로 지키고 싶었던 것은, 그와 함께 오타쿠 활동을 하는 행복한 시간이었다.

혹시나 마사이치가 주변 사람들에게 주목받는 감각에

푹 빠져서, 지금보다 더 패션 같은 것에 열중하게 되어버리면 어쩌지? 그러면 우리 둘의 오타쿠 활동 시간이 점점 줄어들 것이다.

옷을 사러 갔던 날에 실은 게임 센터에서 놀고 싶었는데, 마사이치가 다른 소품을 구경하고 싶다고 말하는 바람에 결국 놀자고 하지 못했을 때. 그가 좋아하는 트레이딩 카드를 사지 않고 헤어스타일 잡지를 샀을 때. 그동안 해본 적도 없었던 헤어스타일 세팅을 하기 위해 왁스를 들고 다니는 모습을 봤을 때.

그렇게 그가 변해가는 순간을 목격할 때마다 나는 가슴이 확 조여들거나 따끔하게 찌르는 듯한 감각을 느꼈다.

정말로 이기적이구나. 이런 나 자신이 싫어졌다.

그러나 마사이치가 변해버려서 예전처럼 나와 같이 놀지 못하게 될지도 모른다고 생각하니, 내 가슴속 깊은 곳이 자꾸만 술렁거리는 것이었다.

이렇게 기다리는 시간이 좀 길어지기만 해도 마음이 조마조마해졌다. 마사이치가 머리를 세팅하는 데 특별한 관심을 가지게 되어버린 게 아닐까? 하고.

"마사이치……."

그는 나를 위해 행동해주고 있었다. 물론 나도 협력했고, 그에게 감사하기도 했다. 하지만 내 속마음은 이상하게도 모순 상태가 되어버려서……

나는 조용히 눈을 감고 자리에 앉은 채 무릎에 얼굴을 묻었다.

"——이로, 토이로, 토이로!"

누군가가 내 이름을 부르는 소리가 점점 가깝게 들려왔다.

어느새 멍하니 깊은 생각에 잠겨 있었나 보다. 나는 천천히 고개를 들었다. 그런 내 눈앞에 갑자기 뭔가가 쑥 내밀어졌다.

"오래 기다렸지? 토이로. 이거. 당연히 가져왔지?"

흐려졌던 의식이 급속히 각성했다. 나는 놀라서 그의 얼굴을 쳐다봤다.

역광인데도 확실히 알 수 있을 정도로 마사이치는 활짝 웃으면서 나를 보고 있었다.

*

요즘 들어 토이로가 이따금 기운이 없어 보인다는 것은 알고 있었다.

같이 하교할 때도, 쇼핑하러 갔을 때도, 방에 있을 때도, 기본적으로는 평소와 다름없는데 가끔 조용히 생각에 잠기는 경우가 있었다.

그리고 우리는 참 오래 알고 지냈으니까. 그 이유도 어렴풋이 짐작이 갔다.

내가 필사적으로 나 자신을 가꾸는 동안에 토이로는 계속 그 작업에 협력해줬다. 틀림없이 그 외에도 하고 싶은 일이 있었을 텐데도 토이로는 쭉 나를 도와줬던 것이다. 나는 그 사실을 알면서도 그녀의 감정을 뒷전으로 미뤄놨었다.

그만큼 여유가 없었던 것이다.

오늘 교외학습에서의 작전은 무사히 종료됐다. 아마 이 정도면 성공이라고 해도 될 것이다. 이제야 겨우 어깨의 무거운 짐을 진짜로 내려놓은 것처럼 내 몸이 가벼워졌다.

그리고 나는.

"이거. 당연히 가져왔지?"

백팩에 늘 넣고 다니는 휴대용 게임기를 꺼내서 토이로에게 보여줬다.

"어, 어? 응. 가져왔어."

"좋아, 그럼 하자!"

우리는 언제나 같은 게임에 푹 빠져 있었다. 그러니까 오늘도 분명히 똑같은 게임을 가지고 다닐 거라고 생각했다.

"어, 응…… 어어? 게임을, 지금 하자고?"

"응. 우리가 타고 온 왕복 버스. 지금은 아무도 없으니까 그쪽에 가서 하자. 화장실에 간 김에 확인하고 왔어."

"그래서 이렇게 늦게 돌아온 거야? 마사이치, 내가 지금 게임을 하고 싶어 한다는 거, 알고 있었어?"

"네가 무슨 생각을 하는지는 대충은 알아. ……그러니까, 기다리게 해서 미안해. 그동안 네 시간을 많이 빼앗았지."

"……그러게 말이야. 나 많이 기다렸어."

놀라움이 가시지 않는 표정을 짓고 있던 토이로가 갑자기 불평하는 것처럼 입을 삐죽 내밀었다.

"미안. 그래도 이번에는 무사히 성공해서 참 다행이야. 오늘부로 나에 대한 여자애들의 평가가 조금이라도 올라간다면, 다른 남자들도 너에게 함부로 집적거리지는 못하게 될 테니까. 더 이상 그런 귀찮은 일 때문에 시간을 낭비할 필요 없도록, 꼼꼼하게 준비해서 열심히 해봤어."

그런 말을 하면서 나는 광장 입구 쪽으로 몸을 돌렸다. 그러자 토이로가 백팩을 끌어안고 허둥지둥 일어났다.

"이로써 겨우 둘이서 다시 느긋하게 게임을 할 수 있게 됐네."

"저기, 그건 그동안 쭉 오타쿠 활동을 하고 싶었다는 뜻이야?"

"그야 당연하지."

나는 고개를 끄덕이면서 걸음을 뗐다.

처음에는 단순한 위장 커플 의뢰였는데. 나의 이기적인 욕심 때문에 토이로에게는 진짜로 큰 폐를 끼치고 말았다.

미안했다.

그러니까 내 마음에 조금이나마 여유가 생긴 지금은, 가능한 한 토이로의 감정을 존중해주고 싶었다.

남자 친구이자 소꿉친구로서──.

☆

──그래, 둘 다 똑같았구나.

나 혼자만 그랬던 것이 아니다. 마사이치도 나와 같은 심정이었다.

그렇게 생각하자 왠지 모르게 가슴이 뻐근해졌다.

냉정하게 따져보면 마사이치가 그렇게 간단히 포기할 리 없는 중증 오타쿠란 사실은 나도 충분히 잘 알고 있었다. 그가 오타쿠 활동을 참으면서까지 개조 계획에 진지하게 임해줬다는 것을, 내가 눈치껏 이해했어야 했다. 그것은 전적으로 나를 위한 것이었는데──.

마사이치는 정말로 착하고 성실한 남자였다.

그리고 나에게는 과분할 정도로, 최고로 멋진 남자 친구였다.

광장을 빠져나가 주차장으로 가는 길에 접어들었다. 주위에는 인적이 없었다.

나는 반 발짝 앞에서 걷고 있는 마사이치에게 가벼운 발걸음으로 다가갔다.

"마사이치, 고마워!"

귓가에 대고 그렇게 속삭이면서 반쯤은 즉흥적으로——.

그의 뺨에 키스를 했다.

*

——쪽.

돌연 촉촉하고 부드러운 감촉이 나를 덮쳤다. 나는 반사적으로 뺨을 붙잡았다.

한순간 멈춰 서서 딱딱하게 굳어졌다가 이윽고 상대를 돌아봤다.

"야, 너——."

깃털처럼 가벼우면서도 마치 감전된 것처럼 뜨거운, 기묘한 감각이 뺨에서 사라지지 않았다.

"이것은 연인 작업입니다."

토이로는 시선을 옆으로 피하면서 'This is a pen' 같은 말투로 말했다.

"여, 연인 작업이라고?"

"응. 맨 처음에 이야기했던 게임, 기억해? 그 연인 작업 수행에 대한 상입니다."

아, 그러고 보니 그런 말을 했었다. 만약에 연인 작업을 잘해냈을 때는 상을 줄게……라고.

이것이 그 목표 달성 보너스인가.

난생처음으로 뺨에 뽀뽀를 받아봤다.

내가 뺨을 붙잡은 채 생각에 잠겨 있는데.

"애, 애초에, 따지고 보면."

토이로가 딴 데로 돌렸던 시선을 나에게 고정했다.

"키스란 것은 커플한테는 규범적인 행동 중 하나야. 뭔가를 전하고 싶을 때는 다들 밥 먹듯이 편하게 하잖아? 겨우 이 정도로 일일이 동요한다면, 아―, 마사이치, 연인 작업이란 측면에서 옐로카드를 받아야 하는 거 아냐?"

"커, 커플이라도, 그렇게 밥 먹듯이 하지는 않을 텐데? 뭔가를 전한다니, 대체 무엇을 전할 때 그런다는 거야……?"

"그건, 감사하는 마음이나, 사랑…… 같은 거?"

"사랑……."

나는 무의식중에 그 단어를 되풀이했다. 토이로가 눈을 크게 뜨더니 또다시 고개를 반대편으로 돌렸다. 그 뺨이 서서히 붉게 물들어갔다.

키스란 것은 진짜 커플한테는 일상적인 행동이다. 아마도 토이로는 그 말을 하고 싶었던 것 같은데……. 자연스럽게 입에서 튀어나온 말 때문에 자멸하고 말았다.

"아, 아무튼, 갈까?! 집합 시간까지는 얼마 안 남았잖아!"

"이 어색한 공기는 이대로 유지하는 거야?"

"응? 아—, 산속은 공기가 참 좋다, 그렇지?"

토이로는 그렇게 얼버무리면서 심호흡을 하는 척하더니 성큼성큼 걷기 시작했다.

나는 무심코 작은 웃음을 터뜨렸다.

말투도 좀 이상했으니까. 어떻게든 부끄러움을 숨기려고 애쓰는 것이리라.

——토이로도 키스 때문에 긴장했던 걸까.

하지만 지금은 일상에서 벗어난 교외학습 시간이니까. 이런 이벤트 하나 정도는 있어도 되지 않을까.

실제로 산속의 공기는 참 좋았고, 또 초목을 흔드는 시원한 바람이 좀 어색한 공기도 단박에 날려 보내줬다.

나는 천천히 심호흡하고, 가벼운 발걸음으로 토이로의 뒤를 쫓아갔다.

"아아아아아앗~!"

토이로가 조종하는 공룡 캐릭터가 스테이지 밖으로 휙 날아갔다. 나의 거대한 거북이 캐릭터가 불을 뿜으면서 쇼맨십을 보여주는 동안에 반짝! 하고 별이 빛나더니 게임 종료 음성이 울려 퍼졌다.

"크윽—, 마사이치, 한 판 더 하자."

분하다는 듯이 침대에 벌렁 드러누웠던 토이로가 오뚝이처럼 금방 다시 앉았다.

"몇 번을 해봤자 결과는 똑같다니까. 캐릭터 바꿔서 할래?"

내 의자에 책상다리로 앉아 플레이하던 나는, 책상에 놔뒀던 오렌지 주스 컵을 들어 입에 댔다. 혀 위로 새콤한 단맛이 퍼지면서 목이 촉촉해졌다.

"그냥 이대로 해도 돼. 한 판 더!"

토이로는 내가 권하는 주스 컵을 거부하고 나를 재촉했다.

토요일. 나는 오후부터 내 방에 찾아온 토이로와 같이 게임을 하고 있었다. 크래시 브라더스는 아이들도 어른들도 모두 다 좋아하는 인기 난투 게임 시리즈였다.

처음에는 실내복 차림으로 편안하게 플레이하고 있었

는데, 정신을 차려 보니 게임에 완전히 열중해서 어느새 시곗바늘은 저녁 시간을 가리키고 있었다.

"두 번째 목숨이었을 때 절벽 밑, 거기서는 아직 복귀할 수 있었어. 저기, 그냥 실패해도 괜찮으니까 무조건 포기하지 말고 도전해보는 게 좋아. 좀 더 프로 의식을 가지라고."

"내가 언제 프로가 됐는데?! 그런데 넌 적에게 조언을 해줘도 되는 거야? 좀 전에도 게임 내용은 나쁘지 않았고, 다음에는 네가 궁지에 몰릴지도 모르는데?"

"하하! 마음대로 떠들어라! 스테이지는 뭐로 할래?"

"랜덤!"

우리는 몇 번째인지 모를 일대일 결투를 개시했다. 한 시합이 대충 5분 정도 걸리는데, 그것을 벌써 수십 번이나 반복하고 있었다. 우리 둘은 악력을 확인하려는 것처럼 손을 쥐었다 폈다 한 다음에 컨트롤러를 다시 붙잡았다.

"저기, 있잖아. 방에서 이렇게 노는 거 오랜만이지 않아?"

난투가 시작되는 와중에 토이로가 그런 화제를 꺼냈다.

"그러게. 미안, 교외학습 전에는 내가 내 일에만 정신없이 몰두하느라 그랬지."

내가 그렇게 대답하자, 토이로는 "아냐, 그건 진짜 아니야" 하고 고개를 가로저었다.

벌렁, 우와—아, 으아아아아앗.

우어—, 크어어, 흐어—.

싸움은 웬일로 길항 상태가 되었다. 우선 서로가 상대의 생명을 하나씩 소모시키는 식으로 전개됐다.

"있잖아, 마사이치?"

또다시 토이로가 혼잣말하는 듯한 어조로 말을 걸었다.

"응, 왜?"

"……무리하게 해서 미안해. 너를 이런저런 일에 휘말리게 해서 네 시간을 빼앗았잖아."

힐끔 그쪽을 봤더니 토이로는 계속 TV 화면만 쳐다보고 있었다. 그 커다란 눈동자에 반짝반짝 빛이 반사되고 있었다.

나도 다시 게임 화면을 보면서 입을 움직였다.

"……아냐, 넌 하나도 신경 쓸 필요 없어. 오히려 변할 수 있는 계기를 마련해줘서 정말 고마워. 덕분에 이렇게 겉모습만이라도 좀 괜찮아졌으니까."

내가 그렇게 말하자 토이로는 피식 웃었다.

"좀이 아니라 상당히 괜찮아졌지. 처음에는 지독하게 전형적인 오타쿠 패션인 이 남자애를 대체 어떻게 구제해줘야 하나…… 하고 고민을 많이 했다는 것은 일단 비밀로 해둘게."

"……비밀은 무슨. 다 말하고 있잖아."

이왕이면 그것은 계속 마음속에 묻어두지 그랬냐. 내 상태가 그렇게 안 좋았어?

내가 상처받은 것을 눈치챘는지, 토이로가 밝은 목소리로 말했다.

"어휴, 걱정하지 마. 너 지금은 틀림없이 괜찮으니까. 언제 어디에 내놔도 부끄럽지 않을 정도의 남자가 되었어."

게임 속에서는 내가 토이로의 캐릭터를 마구 때려서 절벽 아래로 떨어뜨렸고, 토이로는 내 캐릭터를 저 멀리 날려 보내고 있었다. 어느새 우리는 둘 다 목숨이 하나밖에 안 남은 서든데스 상태가 되었다.

내 차례에서 우리의 대화는 중단됐었다.

"언제, 어디에 내놔도……?"

그렇게 말을 이으면서 나는 마른침을 한 번 삼켰다. 게임 속에서는 서로의 캐릭터가 상대의 움직임을 살피면서 눈싸움을 벌이고 있었다.

요새 쭉 마음에 걸렸던 점이 있었다. 아무리 생각해봐도, 또 반대로 외면하려고 애써도 항상 내 마음속 한구석에 끈질기게 남아 있던 것.

그것을 물어보려면 지금이 기회다. 왠지 그런 생각이 들었다.

"저기, 앞으로의 미래에 관한 이야기인데……. 이 임시 관계는, 언제까지 지속되는 거야? ……고등학교 졸업할 때까지?"

평소와 같은 목소리를 내려고 애쓰다가 오히려 가늘게

떨리는 듯한 목소리가 튀어나왔다. 그래도 끝까지 할 말은 다 했다. 이제 나는 토이로의 대답을 기다린다.

이 관계는 가짜이고 임시이며, 일시적 계약에 바탕을 둔 것이다. 진짜 연애 관계에는 골인 지점이 존재할지도 모르지만, 가짜 관계는 그저 언젠가는 닥쳐올 종말을 기다리는 수밖에 없다.

그것이 도대체 언제까지일까.

토이로는 한동안 으음— 하고 소리를 내면서 생각에 잠겨 있었다.

"글쎄. 현재로선 끝낼 예정은 없는데? 전혀, 완전히 없어. 이대로 쭉 가는 거야."

"예정이 없다고? 전혀?"

"응. ……마사이치, 너만 괜찮다면."

끝낼 예정은 없다. 이대로 쭉, 고등학교를 졸업하고 나서도 계속.

그것은 다시 말해 앞으로도 가짜 커플로서 같이 있고 싶다는 뜻이었다. 위장 커플로서, 진짜 커플 같은 행동을 계속하면서.

그 정도면 '진짜 사귀는 것'이라고 해도 되지 않나……?

토이로의 진의는 알 수가 없었다. 그쪽을 봤더니, 토이로는 TV에 시선을 고정한 채 희미한 미소를 짓고 있는 것 같았다.

그 입꼬리가 조금씩 위로 올라가더니──.

"이얍! 허점 발견~!"

그 직후, 게임 속에서 토이로의 공룡의 가로 베기 공격이 내 거북이의 배때기를 정확히 직격했다. 내가 허둥지둥 컨트롤러를 조작했을 때는 우어─! 하고 고통스러운 소리를 내면서 거북이가 화면 밖으로 날아가고 있었다.

게임 종료.

"이겼다~! 마사이치, 주스는 네가 사!"

"잠깐만, 방금 그건 반칙이잖아?! 애초에 주스 내기도 아니었고."

"반칙 아니야! 분명히 내가 이겼어!"

그렇게 말하더니 토이로는 평소처럼 어린애같이 입술을 삐죽거렸다.

"쳇. 야, 토이로. 한 판 더 하자."

"뭐─? 또 하자고? 됐으니까 주스나 사줘."

"그 주스 규칙이 적용된다면, 넌 이미 주스 수십 개를 빚지고 있는 거야."

"나 참, 마사이치. 넌 무턱대고 우기기만 하더라?"

"무턱대고 우기는 게 아니야. 자, 다음 판! 다음에 진 사람이 주스를 사주는 거야."

아무튼 지고서 끝낼 수는 없었다. 내가 당장 스테이지 선택을 시작했더니.

"풉, 아하하하!"

토이로가 돌연 웃음을 터뜨렸다.

"왜 웃어?"

"아, 아니―, 역시 집 데이트가 우리한테는 잘 맞는구나― 하는 생각이 들어서. 이렇게 둘이서 게임을 하고 신나게 떠드는 거 말이야."

"갑자기 뭔 소리를 하나 했더니……. 하지만, 그래. 그렇지."

토이로의 그 말에는 진심으로 공감할 수 있었다.

남들 앞에서 커플처럼 행동하는 것도 토이로와 함께라면 즐겁긴 했다. 하지만 역시 이렇게 둘이서 게임 같은 것을 하는 시간은 더없이 편안했다. 집 데이트. 응, 좋은 말이다.

이 시간에는 커튼 틈새로 비스듬한 햇빛이 새어 들어오고 있었다.

빛이 얼굴에 닿아서 뺨이 천천히 뜨거워졌다.

부드럽게 물들어가는 우리의 편안한 방.

그러나 나는 지금까지와는 다른 심장의 두근거림을, 가슴속 깊은 곳에서 느끼고 있었다.

후기

라이트노벨 작가를 목표로 하면서 가졌던 꿈이 하나 있습니다.

언젠가는 어떤 작품이든 상관없으니까 수학여행에 관한 이야기를 써보겠다는 꿈.

대부분의 학원물에서 시리즈가 진행되다 보면 자연스럽게 발생하는 이벤트, 수학여행. 평소와는 다른 무대와 들뜬 분위기 속에서 남녀의 사이가 더 가까워지고, 이야기는 종반을 향해 힘차게 달려가는 거죠.

그렇게 최고로 흥분되는 장면 속에서 그려내고 싶은 에피소드의 내용을 지금까지 실컷 망상해봤다, 이겁니다.

그런데 신인상 응모작이나 새로운 시리즈 1권부터 대뜸 수학여행 편을 선보이면서, 이 작품은 시작부터 클라이맥스입니다──라고 하는 무지막지한 짓은, 아무리 용기가 있어도 좀처럼 할 수가 없어요.

그것은 작품이 잘 팔린 인기 작가의 특권입니다. ──그러니까 결론. 잘 팔리면 좋겠어요.

그럼 감사 인사를 드리겠습니다. 이번에도 신세를 지게 된 담당자 S님. 러프 스케치만 봐도 행복해질 정도로 멋진 그림을 그려주신 시오 카즈노코 선생님. 그리고 이 책을 읽고 계시는 여러분. 정말로 고맙습니다!

카노다 키즈

Ne, Mouisso Tsukiattyau?
Osananajimi no Bisyoujo ni Tanomarete, Kamohurakareshi Hajimemashita 1
©Kizu Kanoda
Originally published in Japan in 2021 by HOBBY JAPAN CO., Ltd.
Korean translation rights ©2021 by Somy Media, Inc.

있잖아, 우리 차라리 사귈까? 1 소꿉친구인 미소녀의 부탁을 받고위장 남친이 되었습니다

2022년 7월 15일 1판 1쇄 발행
2022년 9월 15일 1판 2쇄 인쇄

저　　자 카노다 키즈
일 러 스 트 시오 카즈노코
옮 긴 이 박정철
발 행 인 유재옥
본 부 장 조병권
편 집 1 팀 김준균 김혜연 박소연
편 집 2 팀 박치우 정영길 정지원 조찬희
편 집 3 팀 곽혜민 오준영 이해빈
라이츠담당 이승희 한주원
디 지 털 김지연 박상섭
미　　술 김보라 박민솔
발 행 처 ㈜소미미디어
인쇄제작처 ㈜코리아피엔피
등　　록 제2015-000008호
주　　소 서울시 마포구 토정로222, 403호 (신수동, 한국출판콘텐츠센터)
판　　매 ㈜소미미디어
마 케 팅 박종욱
영　　업 최원석 최정연 한민지 한소리
물　　류 백철기 허석용
전　　화 (02)567-3388, Fax (02)322-7665

ISBN 979-11-384-1221-6
ISBN 979-11-384-1220-9 (세트)